GEORG R.

KRISTAN

Schnee im Regierungsviertel

KRIMINALROMAN

GOLDMANN VERLAG

Originalausgabe

Der Goldmann Verlag
ist ein Unternehmen der Verlagsgruppe Bertelsmann

Made in Germany · 1/89 · 1. Auflage

Umschlaggestaltung: Design Team München
Satz: IBV Satz- und Datentechnik GmbH, Berlin
Druck: Elsnerdruck, Berlin
Krimi 5068
Lektorat: Ursula Walther
Herstellung: Peter Papenbrok
ISBN 3-442-05068-5

Die Hauptpersonen

Jan Kubitzka	Honorarkonsul, Flieger und Liebling der Regenbogenpresse
Irmela Ellers	Studentin, früher im Bundeskanzleramt
Alexa Reese	Wissenschaftlerin im Europaministerium
Mario Pavone	Chemikalienhändler und Flieger
Sabine Heyden	Referendarin in der Universitätsbibliothek
Diplomaten	Herren, die Kontakte suchen
Der Schnuppie-Clan	Jeunesse dorée, der alles schnurz- und piepegal ist
Walter Freiberg	Kriminalhauptkommissar 1. K.
Wolfgang Müller genannt »Lupus«	Kriminalhauptmeister 1. K.
Barbara Fendt	Kriminalkommissarin 2. K.

Der Roman spielt in
Bonn und in den Benelux-Staaten

1

In dieser Nacht sollte es geschehen.

Mitternacht, zwölf Uhr zur Geisterstunde, hatte man sich nach altem studentischen Brauch auf dem Venusberg, hoch oben über der Stadt, an einem lauschigen Plätzchen in die Arme zu nehmen und zu lieben. Das versprach Glück auf Dauer.

In dieser Nacht stand ein voller Mond über dem Rheintal. Sein dunstiger, kreisrunder Hof ließ einen baldigen Wetterumschwung erwarten. Mildes, blaßgelbes Licht fiel durch das Blattwerk der Bäume am Kaiser-Wilhelm-Stein.

Die blonde Verena, viertes Semester Biologie, war an diesem Abend überzeugt, ihren Doktor nicht selbst »machen« zu müssen, denn sie hatte ihn schon gefunden. Ulrich Steiner hatte ihr vor ein paar Stunden in einer gemütlichen Ecke der von Medizinstudenten geschätzten Pinte »Jonathan« ins Ohr geflüstert, daß beide Berichterstatter seine Dissertation mit einer Gesamtnote »Ganz oben« bewerten wollten. Ein befreundeter Assistent aus der Klinik hatte die hochstimmende Nachricht über das Telefon durchgegeben. Das war ein Grund, mit Kir Royal anzustoßen und den Gang zum Kaiser-Wilhelm-Stein zu wagen.

»Ich glaube, wir sind ganz schön beschwipst«, kicherte Verena und hängte sich in Ulrichs Arm. Auf dem WDR-Sendemast leuchtete vielversprechend ein rotes Licht. Sie hatten bald das Sportgelände passiert und dichteren Wald erreicht.

»Ein bißchen unheimlich ist es hier schon«, meinte Verena und drängte sich näher an Ulrich, als sie in den vom Mondlicht geworfenen Schatten der Bäume eintauchten.

»Hast du etwa Angst? – Komm! Hier scheint niemand zu sein.«

Eng umschlungen gingen sie den Waldweg entlang. Das dichte Laubdach über ihnen hielt die Dunkelheit fest. Am Denkmal wichen die Bäume zurück – und da war er wieder, der lichtspendende

Mond. Scharf gezeichnet rahmten die Basaltsäulen das kupferne Medaillon von Wilhelm I. auf glattem Marmor.

Verena wandte sich der Parkbank zu. »Komm, Ulrich. – Das ist der richtige Platz. Hier gönnen wir uns eine schwache Stunde.«

Er lachte leise. »Halt! – Erst dem Kaiser huldigen; nur das garantiert Liebe und Glück.«

Sie gingen vier, fünf Schritte zu dem senkrecht gruppierten Basaltgestein und ließen ihre Hände über das Medaillon mit dem Kaiserkopf gleiten. Es war kalt und beschlagen. Wie selbstverständlich fanden sich ihre Hände, bis sie die wiederkehrende Wärme fühlten.

»So, und jetzt noch einmal die Kaiserliche Hoheit umrunden, sonst wirkt der Zauber nicht«, flüsterte Ulrich und zog Verena nach links. Sie drängte sich an ihn und ließ sich willig führen. Plötzlich verhielt sie ihren Schritt und umklammerte seinen Arm. »Du, da ist doch jemand!«

»Wo? Ein Spanner?«

»Nein, sieh doch, dort auf den Steinen.« Verenas Atem ging schnell und kurz. »Wirklich, da liegt jemand.«

Beide standen eine Weile still und starrten auf den Körper, der wie vom Kreuz genommen auf den Findlingen des Sockels lag. In den geöffneten Augen stand der Widerschein des fahlen Mondlichts.

Nur leise kamen ein paar Worte über Verenas zitternde Lippen.

»Ulrich, ich habe Angst. Komm, laß uns schnell verschwinden; komm bitte!«

Er hielt sie zurück und versuchte die dämmrige Dunkelheit unter den Bäumen zu durchdringen. Nichts rührte sich. Nur die Blätter raschelten leise im Wind.

»Das ist eine Frau«, murmelte Verena, »und ich glaube, sie ist tot.«

»Oder einfach betrunken – vielleicht braucht sie Hilfe.«

»Aber die Augen...«

Ulrich löste sich aus Verenas Umklammerung und ging mit kurzen Schritten zum Steinsockel vor. Vorsichtig legte er seine Hand auf die Stirn der Frau, die noch sehr jung wirkte. Die Stirn war feucht, aber nicht so kalt, wie er vermutet hatte. Behutsam hob er eine Hand hoch und ließ sie wieder los – schlaff fiel der Arm zurück. Ein paar Armringe klirrten leise.

Ulrich richtete sich auf. »Ich glaube, die ist noch nicht lange tot. – Lauf zum Panorama-Hotel oder zu den Universitätskliniken und ruf eins eins null an. Ich warte hier.«

»Nein, o nein!« wehrte Verena ab. »Allein gehe ich keinen Schritt.«

»Dann gehe ich, und du...«

»Nein!« schrie sie, bevor er den Satz vollendet hatte.

»Also gut, gehen wir beide. Hier können wir nichts weiter tun.«

Verena zog ihn mit sich. »Himmel hilf; ich bin vollkommen fertig. – Nun komm schon.«

»Weißt du, wie spät es ist?« fragte Ulrich mit einem gequälten Lachen – und gab die Antwort gleich selbst: »Null Uhr – Mitternacht! Also los, rufen wir die Polizei.«

»Und dann verschwinden wir.«

»Nein«, sagte Ulrich bestimmt. »Wir warten hier, sonst wird nach uns gefahndet, und wir stehen ganz schön dumm da, wenn sie uns finden.«

»Das sollte nun unsere Nacht sein«, seufzte Verena. »Die werde ich nie vergessen – und Kaiser Wilhelm auch nicht!

»Bitte, warten Sie in Höhe des Sendemastes auf das Eintreffen unseres Streifenwagens«, hatte der Beamte in der Einsatzleitstelle des Polizeipräsidiums Bonn ruhig und bestimmt gesagt, nachdem er die Meldung über die anscheinend tote Frau am Kaiser-Wilhelm-Stein entgegengenommen hatte. Noch während Ulrich resigniert und zornig zugleich die lahmen Beamtenärsche verfluchte, die mit langweilig-kühler Routine die Todesnachricht registriert hatten, ergingen vom Funktisch drei die notwendigen Anweisungen. Langsam drehten sich an der Rückwand des Raumes die Revoxbänder der Aufzeichnungsgeräte, die jedes Wort der jetzt anlaufenden Aktion festhalten würden. CEBI, die *C*omputerunterstützte *E*insatzleitung, *B*earbeitung und *I*nformation, mit zwölf Funkleittischen, einem Großrechner und Dutzenden von Monitoren, funktionierte ohne Hektik.

Die Streifenwagenbesatzung von UNI 11/16 hatte es sich in einer Parkbucht vor dem Beethoven-Gymnasium bequem gemacht. Polizeiobermeister Dettel rauchte eine Zigarette. Hauptmeister Meinhard war ausgestiegen, um sich die Beine zu vertreten. Eine Polizeistreife, vom Koblenzer Tor kommend, gesellte sich zu ihm. Einer von beiden war eine Frau. Lässig, wie ein Theatertäschchen trug sie die Heckler-und-Koch-Maschinenpistole am Riemen über der rechten Schulter.

»Ihr seid ein schönes Paar«, frotzelte Meinhard. »Bonns Bürger würden ihre helle Freude haben, wenn sie wüßten, wer sie nächtens beschützt.«

»Und ich würde meine Freude haben, jetzt im warmen Bett zu liegen, anstatt mich hier als Frau zu verwirklichen«, gab die ansehnliche Polizistin zurück.

»Gute Idee«, stellte Meinhard fest. »Jeder von uns wäre bereit, dabei Gesellschaft zu leisten.«

Noch bevor das Wortgeplänkel weitergehen konnte, krächzte der Lautsprecher los. UNI 11/16 erhielt Einsatzbefehl. Dettel und Meinhard meldeten sich über Funk dienstbereit und gaben für das Elektronengehirn von CEBI über Knopfdruck den Status drei ein: »Auftrag übernommen«. Bei der Abfahrt hörten sie noch die sehnsüchtigen Worte der Kollegin: »Mensch, bei euch ist wenigstens was los.«

UNI 11/16 fuhr mit Blaulicht und aufheulender Sirene Richtung Poppelsdorf und dann die Robert-Koch-Straße den Venusberg hinauf. Am Sendemast des WDR bremste der Fahrer und nahm Ulrich und Verena auf. Noch dreihundert Meter, dann hielt der Wagen in der Nähe des Denkmals.

»Gut, daß Sie dageblieben sind«, sagte Obermeister Dettel. »Die meisten hauen ab, wenn sie uns hochgescheucht haben. – Also, wo liegt die Tote?«

Ulrich wies zum Kaiser-Wilhelm-Stein hinüber. »Dort hinten.«

»Seltsamer Ort für Leichen«, stellte der Obermeister fest und nahm die Handlampe aus dem Kofferraum. »Das sehen wir uns mal an! Ihre Begleiterin bleibt hier bei meinem Kollegen. – Kurt, du sicherst das Gelände, so gut es geht. Wir brauchen Verstärkung.«

»CEBI macht schon mobil«, bestätigte Meinhard und drehte

den Lautsprecher hoch.

Der Obermeister wandte sich an Ulrich: »Wie ist Ihr Name? Beruf?«

»Ulrich Steiner, Student.«

»Also, Herr Steiner, sind Sie einverstanden, mich zu begleiten?«

»Ja, natürlich.«

»Sie waren beim Bund?«

»Wehrpflichtiger – gestohlene Zeit.«

»Dacht' ich's mir doch! – Und was wollten Sie um diese Zeit beim Kaiser Wilhelm?«

»Eine laue Sommernacht – und Verena und ich...«

Dettel lachte auf: »Ach so, verstehe. Liebe zur Geisterstunde. Ihr Studenten seid doch vollkommene Spinner. Jetzt hat Ihre Dame wohl den Schock fürs Leben.«

Obermeister Dettel leuchtete den Weg ab und ließ den Strahl der Lampe auch über die Büsche wandern.

»Muß da nicht die Kripo kommen?« fragte Ulrich.

»Erst kommen wir«, brummelte der Uniformierte. »Dann erst kommen die zivilen Schlaumeier. – Was meinen Sie wohl, was hier in der nächsten halben Stunde los sein wird?«

Der Strahl der Handlampe traf die Stämme der Bäume, dann die Basaltsäulen und verhielt auf dem hingestreckten Körper der Frau. Ein bleiches Gesicht unter braunem mittellangen Haar, starre Augen, scharf konturierte und geschminkte Lippen. Der Körper zart und zerbrechlich wirkend in dieser unmöglichen Lage auf den unregelmäßigen Steinen. Ihre Kleidung war fast elegant, in jedem Fall teuer. Ein gelbes Seidenkleid mit weit schwingendem Rock lag wie glattgezogen um ihren Körper, und ein paar hochhackige Sandaletten, die in dieser Umgebung seltsam fremd wirkten, standen rechts neben ihren Füßen. Goldreifen am linken Arm und mehrere, offenbar wertvolle übereinandergesteckte Ringe an den Fingern beider Hände sprachen vorerst gegen einen Raubmord. Doch sonst? – Keine Handtasche, keine Mappe oder ein geflochtenes Körbchen, wie es so viele Frauen mit sich herumtrugen.

»Haben Sie hier irgend etwas verändert oder weggenommen?« fragte der Beamte.

Ulrich verneinte.

Auch Obermeister Dettel versuchte mit eher unbeholfenen Bewegungen die Gewißheit zu erlangen, ob es sich um eine Tote handelte oder ob noch geholfen werden konnte.

»Da ist wohl nichts mehr zu machen.«

Wieder die schrillen Töne von näherkommenden Martinshörnern. Ein zweiter Streifenwagen und der Notarzt sowie ein Rettungstransportwagen trafen gleichzeitig ein. Auf den letzten Metern trat ihnen Obermeister Dettel entgegen. »Bitte nicht weiterfahren; hier müssen erst die Spuren gesichert werden.«

»Und ich muß schnellstens feststellen, ob noch ärztliche Hilfe gebraucht wird – noch eine Lampe her!« rief der Notarzt seinem Gehilfen zu. »Mein Gott, was hat die sich denn für einen Platz ausgesucht?«

Die Untersuchung dauerte kaum fünf Minuten. Der Arzt bemühte sich dabei, die Lage der Frau nicht zu verändern. »Sie ist tot, aber noch nicht lange – ein oder zwei Stunden vielleicht. Der linke Arm weist Einstiche auf – sie könnte an Rauschgift gestorben sein. Wenn der Erkennungsdienst fertig ist, gleich ab mit der Leiche in die Rechtsmedizin. – Ich werde hier nicht mehr gebraucht. Tschüs denn!«

Obermeister Dettel grüßte kurz und sagte zu Ulrich: »Sie müssen noch bleiben, bis die Kripo kommt«, und fügte etwas spöttisch hinzu: »... auf die Sie ja so erpicht sind.« Dann wandte er sich an die Kollegen von der Verstärkung: »Seht euch mal ein bißchen um, ob sich hier jemand in der Nachbarschaft herumtreibt. – Aber unsere Einsatzhundertschaft muß wohl noch her. Na, die schlauen Kriminalen werden's schon richten. – Herr Steiner, wir gehen zurück zum Streifenwagen und nehmen die Personalien auf.«

Ulrich verfluchte seinen Entschluß, gegen Verenas Rat an Ort und Stelle auf das Eintreffen der Polizei gewartet zu haben. Jetzt würde man sie ausquetschen wie Zitronen. Schließlich hatten sie die Leiche gefunden. – Diese Nacht war verloren und nichts mehr wert.

2

Dienstag war Dienst-Tag. An diesem ersten Wochentag des Monats rollte im Bonner »Kornschuppen« die Kugel. Das Poltern der Kegel und das Gebrüll der schwitzenden Männer am Vereinstisch war schon eine Weile verklungen. Heftig und laut wurde noch über den polizeilichen Alltag diskutiert. Ein paar brave Geschäfts- und Bürgersleute, die immer dabei waren, wenn die Kugel geschoben wurde, hatten für ihren »Kriminalhauptkommissar« Freiberg und seinen engsten Mitarbeiter Wolfgang Müller – hier wie in Kollegen- und Ganovenkreisen nur »Lupus« gerufen – vorzügliche Ratschläge parat, wie man dem Wirken der vermummten Chaoten Einhalt gebieten könnte. Das Rezept war einfach: draufhaun und einsperren – und natürlich absolutes Demonstrationsverbot für die Bundeshauptstadt.

»Die tanzen dem Staat ja auf der Nase herum – und wir bezahlen die Steuern, damit unsere Kehrmännchen den Dreck wegräumen«, klagte ein wohlgenährter Mittvierziger und klopfte dabei mit einem schweren Siegelring auf die Tischplatte. »Da muß doch mal durchgegriffen werden.«

»Chaoten sind nicht das wirkliche Problem unserer Gesellschaft«, hielt ihnen Freiberg entgegen. »Mit denen werden wir schon fertig. Ich habe mehr Angst vor den machthungrigen Politikern, die ihren Gegnern alles mögliche anzuhängen versuchen, bis hin zu Aids und Homosexualität, um sie bei den Wählern schlechtzumachen. Damit geht der beste Staat kaputt.«

»Na, warum denn gleich so harsch? Wo gehobelt wird, da fallen Späne!« winkte der Siegelringträger ab. »In aller Freundschaft, Freiberg, – nur nicht zu weit nach links abdriften; das schadet der Karriere.«

»Leitender Hauptkommissar ist er ja«, stellte Lupus trocken fest, »und Studiendirektor wird er nicht mehr. – Dafür hat er zwei prima Staatsexamen in der Tasche, und wir bei der Polizei haben wenigstens einen, der richtig schreiben und lesen kann.«

Walter Freiberg hatte es nicht so gern, wenn sein verflogener Traum vom Beruf im Lehramt vor anderen breitgetreten wurde.

»Lupus, halt die Klappe«, sagte er kurz. »Die Zeiten sind vorüber, und ich weine ihnen nicht mehr nach.«

»Was denn – ein Studierter?« faßte der um die Steuerzahler besorgte Kegelbruder nach. »Und dann …«

»Kommissar Freiberg ans Telefon. – Anruf vom Präsidium«, rief der Wirt über die Köpfe hinweg. Freiberg war für die Unterbrechung dankbar.

Lupus fluchte: »Mist verdammter; ich ahne Böses, wenn die uns um Mitternacht im ›Kornschuppen‹ auftreiben.«

»Aber ihr habt einen interessanten Beruf«, stellte ein anderer fest.

»Das erkläre mal meiner Frau«, erwiderte Lupus und zahlte die kleine Zeche für seinen Kommissar gleich mit.

Eine Minute später stand Freiberg in der Tür. Er hatte die Rechte zur Faust geballt und hielt den Daumen hoch; dann drehte er wie ein Cäsar in der Arena die Hand nach unten. Lupus kannte das Zeichen, stand auf und ging zu seinem Chef.

»Du kannst dich zu Hause abmelden. – Tote Frau auf dem Venusberg«, informierte Freiberg kurz. »Der Aufmarsch hat schon begonnen; wir sollen uns beeilen.«

»Aber mit Helga sprichst du. Die wird ziemlich unwirsch, wenn sie allein im Bett nicht warm werden kann.« Lupus zog seinen Chef in die Telefonnische und wählte die häusliche Rufnummer. Seine Frau meldete sich schon nach dem zweiten Rufton. Lupus versuchte seiner Stimme Kreide unterzulegen: »Liebes, mit schneller Heimkehr wird es heute nichts. Wir sind im Einsatz.«

Freiberg konnte die Antwort nicht verstehen, doch das verkniffene Gesicht seines Kollegen sprach Bände. »Nun sei doch nicht gleich so giftig, Helga. Der Chef kann dir das vielleicht besser erklären als ich.« Schwupp, hatte Freiberg den Hörer in der Hand. Er warb mit wohlgesetzten Worten um Verständnis. Die Pflicht sei leider wieder einmal stärker als der Wunsch, nach Hause zu kommen. Unvermittelt dröhnte vom Stammtisch lautes Lachen herüber.

»So ist das also«, kam es spitz über den Draht. »Eure Einsatzgeräusche sind ja nicht zu überhören. Na, dann tut mal weiterhin eure Pflicht im Doppelkorn-Schuppen.« Klick – und das Gespräch war zu Ende. Freiberg hängte den Hörer ein und hob die Schultern. Lupus seufzte: »Haussegen im Eimer; drei Tage verschärfter Liebesentzug. – Komm, gehen wir.«

Die Ankunft eines roten Golf, gefolgt von einem klapprigen Deux-Chevaux, auf dem Venusberg ließ nicht vermuten, daß die Bonner Kripo ein paar ihrer besten Leute im Einsatz hatte. Als erster wurde Hauptkommissar Freiberg von einem Beamten daran gehindert, auf dem Waldweg weiterzufahren. Kriminalhauptmeister Müller hatte an diesem Kegelabend das Auto seiner studierenden Tochter benutzen dürfen. Er hielt hinter dem Golf und ließ sich dabei auch nicht von den wütenden Handzeichen und Anweisungen des Streifenbeamten beeindrucken. Er stieg aus, legte gönnerhaft die Hand zum Gruß an die nicht vorhandene Kopfbedekkung. »Bitte, Herr Polizist: Kriminalhauptkommissar Freiberg, Chef der ersten Mordkommission auf Golf, und Kriminalhauptmeister Müller auf Ente, melden sich ungern zum Dienst. – Nun gib mal den Weg frei, Kumpel.« Der Streifenbeamte schüttelte den Kopf, trat beiseite und schwieg.

Obermeister Dettel von UNI 11/16 stand in der Nähe des Denkmals und begrüßte die ihm bekannten Kollegen aus dem Präsidium. Er winkte Ulrich Steiner und Verena herbei. »Die beiden Studenten haben die Tote hinter dem Kaiser-Wilhelm-Stein gefunden, ziemlich genau um Mitternacht.«

Freibergs Gruß war ein kurzes Kopfnicken. »Haben Sie irgendwelche Beobachtungen gemacht?«

»Wir haben keinen Menschen gesehen«, erklärte Ulrich.

»Auch vorher nicht, weder auf dem Hauweg noch am Abgang zur Rosenburg«, fügte Verena hinzu.

»Haben Sie Ihre Personalien schon angegeben?« fragte Freiberg.

»Alles erfaßt«, erklärte Dettel.

»In Ordnung; dann ist das für Sie hier erledigt. Ich möchte mich morgen – nein heute, der neue Tag ist ja schon angebrochen – mit Ihnen im Präsidium unterhalten. Sagen wir um elf. Läßt sich das machen?«

Ulrich und Verena nickten; sie hatten das Herumstehen satt.

»So, das wär's dann. Bis elf Uhr also. Gute Nacht.«

In des Kaisers Umgebung sah es inzwischen so aus, als würde der Sedanstag gefeiert. Der Erkennungsdienst hatte Breitstrahler und Lichtgiraffen aufgestellt, um den Fundort der Leiche auszuleuchten. Einige Streifenbeamte geisterten mit ihren Handlampen in den Büschen herum.

Kommissar Freiberg ließ sich kurz einweisen und betrachtete die Tote. Noch sagte ihm der Fall nichts. Lupus gönnte der jungen Frau nur einen flüchtigen Blick. In all den Dienstjahren hatte er die Scheu vor Leichen nicht überwinden können. Das war sein Trauma; es wurde im 1. K. zwar belächelt, aber auch stillschweigend respektiert. Diese Leiche lag jedenfalls nicht in ihrem Blut; so ließ sich der Anblick leichter ertragen.

Um seinen Augen einen Fixpunkt zu geben, las Lupus die in die Marmorplatte gravierte Inschrift vor: »Dem Gedächtnis Kaiser Wilhelm I weihte diesen Hain die Stadt Bonn.«

Mit einem Fettstift hatte jemand auf eine der Basaltsäulen geschrieben: »Heroin – Heldendroge«.

»Kaiserliche Hoheiten können alt werden, auch wenn sie Kriege führen«, sagte Lupus. »Helden sterben jung. Mein Gott, dieses tote Mädchen dürfte so alt sein wie meine Tochter.«

Freiberg gab ihm einen Rippenstoß. »Umschalten, altes Haus. Zur Sache, Kollegen! Frage eins: Ist die Tote identifiziert? Frage Nummer zwei: Ist die Todesursache bekannt?«

Der Leiter des Erkennungsdienstes konnte nicht viel zur Aufklärung beitragen. »Die Tote ist unbekannt. Wir haben keine Papiere bei ihr oder in der Nähe gefunden. Todesursache? Jedenfalls keine äußeren Verletzungen, die auf Gewaltanwendung schließen lassen. Der Notarzt will Einstiche an den Armvenen festgestellt haben. Dann hätten wir eine Fixerin vor uns. Aber ob das wirklich etwas mit dem Tod zu tun hat, müssen uns die Rechtsmediziner sagen.«

Kommissar Freiberg erinnerte sich an seine ersten Semester in Bonn, als er mit Sabine, seiner »studentischen Hilfskraft«, hier oben gewesen war. »Gehen die Studenten auf dem Venusberg immer noch so zur Sache wie zu meiner Zeit?«

Der Leiter des Erkennungsdienstes zuckte mit den Schultern; er verstand die Frage nicht. Lupus kannte sich da besser aus. Er hätte es nicht so gern gesehen, wenn seine Tochter ihr Biologiestudium mit dem Venusbergritual gekrönt hätte. Aber das war eine Sache, in der Väter nicht gefragt wurden. »Große Happenings gibt es kaum noch«, erklärte er seinem Kommissar, »aber hin und wieder ein kleines Besäufnis und Liebeszauber zur Geisterstunde.«

»Heroin – Heldendroge«, zitierte Freiberg. »Hat man hier ein neues Spiel mit Rauschgift aufgelegt?«

»Schwer zu sagen«, meinte der Kollege vom Erkennungsdienst. »Wenn die sich wirklich den Goldenen Schuß verpaßt hat, dann hätten wir zumindest die Injektionsspritze finden müssen.«

»Vielleicht hat sie alles in die Büsche oder dort über die Mauer geworfen«, mutmaßte Freiberg.

Der Chef des Erkennungsdienstes winkte energisch ab. »Bei der Lage der Toten – ausgeschlossen. Wenn Rauschgift intravenös gedrückt wird, ist sofort der Flash da, das euphorische Feeling. Die schweben dann wie die Engel im All, und kein Junkie denkt daran, die Spritze noch wegzuwerfen und sich in diese Position zu bringen. Ausgeschlossen! Eher möchte ich annehmen, daß jemand dabei war, als es passierte. Der hat dann alles abgeräumt. Dafür spricht auch das Fehlen aller persönlichen Dinge wie Handtasche etc. Das Gelände muß gründlich abgesucht werden; – ich habe die Einsatzhundertschaft angefordert.«

»Schöne Aussichten für die Ermittlungen«, bemerkte Lupus. »Mord durch vorgetäuschten Fixertod; das wäre mal etwas ganz anderes für uns Pastorenkinder.«

Freibergs Blick ruhte nachdenklich auf der Toten: jung, schön und ausgelöscht für immer. »In jedem Fall brauchen wir Verstärkung vom zweiten Kommissariat«, überlegte er laut. »In der Rauschgiftszene kennen wir uns zu wenig aus. Die sollen uns mal für eine Weile ihre Kommissarin Barbara Fendt überlassen.«

Lupus stimmte sofort zu. »Gute Idee, die Frau versteht was von Rausch und Sex.«

Der Leiter des Erkennungsdienstes winkte den Leichenwagen heran: »Die Tote kann abtransportiert werden – wir haben alles erfaßt.«

Lupus wandte sich ab, als die Frau in die »Zinkwanne« gelegt und in den Wagen geschoben wurde. Leicht schwankend rollte das Gefährt auf dem Waldweg davon.

Einige Minuten später ging der nächtliche Zauber erst richtig los. Mannschaftstransportwagen der Einsatzhundertschaft fuhren auf. Junge Kerle, schlank und sportlich trainiert, sprangen von den Fahrzeugen. Handlampen und Sprechfunkgeräte wurden überprüft und weitergereicht.

Der Hundertschaftsführer erläuterte die Aufgabe: »Wir suchen nach persönlichen Gegenständen einer Toten, die am Kaiser-Wilhelm-Stein gefunden worden ist. Vor allem suchen wir nach Fixerutensilien, Armmanschetten, Injektionsspritze und was noch dazugehören mag. – Der erste Zug geht in einer Breite von vier bis fünf Metern rechts und links die Wegränder ab. Die Züge zwei und drei kämmen das Parkgelände bis zum Sportplatz durch. Keine unnötige Hast; alles äußerst gründlich, wenn ich bitten darf.«

Es war nicht der erste Einsatz dieser Art für die Hundertschaft, und die Stimmung war gut, denn man lief nicht Gefahr, sich mit Randalierern herumprügeln zu müssen. Schnell hatten die Männer Aufstellung genommen und die Aktion begann.

Inzwischen versuchten auch Nachtschwärmer und Neugierige zum Ort des Geschehens vorzudringen. Durch die Weitergabe der Gerüchte von Mund zu Mund hatte sich der Fall zu einem veritablen Sexualverbrechen mit Raub und bestialischem Mord ausgewachsen. Die beiden Beamten, die mit rot-weißen Bändern den Weg zum Panorama-Hotel abgesperrt hielten, mußten alle Künste aufbieten, um eine lärmende und angeheiterte Gruppe modisch gekleideter junger Leute am Vordringen zum Denkmal zu hindern.

Die Vertreter der Schickeria wollten sich dieses Happening nicht entgehen lassen. Den Streifenbeamten klang es laut entgegen: »Wir wollen unsern alten Kaiser Wilhelm wieder haben – aber den mit 'm Bart, aber den mit 'm Bart.« Wen beeindruckte es schon, daß dort hundert Meter weiter eine junge Frau vor ein paar Stunden den Tod gefunden hatte? Es war ja wohl nicht anzunehmen, daß sie zum Panorama-Clan gehörte.

Lupus, der selbst gern ein Liedchen sang, hatte für diese Art Totenfeier kein Verständnis; er kochte vor Wut. Schnell schob er den

Fahrer von Uni 11/16 hinter das Steuer und nahm auf dem Beifahrersitz Platz. »Los, Meinhard, halt mal drauf zu. Wir werden diese betrunkene Mischpoke zum Teufel jagen. Hier ist ein Mensch gestorben, und die grölen durch die Nacht, als gelte es einen Kometen zu feiern.«

Uni 11/16 fuhr mit aufgeblendeten Scheinwerfern auf die Gruppe zu. Kurz, aber eindringlich heulte das Martinshorn auf und ließ die Sänger verstummen. Über den Lautsprecher kam die Anweisung: »Bitte verlassen Sie sofort das Gelände. Sie behindern die Arbeit der Polizei.« – Niemand ging. Bedrohlich verstärkt durch den Lautsprecher setzte Lupus nach einer kurzen Pause hinzu: »Sie verschwinden jetzt sofort, oder ich lasse räumen!«

Gejohle brandete neu auf; aber dann trollten sich die Prachtexemplare der Jeunesse dorée.

»Das sind Zeitgenossen«, fluchte Lupus. »Die möchte ich mal von einer Hundertschaft durchprügeln lassen.«

»Na, du bist mir ja ein ziemlich rabiater Vertreter der Ordnungsmacht«, stellte Meinhard fest. »Aber das ist nicht neu für uns.«

»Ist doch wahr«, knurrte Lupus.

Im Parkgelände bewegten sich die Männer der Hundertschaft mit ihren Lampen wie bei einer Mitternachtsprozession. Mit wachsender Entfernung vom Ausgangsort wurden die Raschelgeräusche vom Auseinanderdrücken der Büsche und die Zurufe leiser. Ein paar belanglose Funde wurden über Funk gemeldet: ein verrostetes Kinderfahrrad, ein zerfledderter Regenschirm. Nach einer knappen Viertelstunde erhielt der Hundertschaftsführer die Meldung: »Achtung! Fund einer Damenstofftasche im Buschwerk kurz vor der Straße östlich des Senderkomplexes.«

»Liegenlassen – der Erkennungsdienst kommt. – Zwei Mann bleiben an Ort und Stelle. Die Suche geht weiter«, kam die Anweisung über Sprechfunk durch.

Auch Kommissar Freiberg hatte mitgehört. »Bitte, alle Funde hierher zum Denkmal. Vielleicht haben wir Glück.«

Zwei Mann von der Spurensicherung und der Fotograf machten sich auf den Weg.

Lupus war zurückgekommen und meldete die erfolgreiche Auflösung des Sängerbundes.

»Ich hab's gehört«, bestätigte Freiberg und lächelte. »Deinen höflichen Aufforderungen kann niemand widerstehen. – Woher kamen die Sänger?«

»Vom Panorama-Hotel. Schickeria-Typen mit Geld und einige ›Pseudos‹ treffen sich dort. Da dürften wohl andere Karossen gefragt sein als dein Golf. Mit dem alten R4 hättest du noch Eindruck gemacht.«

»Pseudos?«

»Nun, die Möchtegerns, Schnorrer und Pumper, manchmal auch Studenten, die nicht so knapp bei Kasse sind wie die BaFöG-Empfänger – aber auch Gutbetuchte und attraktive Wesen weiblichen Geschlechts«, erläuterte Lupus.

»Du kennst dich ja gut aus in Bonns halbseidenem Umfeld.«

»Vom Hörensagen. – Meine liebe Tochter ist da auch mal hineingeraten. Sie hat uns begeistert erzählt, was man zu denken und auf dem Leib zu tragen hat, und natürlich welche Automarke adäquat ist. Übrigens, Deux-Chevaux ›Ente‹ ist jetzt, wo sie nicht mehr gebaut wird, absolut in – als Zweitwagen natürlich. – Du merkst schon, ein gutes Familienleben fördert die Gespräche. Lupus erfährt da so einiges.«

»Ach so«, sagte Freiberg schmunzelnd, »ich dachte, ihr unterhaltet euch nur telefonisch miteinander.«

Die Fundsache wurde gebracht: Eine Tasche aus Rohseide, sehr modisch und exklusiv, ähnlich einem Pompadour. Fingerabdrücke ließen sich daran allerdings nicht sichern. Der Kollege vom Erkennungsdienst legte den Inhalt Stück für Stück auf die Stufen des Denkmals, so als würden Opfergaben dargebracht: Ein Portemonnaie aus dem gleichen Material wie die Tasche, bestickt mit Blumenmotiven, Inhalt zweihundertneunundsechzig Mark und ein paar Pfennige, ein Lippenstift in goldfarbener Metallhülse, ein Päckchen Papiertaschentücher, eine Lederschlaufe mit vier Schlüsseln, zwei davon Marke BKS, einer Marke WMS, und ein kleiner einfacher Schlüssel, der für einen Briefkasten bestimmt sein dürfte.

Die aufklappbare lederne Falttasche nahm Freiberg dem Kollegen sofort aus der Hand und entnahm ihr einen Ausweis.

»Na also – der Fund bringt uns weiter. Bitte mehr Licht her!« Es handelte sich um einen maschinenlesbaren Personalausweis, angeblich fälschungssicher, mit einem nicht sehr gelungenen Paßfoto. Die Umsetzung der Farbbilder in Schwarz-weiß bei der Herstellung dieser Ausweise brachte immer mäßige Ergebnisse, mit denen schöne junge Frauen wohl kaum einverstanden sein konnten. Doch für die Tote hatte sich das Problem erledigt.

Freiberg gab bekannt: »Irmela Ellers, vierundzwanzig Jahre alt, wohnhaft in Bonn, Am Hofgarten Nummer siebenundsiebzig.« Er blätterte weiter und zog aus der Einschubhülle einen Studentenausweis der Rheinischen Friedrich-Wilhelm-Universität und eine Immatrikulationsbescheinigung, wie sie zur Vorlage bei Behörden ausgestellt wird.

»Uni Bonn, erstes Semester«, las Freiberg vor.

»Seltsam«, meinte Lupus, »vierundzwanzig Jahre alt und dann erstes Semester; das würde für Studenten passen, die beim Bund waren oder Ersatzdienst geleistet haben. Aber für eine Frau ist das ungewöhnlich; meine Tochter ist ein halbes Jahr jünger und macht im nächsten Jahr ihr Examen.«

»Wir werden klären, wo die Irmela in der Zeit nach dem Abitur gesteckt hat. – Aber wie kommt die Tasche ins Gebüsch?«

»Vom Weg aus hineingeworfen, vermute ich«, sagte der Mann vom Erkennungsdienst. »Aber von wem und warum?«

»Da will uns entweder jemand in die Irre führen, oder dieser jemand ist in Panik geraten und hat die Tasche kurz vor der beleuchteten Straße weggeworfen«, antwortete Freiberg, ohne lange zu überlegen. »Wie sieht's aus mit Fixerutensilien?«

»Nichts.«

»Lupus! Wir haben die Adresse, wir haben die Schlüssel, also fahren wir jetzt zum Hofgarten und schauen uns die Wohnung an. Aber vorher sehen wir kurz beim ›Panorama‹ vorbei.«

Sie verabschiedeten sich von den Denkmalschützern, die ihr technisches Gerät abbauten. Golf und Ente schafften den Weg zum Panorama-Hotel in ein paar Minuten. Das Haus mit seiner streng gegliederten Fassade lag behäbig im Mondlicht.

Auf der anderen Seite des Rheins ragte die Ruine Drachenfels aus einem feinen Schleier von Dunst hervor, der vom Flußbett heraufzog. Der Parkplatz war leer; die Gäste schienen gegangen zu sein.

Freiberg und Lupus überquerten den Platz und gingen auf einen Mann zu, der prüfte, ob Türen und Fenster im Parterre des Hauses geschlossen waren. Der Kommissar sprach ihn an: »Guten Abend oder guten Morgen – wir sind von der Kriminalpolizei.«

Der Angesprochene sah zu den Fahrzeugen hinüber und wieder zurück. »Hm?«

»Ja, Kripo ohne Dienstwagen. Beim Kaiser Wilhelm wurde eine Tote gefunden.«

»Hab's gehört«, brummelte der Mann.

Freiberg hielt den Ausweis von Irmela Ellers ins Licht. »Kennen Sie die Frau hier auf dem Foto?«

»Hm, kann sein – kann auch nicht sein. Diese Schnuppies sehen alle gleich aus. Ob sie dazu gehört, müßten die vom Clan schon besser wissen. Aber seit einer halben Stunde sind alle fort.«

Freiberg war neugierig geworden. »Schnuppies! – Wer soll das denn sein. Ich kenne wohl Yuppies, junge Leute, die viel Geld verdienen und zeigen wollen, was sie sich leisten können. Aber die Young Urban Professionals sind seit dem Aktien- und Dollarsturz doch abgemeldet.«

»Nun – abgemeldet oder nicht, hier heißen sie jedenfalls Schnuppies, weil denen alles schnurz- und piepegal ist, wenn nur der Rubel rollt. Zum Clan gehören so an die fünfzehn bis zwanzig – sagen wir mal – junge Damen und Herren, die sich hier gelegentlich treffen. Tolle Frauen und schicke Autos; damit geben sie an; aber sie tun keinem etwas Böses, sind eher weiche Schmusetypen – jedenfalls die Kätzchen.«

»Übernachten die auch hier?« fragte Lupus und dachte dabei an seine Tochter.

»Das eine oder andere Pärchen schon mal«, kam die Antwort. »Aber jetzt ist niemand im Haus. Ich war heute an der Rezeption und müßte es wissen, wenn jemand geblieben wäre.«

»Danke einstweilen«, sagte Kommissar Freiberg. »Vielleicht melden wir uns noch einmal.«

Der Mann hob kurz die Hand und ging ins Haus.

»Na, mein Freund und Kegelbruder«, stichelte Freiberg, »du bist so schweigsam. Man lernt doch nie aus. Schnuppies im Clan mit Schmusekätzchen – war das auch ein Gesprächsthema im Familienkreis?«

Lupus winkte ab. »Eltern hören ja doch nur das, was für ihre Ohren bestimmt ist. – Aber das liegt alles mehr als ein Jahr zurück.« Nachdenklich setzte er hinzu: »Hoffentlich!«

Die Fahrt zum Hofgarten führte kreuz und quer durch die Südstadt. Freiberg und Lupus ließen Golf und Ente im Halteverbot stehen. Hinter der Adresse von Irmela Ellers verbarg sich ein restaurierter Altbau mit hohen Gesimsen und ausgemalten Stuckornamenten. Wenn die Reihenfolge der Namensschildchen an der Klingelleiste stimmte, mußte sich die Wohnung im zweiten Obergeschoß rechts befinden. So war es auch; der eine BKS-Schlüssel paßte zur Haustür, der andere zur Wohnungstür mit den Initialen I. E.

»Hoffentlich scheuchen wir nicht gleich eine ganze Wohngemeinschaft auf«, sagte Lupus, obwohl er es nicht bedauert hätte, wenn es so wäre. Doch die Wohnung, ein gepflegtes Zwei-Zimmer-Appartement, war leer. Im Wohnzimmer: Sitzecke aus schwarzem Weichleder, Stereoanlage und Fernseher. Küche und Bad teuer ausgestattet. Das sehr viel kleinere Schlafzimmer wurde von einem französischen Bett beherrscht. Es war ordentlich gemacht.

»Hier soll sich mal unsere Spurensicherung umsehen«, sagte Freiberg. »Was wir jetzt brauchen, sind persönliche Unterlagen.«

»Wenig Bücher für eine Studentin«, stellte Lupus fest.

»Einführung in die Betriebswirtschaftslehre, Kaufmännisches Rechnen und ein paar Grundrisse. Wie kann sich eine Studentin überhaupt eine solche Wohnung leisten?«

»Frag mich was Leichteres«, antwortete Freiberg und schaute sich um. »Nimm dir mal den Schreibtisch vor.«

Lupus öffnete den rechten Unterschrank und zog einen Ordner mit der Aufschrift »Personalia« heraus. »Sieh an!«

Freiberg trat neben ihn und schob den ersten Schnellhefter mit dem Informationsmaterial für Erstsemester über die Haltebügel. Dann pfiff er durch die Zähne. Lupus stieß einen Seufzer aus:

»Ach du dickes Ei!«

Das oberste Blatt des zweiten Hefters trug den Briefkopf »Bundeskanzleramt«; über einem halbseitigen Text stand in Großbuchstaben das Wort »Dienstleistungszeugnis«. Es war vor zwei Monaten ausgestellt.

In wenigen Sätzen wurde gesagt, daß sich Irmela Ellers als sehr befähigte Referatsassistentin mit guten Stenografie- und Schreibmaschinenkenntnissen stets bemüht habe, ihre Aufgaben zur Zufriedenheit ihres Vorgesetzten zu erledigen. Sie verfüge über fundierte Sprachkenntnisse in Englisch und Italienisch und Grundkenntnisse in der spanischen Sprache. Weil sie ein Studium aufnehmen wolle, erfolge die Lösung des Arbeitsvertrages ohne Einhaltung einer Kündigungsfrist im gegenseitigen Einvernehmen.

»Die ist gegangen worden! – ›hat sich bemüht‹ und ›im gegenseitigen Einvernehmen ohne Einhaltung einer Kündigungsfrist‹ – damit ist alles gesagt«, stellte Freiberg fest. »So froh stimmt mich das nicht. Da dürfte einiges auf uns zukommen.«

»Das Gefühl habe ich allerdings auch«, ergänzte Lupus.

Freiberg hatte es jetzt eilig, die Wohnung zu verlassen.

»Gehen wir, für heute reicht's. – Um neun Uhr Besprechung in meinem Dienstzimmer.«

Im Haus war es still; niemand schien die nächtlichen Besucher bemerkt zu haben. Der Briefkasten »I. Ellers« im Flur des Erdgeschosses ließ sich mit dem kleinen Schlüssel öffnen. Postsachen waren nicht darin enthalten.

Kommissar Freiberg betrachtete das Schlüsselbund. »Wir haben einen Schlüssel zuviel – und genau der sieht aus, als gehöre er zu einer Wohnung mit WMS-Schließanlage. Die werden wir finden müssen. – Auf, satteln wir die Ente. Deine Frau wird sich freuen, ihren Staatsdiener wärmen zu dürfen.«

3

Walter Freibergs Suche nach einem Parkplatz in der Nähe seiner Souterrainwohnung in der Rittershausstraße war erfolgreich. Durch die zur Straßenseite vergitterten Fenster sah er im Wohnraum Licht. Doch die Hoffnung, daß seine »studentische Hilfskraft« auf ihn gewartet haben könnte, wurde enttäuscht. Für Sabine Heyden war es am vergangenen Tage bei der Vorstellung in Köln um alles oder nichts gegangen – nämlich darum, ob sie bei McDonalds weiterhin BigMac, Cola und anderes Labsal verkaufen mußte oder ob sie endlich als promovierte Historikerin die düsteren Perspektiven arbeitsloser Lehrer vergessen konnte. Sie hatte einen großen Zettel auf den Schreibtisch gelegt:

»Waldi – wau! Geschafft! Die Auswahlkommission bei der FABIDO hat zugeschlagen. (Übrigens heißt das Fachhochschule für Bibliotheks- und Dokumentarwesen, du Schlaumeier.) Von hundertvier Bewerbern waren dreißig in der engeren Wahl für vier Referendarstellen an der Universitätsbibliothek Bonn. Eine davon gehört jetzt mir!!! Die Dissertation über die ›Jungfräuliche Königin Elisabeth I.‹ hat mächtig Eindruck gemacht, wohl auch der Studienaufenthalt in der British Library in London. – Das bedeutet noch mal zwei Jahre Ausbildung. Ich muß morgen früh ausgeschlafen in der UB sein und verschwinde jetzt – es ist nach Mitternacht – in mein Bett. Auch in der Beethovenstraße liebt dich deine Sabine.«

An der Seite stand noch folgendes P. S.: »Ich komme am Nachmittag vorbei. Schreib auf, was fehlt und wie wir das Ereignis feiern wollen.«

Das war die beste Nachricht der letzten vierundzwanzig Stunden. Freiberg gönnte sich einen doppelten Whisky.

Dreieinhalb Stunden Schlaf mußten genügen. Im Präsidium nahm Fräulein Kuhnert, die wohlproportionierte Bürokraft und »Kommissarin ehrenhalber«, ihren Chef mit den Worten in Empfang: »Einen Morgengruß dem Nachtarbeiter. CEBI hat die Schrekkensmeldung schon ausgedruckt. Chef Kripo und Gruppenleiter erwarten Ihren Bericht.«

»Einen schönen guten Morgen – wie sieht's aus mit dem Kaffee?«

»Fertig.«

»Bestens – den immer zuerst. Dringende Angelegenheiten können durch Zeitablauf nur noch dringender werden.« Freiberg überlegte kurz. »Hier, diese persönlichen Unterlagen unserer Toten vom Kaiser-Wilhelm-Stein soll Ahrens mal sichten. Schauen Sie auch mit rein. – Um neun Uhr die ganze Crew zu mir, und bitten Sie den Kollegen Handtke vom zweiten K., die Kommissarin Fendt für die Mordkommission abzustellen.«

Fräulein Kuhnert, unbefangen und neugierig wie immer, fragte sehr direkt: »Mord, Sexualdelikt und Rauschgift? – Schon dem Täter auf der Spur?«

Freiberg zog langsam und genüßlich den Kaffee in sich hinein und aß dazu einen Kanten Brot mit einem Stück Wurst, das er beim schnellen Aufbruch hatte greifen können.

»Noch alles offen. Dieses Mädchen lag tot auf den runden Findlingen des Denkmalsockels; ein schwer erträgliches Bild. Vielleicht ist sie an Rauschgift gestorben. Der Arzt hat Einstiche in die Armvenen festgestellt. Das ist aber auch alles, was wir wissen.«

»Und dafür hat CEBI euch aus dem Kornschuppen geholt – das ist ja die Höhe! Da hätte doch wohl ›Sex und Rausch‹ ran müssen.« Fräulein Kuhnert konnte äußerst ungehalten werden, wenn sie das Gefühl hatte, daß ihren »Mannen« zuviel zugemutet wurde.

Dann nahm sie es mit der Anrede nicht mehr so genau, mal kam du, dann Sie, mal ihr.

»Die Ergebnisse der Rechtsmedizin und Spurensicherung möchte ich so schnell wie möglich auf dem Schreibtisch haben«, sagte Freiberg beim Hinausgehen. »Das soll Lupus in die Hand nehmen.«

Kripochef Dr. Wenders und der Gruppenleiter ließen sich den Sachverhalt vortragen und zeigten sich erleichtert, daß die Tote so schnell identifiziert werden konnte. Freibergs Hinweis auf das Ergebnis der nächtlichen Suchaktion in der Wohnung am Hofgarten war allerdings eine unangenehme Überraschung.

»Studentin, bis vor zwei Monaten noch im Bundeskanzleramt?«

vergewisserte sich Dr. Wenders. »Da scheint mir Vorsicht geboten. Wir wollen ja nicht gleich die Superverdachtschöpfer vom Bundeskriminalamt im Nacken haben. – Dann auch noch Rauschgift im Spiel, eine wirklich unangenehme Sache. Wieviel Drogentote gibt es schon in diesem Jahr?«

Gruppenleiter I, dessen Kommissariate 2 und 3 auch für Rauschgiftkriminalität, Sexualdelikte und Wirtschaftskriminalität zuständig waren, gab die Antwort ohne Zögern: »Im ersten Halbjahr bundesweit mehr als dreihundert Tote; das dürften in diesem Jahr mehr als sechshundert werden. Es geht also wieder aufwärts in Deutschland. Im Raum Bonn haben wir auch schon fünf.

»Es ist zum Weinen, wie sich die Junkies umbringen, und es ist zum Kotzen, daß wir die Großdealer nicht aufhängen können.« Dr. Wenders, ein sportlich-jovialer Mann mit braunem Kraushaar, dem man ansah, daß er gern lachte, war nicht so schnell aus der Ruhe zu bringen. Er führte an langer Leine – aber das Thema Rauschgift ließ ihn explodieren. »Wenn hinter dem Tod des Mädchens Dealer aus Bonn stecken, dann haut sie zusammen, daß sich hier keiner von ihnen jemals wieder blicken läßt. Eine Rauschgift-Maffia in der Bundeshauptstadt – das hätte uns gerade noch gefehlt; wo wir doch mit den Großen der Welt schon so Bedeutendes erleben.«

»Noch ist die Todesursache nicht festgestellt«, versuchte Freiberg die Emotion zu dämpfen.

»Nun gut – keine voreiligen Schlüsse. Ich weiß ja, daß ich mich auf meine Pastorenkinder verlassen kann.«

In Zimmer 306 mit dem Blick zu den grünen Hängen des Siebengebirges diskutierten die Mitarbeiter der Mordkommission den neuen Fall. Lupus hatte über die nächtlichen Aktionen berichtet und sah dem Kommissar erwartungsvoll entgegen. Freiberg deutete einen Gruß an und setzte sich an die Stirnseite des Tisches.

»Die Chefs lassen uns arbeiten«, stellte er lapidar fest. »Rauschgift in Bonn hätten sie allerdings nicht so gern.«

»Sie werden sich an schlechte Nachrichten gewöhnen müssen«, sagte Lupus und berichtete über das Telefongespräch mit der Rechtsmedizin. »Irmela Ellers ist an einer Überdosis Heroin in

Verbindung mit Verunreinigungen durch Strychnin gestorben. Mehr…«

Es klopfte an der Tür zum Vorzimmer. Fräulein Kuhnert bat die Kommissarin vom 2. K. einzutreten. Barbara Fendt konnte sich sehen lassen. Sie war mittelgroß, schlank, mit braunen Augen und schwarzem Haar. Sie benutzte nur wenig Make-up, und doch gelang es ihr nicht, wie eine Bewährungshelferin auszusehen. Mit Jeans und Lederweste versuchte sie, sich den Typen der Drogenszene anzupassen.

Freiberg stand auf und begrüßte die Kollegin. »Du kommst zum richtigen Zeitpunkt, und wir werden dich festhalten, bis unser Fall gelöst ist.«

»Endlich mal Rausch und Sex in der Mordkommission«, strahlte Lupus. »Das wird die wahre Freude sein.«

»Mit mir nicht«, konterte die Kommissarin. »Ich kann auf Animateure verzichten.«

»Aber wir brauchen dich wirklich«, sagte Freiberg und schob ihr einen Stuhl zu. »Der Tod von Irmela Ellers letzte Nacht ist durch eine Überdosis Heroin, verunreinigt durch Strychnin, eingetreten.«

Der blonde Ahrens schüttelte sich. »Rattengift – entsetzlich. Wenn das kein Mord ist!«

»Vorsicht mit den schnellen Folgerungen«, stoppte die Kommissarin die Feststellung. »Der Stoff wird von den Junkies zumeist mit zwanzig bis dreißig Prozent Äitschanteil verwendet. Der Rest: Streckmittel, zum Beispiel Milkpowder, verschiedene Zucker. Manchmal ist auch Strychninpulver drin, das allerdings von einer bestimmten Konzentration an die Himmelfahrt beschleunigt.«

»Und wo gibt's Äitsch in Bonn?« fragte Lupus. Dabei quetschte er das Äitsch für ›H‹ durch die Zähne, als habe er in eine Zitrone gebissen.

»Bei mir«, antwortete die Kommissarin und zog eine kleine durchsichtige Plastiktüte aus der Tasche. »Ein Pröbchen für die Freunde vom 1. K. Ich weiß allerdings nicht, ob Strychnin drin ist. Möcht's jemand versuchen? Über einer Kerze im Löffel mit Ascorbinsäure und Wasser aufkochen, durch Watte oder Zigarettenpapier abfiltern – fertig ist die Suppe für die Spritze!«

Das Muster lief um den Tisch und wurde von allen Seiten begutachtet.

»Das ist ein ›Fuffipack‹, stellte Barbara fest. Einige in der Runde sahen sie verständnislos an.

»Ein ›Hit‹, die normale Dosis für einen Trip! – Ein Zehntel Gramm intravenös machen ein paar Stunden high. Kostenpunkt fünfzig Deutsche Mark«, erläuterte die Kommissarin. »Wenn ihr in der Kleinszene kaufen wollt, müßt ihr schon die richtigen Begriffe verwenden. Dann gibt es den ›Hunipack‹, die doppelte Dosis. Die brauchen viele Fixer jeden Tag – manche sogar noch mehr. Ihr könnt euch selbst ausrechnen, wie teuer das wird. Je mehr die Junkies ins soziale Abseits rutschen – und das dauert manchmal nur Wochen – um so schneller finden sie sich in der Beschaffungskriminalität wieder. Viertes und fünftes K. können ein Lied davon singen: Diebstahl, Hehlerei, Prostitution. Irgendwann werden die armen Schweine zu Dealern, denn damit ist das meiste Geld zu verdienen. – Dann haben wir sie alle wieder bei Rausch und Sex.«

»Und wo dreht sich das Rad in Bonn?« faßte Freiberg nach.

»Kaiserplatz und Bahnhof?« warf Lupus fragend ein.

»Den Bereich haben wir ziemlich sauber geschrubbt«, erklärte die Kommissarin. »Nein, da läuft nichts mehr. Die Kleinszene hat sich in die Kneipen vom ›Dreiländereck‹ verlagert.«

Freiberg kannte die Gegend am Alten Friedhof noch aus seiner Studienzeit und erinnerte sich an manches Sit-in. »Dort gab es passable Pinten für Studiker mit wenig Moos.«

Barbara Fendt erklärte weiter: »Nun, Rabatzerkneipen sind das heute auch nicht; da wird ganz solide gedealt und angemacht. Die Angst vor Aids hat die Mädchen etwas vorsichtiger werden lassen. Wir haben Hinweise im zweiten K., daß sich die Szene verändert. Kokain und Amphetamine sind im Kommen, vorwiegend in Schickeria-Kreisen. Haschisch läuft fast ganz privat. Bei Heroin ist das anders, die Junkies brauchen den täglichen Markt. – Da müßte sich im Dreiländereck vielleicht etwas für euren Fall herausholen lassen.«

»Für ›unseren‹ Fall«, berichtigte Freiberg sie. »Du gehörst jetzt zur Mordkommission.«

»Okay. Ein paar von uns müssen die Szene abklappern – aber

ohne mich. Ich bin zu bekannt in allen drei Treffs. – Die Groß-Dealer im Kilobereich lassen wir einstweilen außen vor. Das ist eine ganz andere Schiene.«

»Ich melde mich freiwillig«, rief Lupus spontan.

»Zu alt für einen Newcomer«, winkte Barbara ab. »Hier, Ahrens, der wäre richtig. Blond, jung und vielversprechend. Auf den werden die Mädchen fliegen.«

»Soweit kommt das noch!« fuhr Fräulein Kuhnert auf. Gelächter ging um den Tisch.

Barbara Fendt sah erst sie, dann Ahrens an. »Ach so ist das. – Dann vielleicht besser nicht.«

»Ich gehe selbst«, stellte Freiberg klar. »Oder bin ich auch zu alt?«

Barbara musterte ihn eingehend. »Noch vertretbar: schlank, sportlich, herbfrisches Gesicht unter dunkelblondem dichtem Haarschopf. Aber das Bärtchen muß ab. Wer dich damit einmal gesehen hat, wird dich wiedererkennen. Außerdem neuer Trend ist: apper Bart, jüngerer Mann.«

»Sabine wird's zu schätzen wissen.« Freiberg strich sich mit der Linken über seinen Junglehrerbart. »Ich werd' ihn opfern – macht ohnehin keinen Eindruck mehr.«

»Nimm sie mit, ich meine deine Sabine. Dann wittern die nicht gleich den Bullen. Ihr müßt so tun, als wärt ihr per Zufall auf der Suche nach einem Bier in die Pinte geraten – und dann sehen, was draus wird.«

»Hast du noch Tips?«

»Versuch an Hoffie ranzukommen. Ein kleiner Mittdreißiger mit dunklem Haar und scharfem Scheitel links. Der meint's gut mit uns. Aber du mußt dich schon strafbar machen und bei ihm wenigstens einen Fuffipack kaufen – und das unter Zeugen. Ablieferung im zweiten K. gegen Unkostenerstattung. Übrigens, die Codeworte sind ›Babynahrung‹ und ›Astronautenkost‹.«

Die Kommissarin wollte in diesem doch noch zu großen Kreis nicht näher darauf eingehen, daß Hoffie einer der seit Jahren verdeckt arbeitenden V-Männer war, der, immer hart an der Grenze der Legalität wirkend, schon manchen Tip gegeben hatte.

»Und wo bitte trinken wir unser Bier?«

»Fangt mal im ›Mallum‹ an, dann ›Tic-Tac‹ und zum Schluß ›Niemandsland‹! Aber vergeßt nicht, daß sich die Typen dort untereinander sehr genau kennen. Alles, was ihr mit denen beredet, wird rückgekoppelt und abgecheckt.«

»Kapiert – und was, Barbara, hältst du sonst von unserem Fall?«

»Mord oder Fixertod durch eigene Hand, vielleicht auch mit fremder Hilfe, alles ist möglich. In jedem Fall muß eine weitere Person vor Ort gewesen sein, ein Schatten, der die Utensilien abgeräumt hat.«

Freiberg nickte. »Spritzen die sich stets eigenhändig das Giftzeug in die Venen?«

»Die echten Junkies wohl immer: Armvenen, Handrücken, auch unter die Zunge. Newcomer und vor allem Mädchen lassen sich schon mal einen Schuß setzen. Manche haben einfach Angst vor der Spritze – zumindest anfänglich – oder auch kein Talent, die Venen zu erwischen. Das gibt dann häßliche blaue Flecken.«

Kommissar Freiberg dankte und verteilte wie üblich die Arbeit: »Lupus, du übernimmst um elf Uhr die Anhörung unserer Mitternachtszeugen und schließt dich mit Presse-Mauser kurz.«

Der Angesprochene nickte: »Der Mauserich kennt jedes Sumpfloch in Bonn.«

»Barbara, Ahrens, Kuhnert, ihr seht alles Material durch, das uns weiterhelfen könnte; zapft die Computer an.« Freiberg zögerte, er wußte nicht so recht, wie er den »Neuen« in der Mordkommission einsetzen konnte. »Singer, ich weiß, Vertretung ist ein undankbares Geschäft. Sie müssen sich selbst schlau machen, wir haben leider kaum Zeit für Individualunterricht. Immer fragen, dann gibt's auch Antworten. – Ich werde versuchen, im Bundeskanzleramt etwas über das Vorleben von Irmela Ellers zu erfahren. – Sonst freie Jagd. Daß mir dabei aber keiner die Junkies aufscheucht. Mein Einstieg im Dreiländereck heute abend muß so unauffällig wie möglich sein.«

Die Kontaktaufnahme mit dem Bundeskanzleramt vollzog sich mit der in Bonn üblichen Glätte und Diskretion. Natürlich war der Leiter des Personalreferats bereit, der Polizei bei ihren Ermittlungen zu helfen, selbstverständlich auch schon in der nächsten

Dreiviertelstunde – aber wenn möglich, ohne Vorfahrt eines Polizeidienstwagens.

Freiberg nahm vom Bundesbehördenhaus die U-Strab bis zur Station Bundeshaus. In der Dahlmannstraße wurden am Gebäude des WDR mit seinen zahlreichen Studios die Fenster erneuert. Ein Spezialkran hob die mit Dreifachverglasung besonders schalldichten Segmente zu den Arbeitern auf ihren Gerüsten hinauf. Von der Rheinseite her vermittelte das Kanzleramt nicht mehr den Eindruck einer Maschinenhalle, der sich dem Betrachter an der Adenauerallee aufdrängte. Henry Moores gerundete Riesenplastik, der Koloß auf dem Rasen des Ehrenhofs, nahm der Strenge der Fassade ihre Unerbittlichkeit. Auf den Rabatten und Beeten blühten Sommerblumen.

Der Pförtner in Zivil vergewisserte sich telefonisch, daß der Besucher angemeldet war. Ein Posten des Bundesgrenzschutzes bediente die rot-weiße Schranke und gab einem Dienstwagen mit BD-Nummer den Weg frei. Andere BGS-Männer standen mit griffbereiter Maschinenpistole im Hintergrund. Freiberg durfte ohne Begleitung den Vorplatz überqueren.

Im Trakt eins hatte er das Gefühl, ein Pullman-Abteil des Fernschnellzuges nach Paris zu durchschreiten. Ein langer teppichbelegter Gang, Edelholzpaneele und ebensolche Türen rechts und links mit den Abständen der Zimmerlängen. Ein gelegentliches leise surrendes Rumpelgeräusch unterstrich die Stille in der Halle der Macht. Die »Geschosse« der Rohrpost verteilten Akten und Aufträge an die Beamten in ihren Dienstwagen. Von dem Lagezentrum tief unten im bombensicheren Keller hatte Freiberg schon gehört, aber er sah keine Hinweisschilder – auch nicht zum Swimmingpool für gestreßte Staatsdiener.

Am Ende des Ganges öffnete sich eine Tür. Ministerialrat Dr. Memper begrüßte den Kommissar wie einen alten Kollegen und bat ihn einzutreten. Das Dienstzimmer war ein Behördenraum wie andere auch; Einbauschränke, Schreibtisch mit Drehsessel auf fünf Rollen, Aktenablage, Besuchersitzgruppe – nur alles etwas teurer und gediegener als in den Dienstbereichen der niederen Besoldungsgruppen.

Die Personalakte »Irmela Ellers« lag bereit. Das Heft war sehr dünn; Karriereschritte hatten noch keine Spuren hinterlassen. Dr. Memper, ein Mann in den Fünfzigern, im grau-blauen Anzug, der seine Verantwortung hinter einem maskenhaften Gesicht verbarg, nahm die Information über den Tod der früheren Mitarbeiterin des Amtes ohne jede Regung zur Kenntnis. Er schlug die Personalakte auf und deutete mit dem Zeigefinger auf den Entwurf des Dienstleistungszeugnisses.

»Sehen Sie hier, Herr Kommissar Freiberg, das Arbeitsverhältnis wurde im gegenseitigen Einvernehmen gelöst.«

»Und der Grund?«

»Lesen Sie selbst. Frau Ellers wollte studieren«, sagte der Leiter des Personalreferats, ohne einen Deut mehr preiszugeben, als in der Akte stand.

Freiberg lächelte. »Ich meine den wirklichen Grund.«

»Sie kennen ihn? – !« Es waren Frage und Antwort zugleich.

Freiberg wollte sich nicht lange mit Floskeln und Höflichkeiten aufhalten. »Ich bin der Überzeugung, daß Frau Ellers rauschgiftsüchtig und damit für das Bundeskanzleramt nicht mehr tragbar war. Fixertod oder Mord – das ist jetzt für uns die Frage.«

Dr. Memper sah auf und sprach das entscheidende Wort noch einmal ganz langsam nach: »Mord«.

Freiberg ließ nicht locker. »Vor drei Monaten war sie noch eine Mitarbeiterin in der Schaltzentrale der Macht. In welchem Sachgebiet hat sie gearbeitet?«

»In der Wirtschaftsabteilung, neue Technologien, Europäische Gemeinschaftsprojekte.«

»Zum Beispiel?«

»Da läuft so einiges; vor allem die Programme der ESA, der European Space Agency, also Columbus, Ariane, Hermes. Alles Elemente der bemannten Raumfahrt, die wir nicht allein den Amerikanern und Russen überlassen dürfen.«

»Und wer Heroin drückt, paßt da wohl nicht hinein?« stellte Freiberg fragend fest.

»Der paßt nirgendwo hinein, jedenfalls nicht in die Dienststellen des Bundes. – Aber Heroin? Sind Sie sicher? Das macht doch völlig kaputt.«

»Und kann auch zum Tode führen – wie in diesem Fall. Es war

eindeutig Heroin oder Äitsch, wenn ich im Fixerjargon sprechen darf.«

»Ich verstehe es gleichwohl nicht.« Dr. Memper schien nach Zusammenhängen zu suchen.

»Sie könnten schon etwas mehr Vertrauen zur Kripo haben«, sagte Freiberg mit Nachdruck. »Was stört Sie an der Todesursache?«

»Heroin! Wenn es das war. – Hier bei uns war es Kokain.«

Der Personalreferent blätterte noch einmal die Akte durch und öffnete einen eingehefteten Briefumschlag. Dann reichte er das Zeugnis des Amtsarztes über den Tisch. »Der Grund meines Zweifelns – überzeugen Sie sich selbst. Als Frau Ellers einige Male in einem ›seltsamen‹ Zustand zum Dienst erschienen war, hat ein Mitarbeiter mit medizinischen Grundkenntnissen Verdacht geschöpft. Wir haben die Ellers dann vor die Alternative gestellt: Anzeige bei der Polizei oder ›freiwillige‹ Untersuchung durch den Amtsarzt. Sie hatte eigentlich keine Wahl. Das Ergebnis war, wie Sie sehen, eindeutig: Kokain. Daraufhin erfolgte die einvernehmliche Trennung.«

»Jetzt bin ich es, der nach einer Erklärung sucht«, sagte Freiberg und dankte für die Hilfe.

4

Direktor Tschernow hatte zu einer dringenden Besprechung in das Haus der völkerverbindenden Kultur eingeladen. Die Villa aus der Gründerzeit stand in Bad Godesberg, dem von Diplomaten besetzten Ortsteil der Bundeshauptstadt. Aus dem Fenster sah man die dem heimatlichen Baustil angepaßten Gebäude der Chinesischen Botschaft. Die Gäste hatten sich aufgrund eines telefonischen Rundrufs im Puchmajer-Raum eingefunden; allerdings waren die sonst stets willkommenen kunstbeflissenen deutschen Besucher von dieser Diskussionsrunde ausgeschlossen.

Eine Dame aus der Botschaft, ein Herr aus der Handelsvertretung sowie ein »Freischaffender« und der Chef des Kulturhauses, wie es kurz genannt wurde, mußten die Lage analysieren und die weiteren Schritte besprechen. Eile war geboten, denn das KGB hatte angefragt, ob man im Kulturhaus etwa noch stolz sei auf die neue Technik, Mitarbeiter zu gewinnen.

Nach einer kurzen Begrüßung kam Direktor Tschernow sofort zur Sache. »Sie wissen, daß eine unserer Top-Informantinnen, die wir für unseren Nachbarn aufgebaut hatten, vor zwei Monaten das deutsche Bundeskanzleramt verlassen mußte. Jetzt habe ich die Nachricht erhalten, daß sie tot ist. Wie mir Genosse Pjotr heute morgen telefonisch mitgeteilt hat, ist sie an einer Überdosis Heroin gestorben. Das jedenfalls habe die Bonner Polizei verlauten lassen. – Unser großer Bruder ist äußerst ungehalten! Von Anbahnungen und Überstellungen dieser Art will er nichts mehr wissen. Er verzichtet auf die weitere Kooperation mit uns beim Objekt X.«

Der Mann mit dem Rücken zum Fenster, Jan Kubitzka, ein alerter dunkelblonder Enddreißiger, Playboy und Sportflieger, wußte, daß er als Projektleiter jetzt die richtigen Worte finden mußte.

»Gleichwohl halte ich unseren Ansatz für vielversprechend«, sagte er. »Dahinter stecken eingehende Überlegungen unserer Wissenschaftler, darunter Ärzte und Psychologen. Nach ihrer überzeugenden Auffassung schaffen wir durch die Drogen eine geradezu unlösbare Abhängigkeit vom Stoff und vom Geld: damit haben wir unsere Informanten viel stärker an der Kandare als durch Liebesbande und Ermittlungshonorare.«

»Aber im Kanzleramt ist es danebengegangen«, stellte Tschernow fest.

»Das ist leider nicht zu bestreiten«, räumte Kubitzka ein. »Die Frau war zu einem Risiko geworden. Doch das Problem hat sich ja gelöst. Wir müssen künftig Mittel und Wege finden, den Betroffenen deutlich zu machen, daß es Schnee nur für den vergnüglichen Feierabend und für das Wochenende geben darf. Wer sich in einer deutschen Dienststelle beim Koksen erwischen läßt, muß vor der Präsentation seiner Schuldscheine beim Verfassungsschutz mehr Angst haben als vor Entziehungserscheinungen. Wer...«

»Sie sprechen über Vorgänge und Begriffe, die nicht allen in der

Runde geläufig sind«, unterbrach der Vorsitzende die Darlegung. »Vielleicht könnten Sie als Projektleiter die Zusammenhänge in Kurzfassung erläutern. Die Zentrale mußte von höchster Stelle angewiesen werden, solch ein Experiment zu wagen, und sie ist nach wie vor skeptisch. Im Kader könnten gewisse Leute daran interessiert sein, daß es nicht klappt. Wir, die Ausführenden, würden dann allerdings auf der Strecke bleiben. – Also sollte es im Interesse aller klappen.«

Jan Kubitzka nickte. »Sie wissen, es geht um die Gewinnung von Informanten und Perspektivagenten. Neu bei dem Verfahren der Anbahnung ist der gezielte Einsatz von Drogen. Für unsere Zwecke kommt nur Kokain in Frage, nicht gespritzt, sondern geschnupft oder inhaliert. Es handelt sich um eine vorzüglich euphorisierende Droge. Sie steigert das Selbstwertgefühl und fördert Aktivitäten, ohne zunächst das kritische Denken mehr als für unsere Zwecke erwünscht, auszuschalten. Die sich nach und nach aufbauende Sucht ist nicht so zerstörend wie bei Heroin. Ob wir später die neuen Designer-Drogen, also chemische Abkömmlinge von Narkose- und Schmerzmitteln, einsetzen können, muß vorerst offen bleiben. Damit zu operieren wäre jetzt ein zu großes Risiko, obwohl der Stoff billiger ist und leichter beschafft werden könnte. Wissenschaftliche Untersuchungen laufen bereits. Man wird uns über die Ergebnisse informieren. Im übrigen sollten wir einen anderen Faktor nicht außer acht lassen: Wenn jemand an Rauschgift stirbt, wird nach weiteren Gründen für den Tod wohl kaum gefragt. – Noch ein Wort zu den Begriffen wie Kokain, Schnee und Koks. Sie sind identisch, gemeint ist immer das kristalline weiße Pulver, welches durch Gärung der Blätter des Cocastrauches und Destillation der so entstandenen pasta básica in den Dschungellabors in Südamerika gewonnen wird. Die Hauptlieferanten sitzen in Kolumbien. Sie versorgen den Drogenmarkt in den Vereinigten Staaten. Fünf Millionen Amerikaner sind vom Schnee abhängig und schnüffeln sich durch den Streß des Kapitalismus. Warum sollte unsere Seite aus dem Stoff nicht auch einen Nutzen ziehen?«

»Aber geraten wir da nicht mit der deutschen Polizei oder dem Zoll aneinander?« fragte die einzige Dame am Tisch.

»Wohl kaum«, antwortete Kubitzka nicht sehr verbindlich. »Über die Art und Weise der Stoffbeschaffung möchte ich nicht sprechen. Wir haben genügend Beziehungen und Verfügbarkeiten.«

Direktor Tschernow signalisierte Zustimmung. »Dieser Kreis ist nur für die nachrichtendienstliche Seite zuständig. Nach der Projektvorgabe sind drei bis vier Versuchspersonen zu gewinnen, die sich in Schlüsselstellungen befinden. Leider müssen wir das Projekt K abschreiben.«

»Wir haben noch unseren Mann im Wirtschaftsministerium, in der Abteilung für Zukunftstechnologien, und eine vielversprechende Kraft im Europaministerium, dessen Koordinationsabteilung für die Weltraum- und Luftfahrtprojekte der Europäischen Gemeinschaften eine zunehmende Bedeutung erlangt. Die Erkenntnisbereiche dort stehen denen im Bundeskanzleramt nicht nach.« Jan Kubitzka zeichnete mit dünnen Strichen und Pfeilen einige Organigramme von Ministerien auf den vor ihm liegenden Schreibblock. »Ich sehe noch weitere Möglichkeiten im Ministerium für Forschung und Technologie und im Auswärtigen Amt. Ein paar Schlüsselfiguren aus diesen Häusern gehören zu einer besonderen Gruppe, aus der wir schon zwei Kräfte gewonnen haben.«

»Gruppe?« fragte der Direktor. »Ist das nicht ein zusätzliches Risiko?«

Jan Kubitzka lächelte. »In dem Fall nicht. Wer in dieser Gruppe ist, der muß immer wieder beweisen, daß er dazugehört. Das ist ganz schön teuer: Exklusive Mode, große Autos und ein kostspieliger Verhaltenskodex. Veranstaltungen mit den richtigen Leuten zur richtigen Zeit, gelegentlich eine gemeinschaftliche Reise mit Bildungs- und Abenteuercharakter – und vor allem: Schnee.«

»Wir haben nach dem Unfall beim Objekt K nicht viel Zeit.« Tschernow fühlte sich nicht wohl in seiner Haut. »Die Zentrale hat kein Interesse am Experiment, sondern nur an den Erfolgen – und die haben wir noch nicht zu verzeichnen, leider.«

Der Projektleiter machte eine beruhigende Handbewegung: »Dieser Vortragende Legationsrat vom AA ist reif. Ich habe für ihn schon einige Rechnungen beglichen – gegen Schuldscheine natürlich.« Kubitzka klopfte mit der linken Hand auf die Jackettseite, in der sich die Brieftasche befand. »Der Herr steckt offensichtlich in der Klemme; der Lieferant ist ihm abgesprungen. Es fehlt an Stoff und an Geld. – Nun, die Gruppe weiß, daß ich mit beidem dienen kann. Auch die ehrgeizige Helferin aus dem Forschungsministerium läßt sich in wenigen Tagen aktivieren. Sie nennt mich schon ihren Schneemann oder – um im Jargon zu bleiben – ›bonhomme de neige‹. Das ist immer der erste Schritt in das Abhängigkeitsverhältnis. Aber zunächst kann die Perspektivkraft aus dem Europaministerium den Ausfall des Bundeskanzleramts kompensieren.«

»Teuflisch, was wir da betreiben«, stellte sichtlich nervös die Mitarbeiterin fest. »Wir wollen Informationen und zerstören Körper und Seele unserer Zuträger. Den Ausgebrannten bleibt in vielen Fällen nur noch der Weg in den Tod.«

Direktor Tschernow sah über sie hinweg. Er wollte sich nicht in eine sentimentale Diskussion verwickeln lassen. Er hatte nicht zu fragen, ob das Projekt ethisch vertretbar war. Es war befohlen – folglich hatte der Dienst zu gehorchen. Wenn einer mit dem Problem fertig werden konnte, dann Jan Kubitzka. Dieser Mann war skrupellos genug für eine solche Aufgabe.

»Bei der Arbeit für den Frieden sind Opfer unvermeidlich«, dozierte Tschernow. »Kriege sind schrecklicher. Schließlich haben wir erlebt, was es bedeutet, ohne politische Freunde und zugleich uninformiert zu sein. – Also, Kubitzka, ich möchte der Zentrale möglichst bald Erfolge melden. Einen zweiten Fall X können wir uns nicht leisten. Um es in dieser Runde ganz präzise zu sagen: Können *Sie* sich nicht leisten.«

Jan Kubitzka zeigte sich keineswegs betroffen. Mit einem kalten Lächeln blickte er in die Runde. »Meine ›Cessna‹ wird mir dabei helfen. Fliegen imponiert und fasziniert. Wer sich privat ein Flugzeug leisten kann, ist King in der Gruppe: ein fliegender Konsul und Schneemann im Dienste des Friedens. – Damit kein falscher Eindruck entsteht: Ich werde in den nächsten Tagen öfter nach Belgien und Holland fliegen und mich im Kulturhaus ab sofort nicht mehr sehen lassen. Eine Verbindung hierher darf auf keinen Fall deutlich werden. Mein Heimatland erwartet von seinem Honorarkonsul, daß er seine Pflicht tut und sich der Ehre würdig erweist, eine Bananenrepublik zu vertreten.«

»Ich nehme das zur Kenntnis«, sagte Direktor Tschernow und beendete die Besprechung.

5

Das Bild der Toten vom Kaiser-Wilhelm-Stein hatte im Laufe des Tages nicht an Konturen gewonnen. Irmela Ellers schien eine junge Frau ohne Freunde und Bekannte gewesen zu sein. Die Immatrikulation an der Friedrich-Wilhelm-Universität war offensichtlich nichts anderes als eine Verlegenheitslösung nach dem Verlust des Jobs in der Regierungszentrale.

Lupus hatte von seinem langjährigen Feind-Freund Presse-Mauser über die Tote nichts erfahren können. Von der Drogenszene glaubte Mauser zu wissen, daß sie geschrumpft sei. Für Kleinverbraucher werde im Dreiländereck reichlich Stoff angeboten. Pressemäßig sei in den letzten Wochen nicht viel drin gewesen. Jetzt allerdings, mit dem Tod unter den Augen des Kaisers, würde wieder Leben in die Bude kommen. Dafür werde er, Presse-Mauser, schon sorgen.

Die Vernehmung der beiden nächtlichen Zeugen hatte nur die schon gewonnenen Erkenntnisse bestätigt. Lupus hatte sich nochmals vergewissert: »Sie haben also keinen Menschen bemerkt?« Die beiden Studenten hatten den Kopf geschüttelt.

»Da war niemand; aber eine Mondnacht, wie sie schöner nicht sein konnte«, meinte Verena.

»Und doch haben wir jemanden gesehen«, erinnerte sich Ulrich nach einigem Überlegen. »Weißt du nicht mehr? Als wir aus Jonathans Pinte kamen, sahen wir einen einzelnen Mann an der Bordsteinkante stehen. Er fiel mir besonders auf, weil man sonst nur Grüppchen oder Paare sah.«

Verena seufzte: »Ich hatte ganz andere Eindrücke und Gefühle – ich kann mich wirklich nicht erinnern.«

Lupus hatte weiter insistiert; doch dabei war nichts Konkretes herausgekommen. Nur, daß der Mann wohl nicht mehr »ganz so jung war«. Für Lupus ein mageres Ergebnis.

Kommissarin Fendt und Ahrens hatten nach Abklärung aller verfügbaren Quellen nur eines mit Sicherheit feststellen können: »Keine neuen Erkenntnisse«. Die in den persönlichen Unterlagen der Toten auf einem Blatt vermerkten Telefonnummern schienen noch aus dem Kanzleramt zu stammen. Für die Ermittlungen waren sie unergiebig, denn sie gehörten zu Botschaften und Verbänden, mit denen Irmela Ellers offenbar dienstlich zu tun gehabt hatte.

Kommissar Freiberg nahm beim Mittagessen in der Kantine die Berichte seiner Mitarbeiter entgegen. Es gab Gulasch – und so sah es auch aus. »Der Stand der Ermittlungen ist noch schlechter als das hier«, sagte Freiberg und blickte angewidert auf seinen Teller. »Diese nächtliche Figur von Mann wollen wir mal im Hinterkopf registrieren. – Aber ich habe noch an etwas anderem zu knabbern.«

»Hast du Knochen in der Soße? Dann müßte eigentlich auch Fleisch zu sehen sein«, frotzelte Lupus.

Freiberg schob den Teller von sich. »Spaß beiseite, Freund und Kegelbruder. Warum Heroin statt Kokain?«

»Wo ist da der Unterschied? Gift ist Gift!«

»Barbara, schlaue Kommissarin«, sagte Freiberg, »warum stirbt ein Fixer an Heroin, wenn er kokainsüchtig ist? Geht das mit dem Stoff so hin und her? Ich frage, weil die Ellers wegen Kokain-Schnüffelei aus dem Amt geflogen ist. Gestorben ist sie aber an Äitsch.«

Barbara Fendt hatte keine zwingende Erklärung. »Schnee und Äitsch trennt einiges – ich will nicht sagen Welten. Aber die Konsumentenkreise liegen oft weit auseinander. Umstieg auf Heroin bedeutet Abstieg, und wer einmal an der Nadel hängt, für den bringt geschnüffelter Koks nicht Feuer genug. – Ich sehe Gründe für den Wechsel eigentlich nur im Preis und in der Verfügbarkeit. Äitsch ist etwas billiger und im Dreiländereck immer zu haben.«

Freiberg verrührte einen Klacks Sahne in der Schokoladenspeise und verkündete: »Heute abend werde ich mich dort umsehen. Ich verdrücke mich gleich, um noch eine Mütze voll Schlaf zu nehmen. Die Nacht war kurz und der Tag wird lang. Damit wir nichts übersehen: Versucht doch mal, ein paar von diesen Mitternachtsschnuppies aufzutreiben. Lupus, dich wird es gewiß interessieren, was für Typen den Panorama-Clan bilden. Übrigens – wie war der Empfang daheim?«

»Meine Frau muß erst in der Zeitung lesen, warum ihr Staatsdiener so gefordert war. Mord nach Redaktionsschluß ist nicht gut für ein harmonisches Eheleben. Aber Presse-Mauser wird's schon richten. Ich habe mit ihm gesprochen; der schreibt mir ein Alibi.«

Der Kommissar lachte. »Ich wende mich jetzt von euch; laßt euch den Appetit nicht verderben.« Damit stellte er Teller und Schälchen auf das Selbstbedienungstablett und brachte alles zur Geschirrannahme.

An den warmen Tagen des Frühsommers war das Souterrain-Appartement angenehm temperiert. Walter Freiberg hatte noch vor Beginn des Winters für viel Geld einen schweren Berberteppich gekauft. Dadurch war die Fußkälte gebannt und im Falle eines Falles brauchten keine langen Überlegungen angestellt zu werden, wo man sich zu fröhlichem Tun niederlassen konnte. Das Chaos beim Aufbruch nach der viel zu kurzen Nacht war mit wenigen Handgriffen beseitigt. Freiberg nahm als Schlummertrunk ein Glas Johnnie Walker und stellte ein weiteres Glas auf den Tisch. Sabine, die ja am Nachmittag vorbeikommen wollte, würde das Angebot zu schätzen wissen. Er legte sich auf die Couch, kroch mit einem wohligen Grunzen unter die Decke und war in wenigen Minuten eingeschlafen.

Die Sonne hatte sich durch die Häuser gezwängt, und die gewölbten Eisengitter vor den beiden Fenstern warfen lange, gekrümmte Schatten in den Raum. Sabine Heyden hatte sich mit dem Gefängnischarakter der Wohnung ihres »Commissarius« immer noch nicht anfreunden können. Wenn die Gitter nicht gewesen wären, hätte sie ihre Studentenbude in der Beethovenstraße längst geräumt und wäre zu ihm gezogen.

Heute hatte sie Kuchen mitgebracht, um diesen für sie so wichtigen Tag zu feiern. Leise war sie an dem schlafenden Freund vorbei in die Pantry gegangen und hatte die Kaffeemaschine angemacht.

»Nicht Ambra und Moschus, sondern Kaffee und Sabine; welch göttlicher Hauch in meinem Gefängnis«, kam eine Stimme von nebenan.

Sie setzte sich zu ihm. »Du siehst richtig putzig aus, wenn du schläfst«, sagte sie liebevoll und strich mit dem Zeigefinger über sein Bärtchen. Ihre braunen Augen strahlten aus einem zarten, blassen Gesicht, und das dunkle Kleid, das offiziellen Anlässen vorbehalten war, ließ ihre Figur noch schlanker erscheinen.

»Ich habe Kuchen mitgebracht und gute Laune. Heute abend machen wir einen drauf. Gissy und ihren Computerfreak können wir gleich anrufen – die kommen bestimmt.«

Walter Freiberg zog Sabine zu sich herunter. Sie küßte ihn leidenschaftlich und wäre ohne Rücksicht auf den brodelnden Kaffee und ihr Kleid zu ihm unter die Decke geschlüpft, wenn er sie nicht sanft beiseite geschoben hätte.

»Nun mein Commissarius – immer noch müde? Ist dir das Kegeln nicht bekommen?«

Er stand auf. »Meine studentische Hilfskraft, ich freue mich mit dir über den neuen Job in der UB. Ganz toll, toi-toi-toi. Und wir gönnen uns auch Kaffee und Kuchen und einiges mehr. – Aber ich habe ein dickes Problem am Hals und möchte dich um Hilfe bitten.«

»Wieder ein Mord?«

»Es sieht so aus. Eine junge Frau. Lichtjahre jünger als wir, ist heute nacht an einer tödlichen Dosis Heroin gestorben.«

»Und?«

Freiberg gab ihr mit dürren Worten die Vorgänge am Kaiser-Wilhelm-Stein wieder. »Ich muß heute abend die Szene am Dreiländereck abklappern und ich hatte gedacht...«

»...wir beide feiern in Junkiekreisen mit Äitsch und Koks.« Sabine lachte laut auf. »So allerdings hatte ich mir den Einstieg in den neuen akademischen Lebensabschnitt nicht vorgestellt. – Aber was soll's? Das buchen wir auf Konto Lebenserfahrung.«

»Da ist noch etwas«, sagte Freiberg mit gedämpfter Stimme und strich mit der offenen Hand über sein Gesicht. »Ich muß ihn abschneiden – aber das geht nur mit einer ganz scharfen Klinge.«

Sabine tat erschreckt. »Um Gottes willen, Waldi, das willst du dir antun? Du hast doch nur den einen!«

»Es muß sein – aus Sicherheitsgründen. Aber wenn du Wert darauf legst, lassen wir ihn einfach wieder wachsen.«

Sie kicherte. »Noch ein Wunder des Malachias. In dieser Republik scheint nichts unmöglich zu sein. Aber ich kann leicht darauf verzichten.«

»Also dann«, stöhnte er. »Machen wir uns sofort darüber her, oder trinken wir erst Kaffee?«

»Das Schönste zuerst«, gab sie zurück und zwinkerte ihm zu.

Das Dreiländereck am Rande der Nordstadt war durch drei markante Punkte gekennzeichnet. In der Kürfürsten-Brauerei blitzten auch nachts die Sudkessel im Licht starker Neonlampen. Ein paar hundert Meter entfernt standen die Konturen des Hochhauses der Stadtverwaltung hart im dämmerigen Himmel. Vier Etagen waren hell erleuchtet. Über dem dritten Bereich hinter der Mauer mit den kunstvoll geschmiedeten Gittern lagen die Ruhe und Dunkelheit des ewigen Friedens. Hier auf dem Alten Friedhof ruhten Beethovens Mutter, Schillers Gattin und sein Sohn. Unter einer mächtigen Eiche lag Ernst Moritz Arndt begraben – »Der Mann, der Eisen wachsen ließ« –, ein Mann, der Napoleon zum Teufel gewünscht hatte und dem der deutsche Nationalismus ein Anliegen des Herzens gewesen war.

Hinter der Friedhofskapelle hatten sich einige alkoholisierte Stadtstreicher im Schutz der Büsche auf Zeitungen und Packpapier niedergelassen. Sie sangen andere Lieder. Ihre Droge war Wermut, und sie fühlten sich durchaus wohl im Reich der berühmten Toten.

Kommissar Freiberg hatte seinen Wagen am Bahnhofsparkplatz abgestellt und ging mit Sabine an der langen grauen Friedhofsmauer entlang.

»Wohin willst du mich eigentlich führen?« fragte sie und schauderte leicht.

»Wenden wir uns nach links«, antwortete er. »Fangen wir im ›Mallum‹ an. Wir müssen den V-Mann finden.«

Die kupfernen Lampen in dem kleinen Raum dämmerten vor

sich hin. Der Wirt hinter der Bar, ein hagerer Mann mit kahlem Kopf, sah nur kurz auf, als die beiden Besucher sich an einen Tisch gegenüber der Toilettentür setzten. Nur ein Dutzend Gäste war im Raum. Zwei Mädchen, kaum siebzehn oder achtzehn Jahre alt, forderten Diesel mit Schuß. Aus dem Lautsprecher rieselte Softy-Musik. Gesprochen wurde wenig.

Der Wirt sah fragend auf.

»Zwei Bier, bitte«, bestellte Freiberg.

»Pils oder Kölsch?«

»Pils.«

Das Zapfen ging viel zu schnell. Als der Wirt die Gläser auf den Tisch stellte, war die Schaumkrone schon zusammengefallen.

»Fremd hier?«

Freiberg nickte. »Meine Freundin hat 'ne Bude gefunden. Wir haben unsere Klamotten zusammengeschmissen. Mal sehen, ob man von Krims und Antiquitäten leben kann.«

»Zum Wohl die Herren«, sagte Sabine und hob ihr Glas. »Bonn zu Fuß macht durstig.«

Freiberg versuchte das Gespräch fortzusetzen. »Wir wollten in den Kneipen am Stadthaus mal herumhören, ob sich ein Geschäftchen machen läßt.«

»Mit mir nicht«, stellte der Kahle fest. »Aber da gibt's immer ein paar Leute, die eine schnelle Mark verdienen wollen. Doch die kommen später, so gegen Mitternacht.« Damit war das Gespräch beendet, und der Wirt ging hinüber zu den Mädchen.

»Herr des Himmels, ist das eine triste Angelegenheit«, flüsterte Sabine. »Ich dachte immer, in den Rauschgiftkneipen geht's rund wie zu Al Capones Zeiten während der Prohibition.«

Die beiden hielten sich, so lange es eben ging, an ihrem Bier fest. Der V-Mann ließ sich nicht sehen.

Nach einer Weile erhob sich Freiberg. »Entschuldige – Bier treibt«, murmelte er und ging durch die nur wenige Schritte entfernte Tür in den Keller. Eines der Mädchen stand auf und folgte ihm. Niemand sonst beachtete den Vorgang.

Schon nach ein paar Minuten kam Freiberg zurück. »Ganz passables Pinkolatorium da unten – mit ›Arbeitsräumen‹, wie mir scheint. Diese Mädchen sind schon Typen. Die Kleine vom Tisch drüben hat mich noch auf der Treppe angehauen: ›Ich brauch 'nen Schuß. Laß die da oben Bier trinken. Wir erledigen das gleich nebenan. Mit 'nem kleinen Braunen ist alles geritzt, und deine Mutti hat erst einmal Ruhe vor dir!‹ – Was sagst du dazu?«

Sabine verzog das Gesicht. »Und was hast du geantwortet?«

»Nichts als die Wahrheit: ›Da wird meine Mutti aber böse werden‹, habe ich gesagt.«

Sabine winkte dem Wirt. »Der kleine Waldi möchte zahlen.«

Freiberg legte das Geld auf den Tisch und grummelte etwas von noch mal vorbeikommen.

Der Wirt strich lustlos das Geld ein und warf es in die Schublade.

Das Mädchen aus dem Keller ging mit zögerlichen Schritten hinter die Theke und wandte sich an den Wirt. Der tätschelte ungeniert an ihr herum. Freiberg hörte ihn sagen: »Du weißt doch, Stoff gibt's bei mir nicht; aber einen Fuffi schreibe ich dir noch gut; dann ist es aus mit dem Kredit.«

Sie ließ den Fünfzigmarkschein in ihrer Bluse verschwinden und hauchte ihm einen flüchtigen Kuß auf die Wange. »Heute nacht schaffe ich an; morgen hast du dein Geld zurück. Ehrenwort!«

Freiberg und Sabine atmeten tief durch, als sie wieder an der frischen Luft waren.

»Von mir aus können wir auf dem Alten Friedhof spazierengehen. Dort kann die Tristesse nicht größer sein«, sagte sie.

»Du hast recht. Die Leute vom zweiten K. sind auch nicht zu beneiden um ihren Job.« Er zog Sabine an der Hand in Richtung Brauerei. »Komm, traben wir einmal ums Karree.«

Vor der Wache des Schutzbereichs IV an der Bornheimer Straße parkten zwei Polizeistreifenwagen. Hier schien alles ruhig zu sein. Um diese Zeit waren die Straßen verlassen und wirkten bedrükkend.

In Höhe der St. Marienkirche fragte Sabine ziemlich mürrisch: »Wohin nun? Glaubst du immer noch, daß du hier den Tod der Fixerin aufklären kannst?«

»Die Glaubensfähigkeit ist in der Mordkommission nicht gefragt«, antwortete Freiberg. »Versuchen wir's noch im ›Tic-Tac‹. Das ist ein Schuppen mit Discomusik und kleiner Tanzfläche. Gestript wird manchmal auch. Vor allem sitzt man nicht so auf dem Präsentierteller wie im ›Mallum‹.«

In dem plattenbelegten Vorhof, der einstmals ein Vorgarten gewesen war, standen Fahrräder gleich dutzendweise und einige schwere Motorräder. Auf der Straße strichen ein paar Mädchen herum. Autos hielten an, und schnell waren Kontakte geknüpft. Die Männer in den Fahrzeugen der Mittelklasse schoben von innen die Beifahrertür auf, um die Mädchen einsteigen zu lassen.

»Leben die nicht gefährlich?« fragte Sabine. »Einfach so zu Fremden ins Auto zu steigen?«

»Ich nehme an, da steht jemand im Hintergrund und notiert Fahrzeugmarke und Autonummer.«

»Zuhälter?«

»Möglich, oder auch eine Freundin. Aber letztlich ist den kleinen Nadel-Nutten kein Risiko zu groß, wenn sie Geld für den nächsten Schuß ranschaffen müssen.« Freiberg drehte Sabine zur Seite. »Sieh mal, da steigt die Puppe aus dem ›Mallum‹ in einen Mercedes. Hoffentlich reicht's für einen Hit und für die Einlösung des Ehrenworts dem Wirt gegenüber. Die nehmen es damit genauer als mancher Politiker.«

Das Mädchen winkte ihm triumphierend zu. Wenn der Schein nicht trog, dann dürfte wenigstens ein Blauer dabei herauskommen.

Durch die Tür schlugen ihnen ein Schwall verbrauchter Luft und die Wellen einer rhythmisch monotonen Musik entgegen. Die Mehrzahl der Paare auf der Tanzfläche hielt sich an den Händen gefaßt. Sie schoben sich zwei Schritte vor, zwei Schritte zurück und wieder vor und zurück. Andere waren ineinander verschlungen und bewegten nur den Oberkörper. In den halbhohen Buchten an den Längsseiten des Raumes hockten Pärchen hinter Kölsch und Diesel oder Cola-Rum und Gin-Orange. Aber da gab es auch Gruppen, die hellwach miteinander diskutierten, oder sie steckten die Köpfe zusammen, als gäbe es Geheimnisse zu beraten.

Die Suche nach einem Sitzplatz bot Freiberg und Sabine Gelegenheit, sich mehrmals durch das Gewühl zu drängeln und die Anwesenden eingehend zu mustern.

»Der dort hinten dürfte es sein«, sagte Freiberg.

»Was, das kleine Männchen, dunkles Haar und scharfer Scheitel?«

»Ja, an den müssen wir ran, sonst ist alle Mühe vergebens. Allein sind wir hier verloren.«

»Waldi komm, steh nicht rum, beweg dich!« Sabine zog ihn auf die Tanzfläche und legte die Arme um seinen Hals. Auch dieses fließende Tanzen hatte seinen Reiz. Das diffuse Licht legte einen rosa Schleier über die Paare. Die Reflexe aus einem langsam rotierenden Stroboskop ließen die Gesichter noch starrer erscheinen. Der Mann mit dem scharfen Scheitel hielt sich in der Nähe des Ausgangs zum Garten auf. Auch die Tische dort, von winzigen Schirmlampen nur schwach erhellt, waren dicht besetzt. Ohne jede Hast ließen Freiberg und Sabine sich von den rhythmisch bewegten Körpern weiterschieben.

Als sie in die Nähe des Kontaktmannes gelangt waren, der mit einem mageren pickeligen Jüngling sprach, blieb Sabine abrupt stehen. Ihre Worte klangen in Freibergs Ohren schrill und gehetzt: »Nun tu doch etwas – ich gehe auf turkey; soll ich hier vielleicht eine Affen schieben?«

Die Worte für Entzugserscheinungen, ließen den Mann am Durchgang aufhorchen. Er wandte sich von seinem Gesprächspartner ab und hielt Sabine an der Hand fest. »Hey – Probleme?«

»Scheiße, ja«, wütete sie wie jemand, der in der Szene zu Hause war. »Der Kerl hier läßt mich hängen.«

»Das Kind hat Hunger, es braucht Babynahrung«, spöttelte Freiberg. »Unsere Astronautenkost ist total verbraucht.«

»Dünn genug bist du ja«, sagte der Mann, der nur Hoffie sein konnte, ohne eine Miene zu verziehen. »Für dich muß wirklich Futter her. Mein Kumpel kann da bestimmt helfen.« Damit wandte er sich an seinen Begleiter, der Sabine ungeniert musterte. »Was sagst du?«

»Ich glaube, hier sucht einer nach 'nem Hit.«

»Mit einem Fuffipack könnte ich dienen, beste Ware«, beeilte sich der Pickelige, ein Geschäft zu machen.

»Geritzt«, sagte Freiberg und zog einen kleingefalteten Braunen aus der Hosentasche.

Der Schein war im Nu verschwunden. Das Grinsen des Jünglings wirkte traurig und verschlagen zugleich. »Ich muß mal den Garten umgraben. Du findest mich in fünf Minuten draußen am letzten Tisch links.« Damit war er in der Menge untergetaucht.

Freiberg wandte sich an den V-Mann. »Schönen Gruß von Babs. Weißt du, wer ich bin?«

»Erstes?«

»Richtig. Hast du von der Toten am alten Kaiser gehört? Morgen ist die Presse voll davon.«

»Die Gerüchte laufen im Dreiländereck, aber keiner weiß genaues. – Äitsch?«

»Mit Strychnin verlängert. – War ein gutbetuchtes Kind, Finger voller Ringe. Irmela Ellers, vierundzwanzig Jahre alt, hat im Kanzleramt gejobbt und ist rausgeflogen«, erklärte Freiberg.

Hoffie schnippte mit den Fingern. »Zero, nie gesehen.«

»Sie hat auch gekokst.«

»Schnee drückt stark auf den Markt, Speed ebenfalls. Die Äitsch-Gang wird schon unruhig; ihr Umsatz schrumpft. Das gibt noch Mord und Totschlag mit den Schneemännern.«

Freiberg beugte sich vor. »Vielleicht hat einer für das Kind eingekauft.«

Hoffie, der Mann mit dem Scheitel, zog Sabine plötzlich zu sich heran, damit er Freiberg besser verstehen konnte. »Hey, Baby, fall nicht vom Stengel.« Aus der benachbarten Bucht sah ein Schlägertyp mit Lederweste herüber und pfiff. Sabine kam sich komisch vor, denn sie war einen halben Kopf größer als Hoffie.

Der sagte über ihre Schulter hinweg: »Vor zwei Wochen tauchte hier einer auf, der ziemlich ahnungslos tat. Hat von meinem Schatten gleich zwei Hunipacks und von mir eine Injektionsspritze gekauft. – Gut dreißig Jahre alt, kurzes Hitlerbärtchen und Nickelbrille. – Und ward nicht mehr gesehen.«

»Würdest du ihn wiedererkennen?«

»Schwerlich. Ich bin sicher, die Rotzbremse war angeklebt, und die Brille können wir auch vergessen.«

»Nun kümmere dich mal schön um die Mutti«, sagte Freiberg laut. »Ich muß zum Gärtner.«

»Vorsicht mit dem Pickeligen, das ist eine miese Ratte«, flüsterte Hoffie. »Ein falsches Wort, und die Äitsch-Gang haut dich zusammen, daß du in keinen Sarg mehr paßt. – Laß ihn nicht zu lange warten.«

Das war nicht die Art von Ermittlungen, wie Freiberg sie in der Mordkommission zu führen gelernt hatte. Hier lief alles hautnah. Opfer, Täter, Anstifter und Nutznießer bildeten ein undefinierbares Gemenge. Es brauchte Monate, um die Strukturen dieser Szene zu durchdringen. V-Männer standen immer mit einem Fuß in der Illegalität, und sie mußten schon sehr feste Charaktere sein, um nicht dem schnellen Geld, den leichten Mädchen und der Droge zu verfallen.

Freiberg wußte von Barbara Fendt, daß Hoffie sich als Lieferant von Injektionsspritzen und von Zubehör wie Tiegel, Säuren, Lösungsmittel und für Antibiotika bei den Junkies einen anerkannten Status »erarbeitet« hatte. Damit blieb ihm weitgehend erspart, als Dealer aufzutreten. Aber ein gelegentliches Geschäft mit dem Stoff war auch für ihn unvermeidlich.

Im Garten erlebte Freiberg die Überraschung des Abends. Von einem Tisch an der rechten Seite löste sich eine jugendliche Gestalt und wankte so betont unauffällig auf ihn zu, daß jeder halbwegs wache Beobachter die Schau erahnen konnte. Kriminalanwärter Singer, den man dem 1. K. vorübergehend zur Verstärkung zugewiesen hatte, weil Peters nach seinem Einsatz im ›Dohlenhaus‹ noch nicht wieder dienstfähig war, rempelte Freiberg an. »Du brauchst 'nen Hit, komm rüber an meinen Tisch. Jede Menge potente Lieferanten, alles meine Freunde.«

»Arschloch – hau ab!« stieß Freiberg ihn zurück – und diese Worte kamen aus tiefstem Herzen. »Mach Mücke, Mann; du störst die Gäste.«

Vom Tisch in der linken Ecke des Gartens sah der Pickelige gespannt herüber. Ihm schien die Vorstellung nicht zu gefallen. Anwärter Singer wankte wieder zu seinem Tisch zurück; er schien doch wohl ein paar scharfe Sachen zuviel getrunken zu haben.

»Kennst du den?« fragte der mißtrauisch gewordene Geschäftsfreund. »Sieht aus wie ein Jungbulle – fehlt nur noch der Ring in der Nase.«

»Nie gesehen«, sagte Freiberg leichthin. »Scheint eher Mamis Liebling zu sein.«

»Dann schicken wir ihn gleich in die Heia«, feixte der Pickelige und gab ein Zeichen mit der Hand.

Im Nu standen zwei Lederwestenmänner wie aus dem Boden gewachsen an Singers Seite. Man hörte einen kurzen Schlag, und der Mime lag am Boden. In Kommissar Freiberg kochte die Wut hoch. Dieser Dummkopf Singer war auf dem besten Wege, die gerade anlaufende Fahndung zunichte zu machen, denn der Chef der Mordkommission konnte nicht dulden, daß ein Mitarbeiter vor seinen Augen zusammengeschlagen wurde, selbst wenn Freiberg ihm in diesem Falle die Abreibung gönnte. Doch bevor er eingreifen konnte, war schon alles vorüber. Die beiden Lederwesten rissen den Gestürzten, der sich die Hand aufs linke Auge hielt, brutal hoch und schoben ihn durch die Pforte auf den Weg zum Nachbargrundstück. Mit einem Knall fiel das blechverkleidete Holztor ins Schloß.

Die beiden Männer setzten sich auf ihre Stühle und prosteten dem Pickeligen zu. An den nächststehenden Tischen wurde gelacht. Damit war der Vorfall abgetan.

»Besoffene haben wir nicht so gern. Und wenn's ein Jungbulle war, werden wir es schon erfahren. Aber mit dem Veilchen ist der nicht so bald wieder an Deck. – Hier, die Ware: hohe Konzentration, so um die fünfunddreißig Prozent; also nicht wild drauflosdrücken. Wir müssen besonders vorsichtig sein. Wenn das mit dem Mädchen vom Denkmal stimmt, dann wird uns bald die schöne Barbara aus dem Bullenkloster auf den Pelz rücken. – Kommst du jetzt häufiger?«

»Bestimmt«, antwortete Freiberg. »Meine Tussi braucht's.«

»Okay, ich geb' dir zehn Prozent auf den doppelten Hunipack. Daraus kannst du leicht sechs brauchbare Hits machen. Du siehst, bei mir sparst du 'ne Menge Mäuse.«

Freiberg hätte den Geschäftsfreund gern noch gefragt, ob er mehr über den Käufer mit Schnurrbart und Nickelbrille wisse, doch eingedenk der Warnung von Hoffie und der eben vorexerzierten Schlagkraft der Lederwesten-Männer unterließ er es und verabschiedete sich lieber. »Wird höchste Zeit, daß wir ein Süppchen kochen. Bis bald.«

Freiberg ging zurück zu Hoffie, der Sabine noch immer am Hals hängen hatte und sich bemühte, ihre Aufmerksamkeit auf das Stripteasespektakel zu lenken, das auf der winzigen Bühne neben dem Disc-Pult abgezogen wurde. Die Show hatte nichts von der Raffinesse der teuren Nachtbars auf Bonns besserer Seite. Das dunkelhäutige Girl ließ zu den Klängen aus ›Anny get your gun‹ die Textilien mit Höchstgeschwindigkeit vom Körper fallen. Ihr Bauch kreiste und die Brüste wippten. Ihre Haut war schokoladenbraun – wie gemacht für Tanz und Strip. Um die Hüfte trug sie einen Patronengürtel aus braunem Leder.

Für das Finale mußte gezahlt werden. Wer einen Schein in die für die Patronen bestimmten Lederschlaufen schob, durfte die restlichen Kordeln von BH und Tanga lösen. Wer die immer noch auf Nabel, Brustwarzen und Bermuda-Dreieck aufgeklebten, goldfarbenen Glitzersterne abziehen wollte, mußte zwei der begehrten Scheine in den Gürtel stecken. Obwohl die meisten der Besucher des Tic-Tac knapp bei Kasse waren, gab es immer einige, die sich den Glanz der Sterne etwas kosten ließen. Die trugen sie dann für den Rest des Abends an der linken Brustseite, wie der Sheriff sein Emblem der Macht.

Der schnelle Strip war der Beginn eines rasanten Tanzes der jetzt nackten Mulattin. Sie wurde durch nicht enden wollenden Beifall immer wieder angefeuert, bis Rinnsale von Schweiß über ihre Haut liefen und sie die Vorstellung mit einem Schrei abbrach. Sie würde die Nummer in zwei Stunden noch einmal abziehen. Das hielt die Gäste bei der Stange und ließ neue erwarten. Als die händchenhaltenden Paare sich gleich danach wieder auf die Tanzfläche schoben, sagten Freiberg und seine derangiert wirkende Sabine ihren Informanten und Lieferanten ein knappes »Hey« und verschwanden.

»Schuppen nummer drei fällt aus. Da ist für uns nichts mehr drin«, stellte Freiberg erleichtert fest.

»Deine Hilfskraft fühlt sich erst wieder geborgen, wenn sie hinter Gittern bei ihrem Waldi im Körbchen liegt«, seufzte Sabine. »Ich brauche jetzt einen Akt der Fürsorge – so nennt man das doch im öffentlichen Dienst.«

6

In den nächsten Tagen wurde im Polizeipräsidium Zwischenbilanz gezogen. Die Ergebnisse der Ermittlungen ließen nur mit Maßen hoffen, denn die Mosaiksteinchen ergaben noch kein Bild. In der Nacht, in der Irmela Ellers gestorben war, hatte sich – vielleicht – ein Mann auf dem Venusberg davongemacht. Vierzehn Tage zuvor hatte ein Mann mit einem Schnurrbart und Nickelbrille – der auch ganz anders aussehen konnte – im »Tic-Tac« einen Hunipack und eine Injektionsspritze gekauft. In der Handtasche der Toten war ein Sicherheitsschlüssel gefunden worden, der sich nicht zuordnen ließ. Er könnte – vielleicht – zu der Wohnung des Mannes passen, der sich schemenhaft in den Ermittlungen abzeichnete. Doch hinter den Fakten standen Fragezeichen, die immer dicker wurden.

Die Hoffnung, über den Schlüssel weiterzukommen, hatte getrogen. Er gehörte nicht zu einer beim Hersteller verzeichneten Schließanlage eines größeren Wohngebäudes, in der Eingangs- und Wohnungstür mit demselben Schlüssel geöffnet werden können. Das entsprechende Sicherheitsschloß war mit drei Schlüsseln vor einiger Zeit an einen Großhändler in Bonn geliefert worden; doch diese Spur versickerte beim Einzelhandel.

Kriminalhauptmeister Wolfgang Müller, der bissige Lupus, hatte von seiner Frau Helga dank Presse-Mausers Berichterstattung beim Studium der Morgenzeitung schon am Frühstückstisch ein Generalpardon erhalten. Sogar die studierende Tochter war stolz auf ihren lobend erwähnten kriminalistischen Vater und ließ sich – was selten genug vorkam – Fragen über ihr Gastspiel im Panorama-Clan gefallen.

Die erstaunt dreinschauenden Eltern hörten zum ersten Male, warum die Ausflüge ihrer Tochter in die große weite Welt so schnell geendet hatten. »Als mich so ein Hecht aus dieser Clique erst mit Schnee anmachen und dann vernaschen wollte, war der Spaß für mich auch schon vorbei«, erläuterte Annette den Lauf der Dinge und köpfte ihr Frühstücksei. »Man will zwar seinen Spaß haben, aber für einen Quicky auf diese Art war ich mir doch zu schade. Außerdem hatte ich's ja auch nicht so nötig. Das liegt alles mehr als ein Jahr zurück. Von mir kannst du also keine ergiebige Auskunft über die Typen erwarten.«

Vater Lupus hatte noch eine Weile nachgebohrt und nur noch so viel erfahren, daß die Exfreundin eines Kommilitonen im Clan wohl immer noch eine dicke Nummer sei. Es handele sich um eine junge Wissenschaftlerin in einer einflußreichen Stellung im Europaministerium mit Aufgaben im Bereich der Zukunftstechnologien. Die ehrgeizige Dame würde wohl eines Tages höchst persönlich in den Weltraum sausen.

Eine gute Stunde später hatte Lupus im Präsidium Fräulein Kuhnert nach einem Geschäftsverteilungsplan des Europaministeriums gefragt. Die Kuhnert verfügte über einen beachtlichen Fundus an Telefonbüchern, Verzeichnissen mit Geheimnummern, Adressensammlungen, Geschäftsverteilungsplänen der Ministerien, mit denen die Mordkommission irgendwann einmal Kontakt gehabt hatte. Solch ein Plan lag auch vom Europaministerium in ihrer Schublade, eine Erinnerung an die vor einiger Zeit beim Jagdhaus in der Eifel verschwundene Sekretärin. Dieser Fall hatte in den Kreisen der Bonner Ministerialbürokratie auf Wochen für Gesprächsstoff gesorgt.

Sorgfältig ging Lupus die Namen der mit ihren Arbeitsbereichen eingetragenen Mitarbeiterinnen durch. In der Abteilung »Koordination der Weltraum- und Luftfahrtprojekte« stieß er im Kästchen für das Grundsatzreferat auf den Namen Alexa Reese, Angestellte im höheren Dienst. Weitere Namen in den Fachreferaten Informatik, Laseranwendung und Mikroelektronik hätten auch in Betracht kommen können, doch die Funktionen der hier tätigen Frauen waren nicht so hochrangig.

Lupus ließ sich von Fräulein Kuhnert die Durchwahlnummer besorgen und konnte damit Alexa Reese ohne Einschaltung der Zentrale unmittelbar anwählen. Das ersparte eine Voranmeldung mit Namensangabe. Sein Gespräch lief besser als erhofft. Alexa Reese schien es eilig zu haben, denn als Lupus einen unverständlichen Namen mit dem Zusatz ›Auswärtiges Amt‹ gemurmelt hatte und sich nach dem nächsten Treff des Panorama-Clans erkundigte, kam ganz schnell die Antwort: »Du weißt doch, Samstag sechzehn Uhr Flugfete in Hangelar, tschüs dann. Mein Chef verlangt dringend nach mir.«

Mehr Glück konnte man bei einem so unsicheren Unternehmen nicht haben. Diesen Erfolg wollte Lupus seiner Tochter gutschreiben, mit einem Bonus für Presse-Mauser, der geholfen hatte, den Haussegen wieder geradezuhängen.

Nicht nur dieses Ermittlungsergebnis, sondern auch Singers blaues Auge hatten für Gesprächsstoff bei der »Befehlsausgabe«, wie die Runden in Freibergs Zimmer genannt wurden, gesorgt. Kriminalanwärter Singer hatte etwas von privaten Auseinandersetzungen gemurmelt und wartete gespannt, ob der Chef ihn ansprechen würde. Doch Freiberg verlor kein Wort über den Vorfall im »Tic-Tac«. Er sagte nur: »Singer, mit dem Veilchen machen Sie erst einmal Innendienst; ich möchte Sie nicht als Ganovenschreck einsetzen.«

Lupus hatte über die Absicht des Panorama-Clans berichtet, am Sonnabend in Hangelar eine Flugfete – was immer das sein mochte – zu veranstalten und hinzugefügt:

»Übrigens, Freunde, ich weiß aus sicherer Quelle, daß die Schickeriabande kräftig kokst.«

Dieser Nachsatz war es, der Freiberg veranlaßte, Ahrens und Fräulein Kuhnert anzusehen. »Na, wie wär's, Kommissarin im Ehrenamt, kleine Wochenendexkursion mit unserem Starfotografen? Wir brauchen Erkenntnisse und Fotos.«

Ahrens war im Präsidium bekannt als Hobbyfotograf, dessen Bilder auch kritische Betrachter begeistern konnten. Gemeinsam mit seiner »Octopussy«, wie Lupus die Kuhnert frei nach James Bond nannte, hatte Ahrens schon manchen fotografischen Beitrag für die Ermittlungen des 1. Kommissariats geliefert.

Die Angesprochenen waren begeistert. »Klar, Chef«, stellte die Kuhnert fest. »Wir machen auf ›freie Journalisten‹ und bringen eine Reportage über den Flugplatz.«

»Gut – aber ihr dürft auf keinen Fall als Polizisten in Erscheinung treten. Nur Ohren und Optik auf. Kein anderer von uns läßt sich dort sehen! Und mit einem Blick auf Singer schloß der Kommissar: »Männer mit Veilchenaugen haben ausdrücklich Platzverbot.«

7

Schon die Anfahrt mit offenen Sportwagen und geliehenen Oldtimern war ein Happening. Über die Richthofenstraße bewegte sich die Kavalkade an den Kasernenanlagen des Bundesgrenzschutzes vorbei zu dem kleinen Verkehrslandeplatz Bonn-Hangelar. Am Leitfahrzeug prangte ein großes Transparent: Charles-Lindbergh-Day. 20./21. Mai 1927. Wir feiern den Spirit of St. Louis.

Der Clan hatte keine Kosten und Mühen gescheut, um sich mit Fliegerklamotten der zwanziger Jahre auszustaffieren. Die Damen trugen Kappen mit wehenden Ohrenschützern und Baskenmützen mit hoch auf den Kopf geschobenen Fliegerbrillen, dazu Stoff- oder Lederwesten über weißen oder knallbunten Blusen. Teure Schals umschlangen zarte Hälse und verdeckten goldene Ketten und Klunker aller Größen, die am Abend beim »Charly-Schwof« gezeigt werden sollten.

Bei den Männern dominierten Schiebermützen mit einem Druckknopf auf dem Schirm, Lederjacken und Fliegerhemden nach altem Schnitt. Alles wirkte sehr schick und so unerhört ›in‹.

Die Geschichte des Flugplatzes war auch recht bewegt. Zu Kaisers Zeiten hatte auf dem Heideboden das Bonner Regiment der schneidigen Königshusaren, »Lehm op's« seine Attacken geritten. Aristokraten und die Damen der Gesellschaft hatten – im Damensattel natürlich – an Pferderennen teilgenommen. Alsbald tummelten sich die Aviatiker und Flugkünstler am Himmel. Im Ersten Weltkrieg lag hier zum Schutz von Köln eine Kampf-Einsitzer-Staffel. Dann kamen wieder die Sportflieger. Auch die weltbekannte Liesel Bach aus Beuel und Kunstflugmeister Falderbaum aus Niederpleis drehten ihre Loopings. Bald zeigte die neue Zeit ihr Gesicht. Von Hangelar aus war Hitler nach München gestartet, um die große Mordaktion »Röhmputsch« einzuleiten. Später lagen hier Stuka- und Jagdverbände der Luftwaffe. Im Zweiten Weltkrieg wurde der Flugplatz von Bomben umgepflügt. Danach war erst einmal Pause. – Doch nun hängen sie wieder am Himmel: die Flugschüler der Luftfahrerschule, die Sport- und Geschäftsflieger, aber auch der BGS mit seinen Helikoptern. – Und die Anlieger sind sauer, weil es in den Ohren dröhnt.

Jan Kubitzka empfing den ausgelassenen Clan vor dem Flughafenlokal »Cumulus« mit viel Hallo und Küßchen.

»Hier drinnen werden wir heute abend das Tanzbein schwingen. In der Kristallbar gibt es dann etwas zu naschen. Doch erst wird geflogen. Die Wetterfrösche sind uns wohlgesinnt; es bleibt trocken und warm. Auf der Wiese am Platzrand stehen Tische und Stühle. Für kühle Drinks ist gesorgt«, erläuterte er die Planung. »Noch eine Bitte: Wir bleiben hinter dem Zaun, sonst gibt's Ärger mit der Luftaufsicht. – Für alle habe ich ein Präsent zur Erinnerung an Lindberghs ersten Flug über den Ozean, und beim Schwof werden noch einige Flüge nach Holland und Belgien verlost.«

Kubitzka zeigte mit der Rechten auf den neben ihm stehenden Mann. »Hier stelle ich euch einen weitgereisten Kollegen aus der Fliegerei vor. Wir haben schon in Südamerika manchen Whisky miteinander getrunken und uns hier wiedergetroffen. Mario Pavone heißt er und ist auch kein Kind von Traurigkeit. Mario kümmert sich heute um das Management.«

»Bravo Jan und Mario! Sie leben hoch!« rief Alexa Reese, und der Clan fiel begeistert ein: »Sie leben hoch!« Alexa gehörte zwar nicht zu den Frauen mit größerem Firmenvermögen im Hintergrund, doch ihre Position im Europaministerium, ihr sportlich-elegantes Auftreten und ihre zupackende Art hatten sie in der Hackordnung der Schnuppies nach oben steigen lassen. Eine Schönheit war sie nicht. Das lange, zu einem Pferdeschwanz gebundene rotblonde Haar unterstrich die Blässe der mit Sommersprossen bedeckten Haut. Hellblaue Augen boten wenig Kontrast. Heute hatte sie es wieder einmal verstanden, mit Fliegerbrille, rosa Schal und Queensjackett das Eigenwillige ihrer Erscheinung zu unterstreichen. Im Clan wußte man, daß sie an Jan Kubitzka »einen Narren gefressen« hatte.

Die Kavalkade zog weiter. In der Nähe von »Tant' Tinchen«, dem Traditionslokal des Aero-Clubs, wurden die Fahrzeuge abgestellt. Hier hatte in früheren Jahren die Fliegermutter den frischgebackenen Piloten die Krawatte abgeschnitten und viele hungrige Mäuler gestopft – manchmal ohne Bezahlung.

Bei der Sitzgruppe am Platz hatte »der Neue« einen Pfahl mit

Pappschild in den Boden gesteckt: »Käses Rundfahrt«. So lautete das Motto für den Flug über Bonn und das Siebengebirge.

Mario Pavone hätte man für einen Südfranzosen oder Sizilianer halten können: mittelgroß, dunkle Augen, schwarzes Haar. Die leichten Fettpolster unter dem Kinn ließen darauf schließen, daß er gutem Essen nicht abgeneigt war. Neben ihm standen zwei größere Pappkartons. Jan Kubitzka, der King des Clans, wandte sich an die Runde: »Damit Mario sich die Namen besser merken kann, bitte ich die Aufgerufenen zu mir zu kommen und das ganz persönliche Geschenk in Empfang zu nehmen. – Doch erst einen Drink gegen die Flugangst.«

»Drink ja – Angst nein«, tönte der Vortragende Legationsrat vom Auswärtigen Amt und fügte, um es ganz gescheit auszudrükken, hinzu: »Cheers, we want to be airborn.«

»Cheers«, echote es in der Runde.

Jan Kubitzka hatte den Deckel des Transportkartons hochgeklappt und rief den ersten Namen auf: »Alexa Reese!« Sie zog demonstrativ ihre Luftfahrerbrille über die Augen, warf den Schal um die Schulter und trat erwartungsvoll vor.

Mit großer Geste zog Kubitzka eine bordeauxrote Fliegertasche mit Schulterriemen aus dem Karton. Das Material war feinstes Nappaleder, sorgfältig verarbeitet. Man sah zwei vorgesetzte Kartentaschen und ein Sichtfenster für das Namensschildchen. Ein solches hatte der King für jeden in Goldprägedruck herstellen lassen. Jetzt schob er das Kärtchen mit dem Namen »Alexa Reese« in das Sichtfenster ein und hängte ihr die Tasche um. Der Clan spendete reichlich Beifall, als einer nach dem anderen sein Präsent in Empfang nahm. »Damit wir nicht allzu uniform wirken, erhalten die Damen das Souvenir in sattem Rot, die Herren in Anthrazit – die Farbe Koks gibt es ja leider nicht.«

Der Witz kam an, die Runde brach in Gelächter aus.

»Jetzt aber zum Rundflug«, erläuterte Kubitzka. »Es kommen immer drei Passagiere nach draußen. Meine Cessna One-seventwo hat vier Plätze. Einen davon brauche ich – oder sieht das jemand anders?«

»Das wollen wir doch nicht hoffen«, sagte Alexa Reese gedehnt und hängte sich bei Kubitzka ein.

Ahrens und Fräulein Kuhnert hatten sich unter die Besucher gedrängt, die das Starten und Landen der Sportflugzeuge und den Windenschlepp der Segelflieger beobachteten. Die Aufmerksamkeit für das Treiben der kostümierten Flieger, welche von den meisten Wochenendbesuchern ohnehin für leicht verrückt gehalten wurden, ließ bald nach. Nur Ahrens hatte seine Kamera mit dem 200 mm Tele immer wieder schnell am Auge, wenn ein neuer Name aufgerufen wurde, und der oder die Beschenkte sich mit Posen der Selbstdarstellung beim Spender bedankte. Niemand konnte erkennen, daß die Optik nicht auf die abhebenden und einschwebenden Flugzeuge, sondern auf die Darsteller der Aktion »Käses Rundfahrt« gerichtet war. Fräulein Kuhnert mußte allerdings den Versuch, die Namen zu verstehen und zu notieren, bald aufgeben. Die Entfernung war zu groß, und der leichte Wind trug die Worte davon. Jan Kubitzka ging mit Alexa Reese und Felix, dem Sohn des Rennstallbesitzers Klonthofer, sowie einem pummeligen Blondchen mit hektisch geröteten Wangen zum Flugzeug und bugsierte sie auf ihre Plätze.

Die Cessna 172, ein abgestrebter Hochdecker mit starrem Fahrwerk, hatte schon fast die ganze Welt umrundet. Schnell war sie mit ihren rund zweihundert Stundenkilometern nun wirklich nicht, und die lahmen hundertsechzig PS machten den Steigflug auch nicht zu einem Sturm in den Himmel. Doch das Flugzeug, von dem die Amerikaner und Franzosen über fünfunddreißigtausend Stück gebaut hatten, galt rund um den Globus als zuverlässig und »idiotensicher«. Zweihundert Meter holprige Grasnarbe genügten jedem halbwegs erfahrenen Piloten, um die One-seven-two auf den Boden oder in die Luft zu bringen. Start und Landung auf der breiten Betonpiste in Hangelar waren ein reines Vergnügen.

Die Luftaufsicht wußte, daß der »Fliegende Konsul«, wie Kubitzka hier allgemein genannt wurde, mit seinen Lindbergh-Freunden ein paar Runden über Bonn und das Siebengebirge drehen wollte. – Vom Tower kam über den Sprechfunk die Luftdruckangabe in Hektopascal und die Zuweisung der Startbahn zwo-neun. Was nichts anderes zu bedeuten hatte, als daß auf der Betonpiste bei dieser Windrichtung mit 290° Kompaßkurs, also etwa Richtung Westen, gestartet wurde.

Trimmung und Landeklappen in Startstellung, Höhenmesser auf QNH eingestellt, anrollen, noch ein kurzes Abbremsen des Motors, dann den Stachel rein, und ab ging die Post. Die Fernsicht hätte besser sein können, doch aus der geringen Höhe waren alle markanten Punkte der Bundeshauptstadt klar zu erkennen. Auf den drei Brücken über den Rhein herrschte dichter Verkehr. Zwischen den Frachtschiffen flitzten Sportboote hin und her, und die Fassaden des neuen Gästehauses der Bundesregierung auf dem Petersberg leuchteten in der Sonne. Am Westufer des Rheins ließen zahlreiche Großbaustellen erkennen, daß Bonn seinem Provisorium als Bundeshauptstadt Dauer zu verleihen gedachte. Aber der Reiz der Landschaft lag nicht in der Urbanität, nicht in Betonklötzen und vielspurigen Autostraßen, sondern in der grünen Harmonie der Erhebungen des Siebengebirges, der Gärten und Parks mit den Wasserflächen von Sieg und Rhein und der Kunstseen des Gronau-Geländes inmitten des Regierungsviertels.

Beim Anflug zur Landung ließen die kleinen blauen Vierecke der Swimmingpools in den Gärten der Einfamilienhäuser etwas von dem verdeckten Wohlstand der Bewohner der Stadt erahnen. Hier agierten nicht nur zweifelhafte Politmanager, ehrgeizige Staatsdiener, selbstbewußte Universitätsprofessoren und arbeitsame Bürger; hier lebten auch siebenhundert Millionäre, für welche die Ruhe als erste Bürgerpflicht den höchsten Stellenwert genoß.

So glatt wie der Start verlief auch die Landung. Bei der zweiten »Fuhre« war der Legationsrat mit von der Partie. Über Rhöndorf, wo der große Alte gelebt hatte, machten ihm plötzlich auftretende Fallwinde ziemlich zu schaffen, aber als geschulter Diplomat gelang es ihm, die Eröffnungsdrinks bei sich zu behalten. Siebenmal mußte Jan Kubitzka seine Cessna in die Höhe bringen, bis alle Mitglieder »airborn« waren. Jeder von ihnen ließ auch sein neues Bordcase an dem Ereignis teilhaben – nun war es echt.

Während Mario Pavone die One-seven-two auf ihrem Standplatz festzurrte und der fliegende Konsul seinen Schnuppie-Clan zum Restaurant geleitete, überlegten Ahrens und Fräulein Kuhnert, ob es noch sinnvoll sei, das Treiben der kostümierten Lindbergh-Freunde weiter zu beschatten. Doch ein unauffälliges Beobachten schien nicht möglich zu sein, obwohl die Kommissarin im Ehrenamt gern noch geblieben wäre.

»Lieber nicht«, sagte Ahrens. »Wir wollen das Erreichte nicht gefährden. Noch kennt uns niemand von diesem verrückten Verein. – Die Filme müssen in die Dose, dann trocknen und Abzüge machen. Damit sind zwei Stunden weg. – Und schließlich sollte sich zwischen uns beiden in der Dunkelkammer auch noch etwas entwickeln.«

Die Damen des Clans hatten es jetzt eilig, Kappen, Fliegerbrillen und die Schals abzulegen und mit ein paar Handgriffen dafür zu sorgen, daß das Dekolleté die teure Haut bis zum Nabel freigab. Viel Gold und Glitzerndes, echt oder nur so aussehend, wurde zur Schau gestellt. Die Herren hängten die Lederjacken über die Stuhllehnen und lockerten einige Knöpfe. Sekt wäre für dieses Festival zu profan gewesen; in den Kühlern wartete Moët et Chandon. Da man schon am Flugfeld nach geglückter Landung rustikal gegessen hatte, gab es jetzt nur noch Kanapees und Kleinigkeiten am Spieß.

Hinter einem malerisch drapierten Fallschirm verbarg sich die »Kristallbar«; sie wurde vom fliegenden Konsul höchstpersönlich betreut. Kellner hatten keinen Zutritt.

Zum Charly-Schwof spielten die Hexer auf, eine Drei-Mann-Band, die durch ihre Auftritte in der Bonner Szene bekannt geworden war. Mit einem Charleston aus dem Lindbergh-Jahr 1927 wurde der Tanz eröffnet. Dann kam auch schon die «Nugget Lady«, der Erkennungssound des Clans. Die Körper drängten sich auf der winzigen Tanzfläche aneinander, und kleine spitze Schreie unterstrichen das Außerordentliche dieses Tages.

Die Hexer rissen die Schnuppies immer wieder von den Stühlen, bis Kubitzka nach einem hochgezogenen Tusch noch einmal das Wort ergriff, um seine Fluggäste – wohlbehalten – auf dem Boden zu begrüßen. Er wies darauf hin, daß es für alle, auch für ihn, den fliegenden Konsul – o ja, er wisse von dem Spitznamen und sei stolz darauf –, ein besonderes Ereignis sei, Lindberghs Flug über den Ozean in diesem Kreis zu feiern. Dann hob er die Stimme: »Ich habe noch zwei Fakten mitzuteilen: für diejenigen, die sich mal entspannen wollen, steht mein Wohnmobil auf dem Parkplatz bereit, und« – Kubitzka ließ eine Kunstpause eintreten – »für denjenigen, der keine Kosten und Freuden scheut, ist die Kristallbar geöffnet. Ich stehe jedereit als Barkeeper zur Verfügung. Die Verlosung der Flüge erfolgt um Mitternacht.«

Klatschen, Trampeln und Bravorufe. Die Fete versprach ein Happening ganz nach dem Geschmack der Schnuppies und Pseudos zu werden.

Ein neuer Tusch, ein neuer Tanz. – Als erste zupfte die blonde Monika aus dem Forschungsministerium den fliegenden Konsul am Ärmel. »Jan, ich brauche Schnee, bitte.«

Er führte sie mit ein paar Tanzschritten hinter den Fallschirm. Hier sah es wirklich aus wie in einer intimen Bar. Auf zwei kleinen Tischen standen wenige, aber erlesene Alkoholika aus aller Welt, die steuerfrei als Diplomatengut über die Grenze gekommen waren. Dazu Gläser und Siphons. Doch die Insider wußten, daß hier keine Cocktails genommen wurden. Die Getränke dienten nur der Tarnung, für den Fall, daß unbefugte Augen einen Blick hinter die Fallschirmkulisse werfen sollten.

»Aber zahlen kann ich heute nicht«, sagte Monika und sah Kubitzka mit flehenden Augen an.

Er schob ihr lächelnd einen Zettelblock zu und drückte ihr den Kugelschreiber gleich in die Hand. »Du weißt, ich muß das Geschäftliche vom Vergnügen trennen. Unterschreib nur, und du bist für heute abend alle Sorgen los.«

»Schnee und du, das macht glücklich«, sagte sie leise; dabei unterschrieb sie mit fahrigen Bewegungen einen Schuldschein über zweihundert Mark. »Wie viele Autogramme von mir hast du eigentlich schon?«

»Einige – aber das soll dich nicht belasten. Du kannst alles leicht tilgen«, stellte er wie nebenbei fest.

»Mit Sex?« fragte sie, und es klang traurig.

»Dummchen, das ist doch nicht das einzige Zahlungsmittel. Ich brauche ein paar Informationen über die neuen Entwicklungen der Optoelektronik, damit meine kleine Republik den Gangstern in Amerika und Rußland nicht jedes technische Detail mit teuren Devisen abkaufen muß. Du brauchst die paar Blätter nur zu fotokopieren, und mit dem Honorar ist dein Konto ganz schnell wieder getilgt. Glaub mir, Entwicklungshilfe ist nicht immer eine Sache langweiliger Delegationsverhandlungen und dicker Staatsverträge. Sie fängt im kleinen an, und wir beide können unseren Teil dazu beitragen.«

Sie nickte und achtete genau auf jede Bewegung seiner Hand, die einen Kristallspiegel zwischen den Gefäßen hervorzog.

»Komm, setz dich zu mir«, sagte er zärtlich und formte einen sauberen Ein-Dollar-Schein zu einem strohhalmähnlichen Röhrchen. »Hier!«

Ihre Hand zitterte leicht, als sie den gedrehten Dollar zwischen Daumen und Mittelfinger hielt. Mit starren Augen verfolgte sie das Ritual, mit dem der Konsul den Schnee servierte.

Jan Kubitzka vergewisserte sich, daß der Spiegel blank und trocken war. Dann entnahm er der Schublade das kleine Fläschchen mit der aufgesetzten Gieße, ähnlich einem Zuckerstreuer, und drehte den Verschluß auf. Mit einer bedächtigen Bewegung zog er vier gehäufelte Spuren des Stoffs, der wie feingemahlener Zucker aussah, in fünf bis sechs Zentimeter Länge über den Spiegel.

Die blonde Monika senkte den Kopf und führte das Dollar-Röhrchen vorsichtig in das linke Nasenloch ein. Dann schnüffelte sie langsam die ersten beiden Spuren von der Glasplatte ab. Dabei seufzte sie wohlig und streckte sich. Nach einer kurzen Pause wechselte der »greenback« zur anderen Nasenseite, und die beiden übrigen Spuren des Pulvers verschwanden wie Schnee in der Sonne.

Kubitzka reinigte den Spiegel und stellte ihn wieder dekorativ zwischen die Flaschen. Die Schublade mit dem Stoff schloß er sorgfältig ab.

»Du wirst tanzen wollen«, sagte er und reichte Monika seinen Arm.

»Ich will dich«, sagte sie nicht einmal leise. »Laß uns zu deinem Mobil gehen, mon bonhomme de neige.«

»Später«, wehrte er ab. »Du siehst doch, ich muß auch die anderen versorgen.« Damit winkte er Felix, den Sohn des Rennstallbesitzers, herbei und schob ihm Monika in die Arme.

Die Hexer gaben Power über die Lautsprecher und die swinging Schnuppies wurden immer ausgelassener. Je öfter der fliegende Konsul hinter den Fallschirm treten mußte, desto höher schlugen die Wellen der Begeisterung. Manche fühlten sich wie die tollkühnen Männer in ihren fliegenden Kisten.

Der Legationsrat, dem die Fallwinde über Rhöndorf zu schaffen gemacht hatten, schnüffelte eine große Portion und ließ sich noch ein Pulverbriefchen geben, um für das Wochenende gerüstet zu sein. Er unterschrieb, ohne mit der Wimper zu zucken, einen Schuldschein über fünfhundert Mark. Jan Kubitzka wußte, daß er diesen Zeitgenossen bald an dem Punkt haben würde, an dem es kein Zurück mehr gab.

Mario Pavone hatte sich zu Alexa Reese gesetzt und sie in ein Gespräch verwickelt. Er erzählte ihr von Flügen in Süd- und Mittelamerika, bei denen er den Konsul kennengelernt hatte.

»Jan hat dort seine Dollars und Pesos gemacht und ist heute ein angesehener Repräsentant einer Firma für Anlagebau mit dem Sitz im Ruhrgebiet. Als Honorarkonsul hält er immer noch engen Kontakt zu seinen alten Freunden jenseits des Ozeans.«

»Aber er ist doch Deutscher«, wunderte sich Alexa.

»Durchaus richtig«, bestätigte Pavone. »Die Bananenrepublik wird schon wissen, was sie an ihm hat. – Ich habe dort auch mal für eine kurze Zeit am Himmel gehangen, aber die Geschäfte haben mich schon bald in den Nahen Osten, man könnte auch sagen in den Vorderen Orient, verschlagen. – Wo Kriege stattfinden, wird vieles gebraucht.«

»Waffen?« fragte Alexa direkt.

Pavone lachte. »Wenn es so wäre, würde ich es nicht sagen; aber ich stehe gewissermaßen auf der anderen Seite. Wo Granaten explodieren, braucht man auch Medikamente und Chemikalien. Hier am Rhein gibt es ja Weltunternehmen in allernächster Nachbarschaft, und ein Kaufmann hat es nicht schwer, gute Verbindungen zu den ministeriellen Instanzen zu schaffen. Dadurch lassen sich die Verfahren für Exportgenehmigungen verkürzen.«

»Auch wenn es einiges kostet!« warf Alexa ein.

»Gerade dann«, bestätigte er mit einem breiten Lächeln. »Dann flutscht es besonders gut. Mein Geschäftssitz in der Bundeshauptstadt ist sein Geld wert.«

»Sie sind kein Deutscher, oder?«

»Doch, schon seit Jahren, aber ich bin auch Italiener. So eine Doppelstaatsangehörigkeit kann ganz nützlich sein. – Aber warum siezen wir uns? Sind wir hier nicht alle Freunde?«

»So sollte es sein! Das ›du‹ ist gängige Münze. Also zum Wohl, Mario.«

»Zum Wohl, Alexa.« Der Champagner war kalt, und der Kuß war echt, doch er blieb noch im Bereich des Unverbindlichen.

»Hast du auch ein Flugzeug?«

Mario hob bedauernd die Schultern. »Ich hoffe, bald wieder. Meine Piper-Cheyenne wurde auf dem Flugplatz von Beirut von einer Bazooka erwischt – total hin die Kiste. Aber ich werde hier schon etwas Passendes finden. Jan hört sich um, ob jemand den richtigen Flieger zum vertretbaren Preis loswerden will. Das braucht seine Zeit. Schließlich will man nicht mit einer abgenudelten Mühle vom Himmel fallen.« Mario deutete ungeniert mit dem Daumen zum Nachbartisch. »Wer ist denn die Frau im Goldlamé?«

Alexa sah hinüber. »Unsere Gräfin; vermittelt jedes Bauherrenmodell und hängt am Legationsrat. Aber den kannst du bei Bedarf abservieren. Gib ihm eine Portion Schnee, und er drückt beide Augen zu.«

»Und wie wär's mit uns?«

»Das läuft nicht. Oder möchtest du dem Konsul einen Grund verschaffen, bei der Suche nach einem Flieger den abgenudelten Typen den Vorzug zu geben?« Alexa sah Mario mit Unschuldsmiene an. »Was nicht heißen soll, daß wir uns voreinander verstekken müssen. Solltest du mal im Europaministerium zu tun haben, könnte ich dir ein paar Tips geben – natürlich zum Freundschaftspreis.«

»Vive l'Europe!« dankte Mario und holte sich die Gräfin zum nächsten Tanz.

Jan Kubitzka hatte gesehen, daß sich Mario und Alexa angeregt unterhalten hatten. Er löste sich aus einer Gesprächsrunde und ging mit Alexa in die Kristallbar. »Was wollte denn dieser Windhund von dir?«

Alexa zögerte nicht mit der Antwort. »Mich anmachen – was sonst? Der geht direkt drauf los, gibt sich recht locker; aber so ganz traue ich ihm nicht.«

»Du tust gut daran. Ich würde ihm auch keine Vollmacht für mein Bankkonto erteilen«, stellte Kubitzka fest.

»Handelt er wirklich mit Medikamenten oder vielleicht doch mit Waffen?«

»Der handelt mit allem und für alle. Jetzt sucht er erst mal ein Second-hand-Flugzeug, und ich helfe ihm dabei.«

»Dann stimmt das also doch. Er hat mir erzählt, daß die Palästinenser ihm seine Piper kaputtgeschossen haben. – Ein interessanter Typ«, sagte Alexa und fügte nach einigem Überlegen hinzu: »Ob er so reich ist, wie er tut?«

»Das werde ich wissen, wenn er den Vogel bezahlen muß. – Aber nun zu uns beiden. Wir haben auch einige Probleme zu klären. Meine Chefs daheim möchten schon etwas mehr sehen, als du bisher geliefert hast. Schließlich haben sie saftige Vorschüsse geleistet. Ich hätte nie gedacht, daß du versuchst, mich hängen zu lassen.«

Alexa Reese war intelligent genug, das Spiel zu durchschauen. Doch sie hatte nicht mehr die Kraft, sich dagegen zu wehren. Was sie tat, hatte sie »umverarbeitet«: sie half ihrem Geliebten, und sie half einem kleinen Land, im Wettbewerb mit den wirtschaftlichen Riesen zu bestehen. Sie sah sich selbst nicht als Spionin – und sie brauchte den Schnee, um zu leben.

Ohne die Stimme zu heben, sagte sie: »Ich habe die letzten Pläne für die europäische Arbeitsteilung in der Robotik kopiert. Das müßte für dich besonders interessant sein wegen des Vergleichs der Arbeiten in Amerika und Rußland. – Aber jetzt brauche ich erst einmal Koks, mein Feuer ist aus. Und ich werde keinen deiner verdammten Zettel unterschreiben, you damned bum.«

»Rote Haare, Sommersprossen sind des Teufels Volksgenossen«, lachte Kubitzka. »Wenn das Temperament mit dir durchgeht, bin ich machtlos. – Nun komm, wirf einen Blick in den Spiegel; und die Zettel lassen wir heute selbstverständlich beiseite. – Wo hast du die Kopien?«

»In meinem Auto.«

»O du heilges Kanonenrohr, dein Leichtsinn ist nicht zu überbieten. Was passiert, wenn einer den Wagen klaut?«

»Wird er schon nicht«, sagte Alexa und nahm die letzten beiden Reihen des so sauber und harmlos aussehenden Pulvers durch den gedrehten Dollarschein auf. »O Himmel! Wie schön ist doch die Welt. Wann entführst du mich in dein mobiles Hotel?«

»Jetzt«, sagte Kubitzka und griff ihr mit beiden Händen an die kleinen, festen Brüste. »Aber erst, nachdem wir einen Abstecher zu deinem Wagen gemacht haben. Mir ist es lieber, du bist die Verantwortung für die europäische Robotik los.«

»Und dann bringst du mich in den Himmel!«

»Mein Red Fox, auf den fliegenden Konsul kannst du dich immer verlassen. Komm, verschwinden wir für eine halbe Stunde. Ich glaube, das Fußvolk ist versorgt und wird uns nicht vermissen. No more drinks at the bar.«

Die Schnuppies vermißten sie in der Tat nicht. Aber Mario Pavone erfuhr von der geschwätzigen Gräfin, wie zuverlässig Jan Kubitzka dafür sorgte, daß auch im Sommer immer reichlich Schnee verfügbar war. Sie habe noch nirgendwo, auch bei ihren Freunden in Düsseldorfs Altstadt nicht, zu so zivilen Preisen einkaufen können. Der fliegende Konsul sei ein echter Glücksfall für den Clan.

Mario Pavone konnte das nur bestätigen.

8

In Bonn läuft alles ein paar Nummern kleiner als in Hamburg oder Frankfurt. Auch Köln und Düsseldorf lassen sich mit den großen Umschlagplätzen für Sex und Drogen nicht vergleichen. Das war den Bossen des Syndikats Europe-West durchaus bekannt. Gleichwohl hatten sie die Bundeshauptstadt zum Ziel ihrer Reise gewählt, denn hier im Köln-Bonner Raum reagierte der Markt wie ein Seismograph auf die feinsten Verwerfungen und ließ Trends und künftige Strukturen erkennen.

Eine Stadt mit nahezu einhundertfünfzig Botschaften und Konsulaten, mit zweitausend Lobbyisten, Hunderten von Journalisten aus aller Welt, vierzigtausend Studenten und über fünfhundert hin- und herreisenden Volksvertretern bot die denkbar besten Möglichkeiten, den Grund des Treffens und das Herkommen zu verschleiern. Über die nahegelegenen Großflugplätze Köln-Bonn und Düsseldorf ließ sich das Ziel schnell und unauffällig erreichen. Wer auf diesen Plätzen gelandet war, konnte in jeder Stadt des Ruhrgebiets vermutet werden.

Von höchstem Wert waren auch die kurzen Verbindungswege nach Brüssel und zur Rauschgiftmetropole Amsterdam. Die umfassenden Verlautbarungen der Bundesregierung zur Drogenszene sowie die bei jedem Aufgriff von Polizei und Zoll gemeldeten Preise für Heroin und Kokain, für Amphetamine und Designerdrogen boten dem Syndikat eine ganz vorzügliche Hilfe für die Analyse des Marktes. Selbst mit dem Einsatz von Dollarbeträgen in Millionenhöhe wäre es den Bossen nicht möglich, diese Seite der Marktbeurteilung so genau zu erfassen.

Durch Vergleich mit den eigenen Zahlen wußten sie sehr schnell, wie weit es den Drogenbekämpfern gelungen war, die Spitze des Eisbergs abzutragen. Deshalb mußte ein gewisser Prozentsatz an Verlustabgängen, ähnlich wie in den großen Warenhäusern, einkalkuliert werden. Dieses Problem wog leicht und hatte sich bisher ohne Schwierigkeiten lösen lassen.

Die wirkliche Gefahr drohte dem Syndikat Europe-West von anderer Seite. Heroin verlor im Verdrängungswettbewerb gegenüber dem Kokain ständig Marktanteile. Der Schnee schien wie eine immer fester werdende Decke von Nord nach Süd ganz Westeuropa zu überziehen. Die Designerdrugs aus den Küchen- und Kellerlabors beunruhigten zusätzlich die Szene. Dagegen galt es Dämme zu errichten.

Für die vier Herren von Europe-West waren im Grand Hotel »Rhenus« eine Suite mit Eßraum und drei Luxuszimmer reserviert. Die Gäste nahmen die Eleganz des Hauses als selbstverständliche Zugabe hin. Nach einem guten Essen ließ der kugelrunde und fast kahle Alev Nurwan einen mörderisch starken Kaffee servieren. »Wir brauchen einen klaren Kopf«, stellte er fest.

Als der Kellner Mokkatassen, Zucker und die Kanne mit dem

dampfenden Gebräu bereitgestellt hatte, wartete Nurwan noch, bis die Tür wieder geschlossen war. Dann zog er eine Havanna aus dem Lederetui, drückte sie vorsichtig zwischen den Fingern, lehnte sich zurück und zündete sie mit einem Streichholz an.

Ihm gegenüber saß »Winston-Bonn«, ein unauffälliger, mittelgroßer, schon leicht ergrauter, untersetzter Mittfünfziger, der sich seit Jahren um den Absatz von Heroin im Köln-Bonner Raum verdient gemacht und daran verdient hatte. Er rührte angestrengt in seiner Mokkatasse und pustete zwei, drei mal darüber hin.

»Ich höre«, sagte Nurwan und sah dem Rauch seiner Havanna nach. »Was ist los am Rhein? Nicht umsonst haben wir uns gerade hier zusammengefunden. Also?«

Winston antwortete erregt: »Ich sage dir, Alev, es dauert nicht mehr lange, und der Markt kippt um. Kurzfristig ist die Nachfrage noch stark; mir fehlt sogar Ware, weil ein paar Sendungen nicht übergekommen sind. Aber...«

»Du meinst diese verdammte Geschichte mit den türkischen Helfern, die am Nürburgring in eine hundsgemeine Polizeifalle gestolpert sind. Die Kerle müßte man wegen Dummheit aus dem Verkehr ziehen.«

»Das war Pech und kann jedem mal passieren; aber sie halten dicht. Bis jetzt habe ich die Kalamitäten im Dreiländereck und in Kölns Goldener Stube mit meinen Reserven überbrücken können.«

»Nun gut, wer von den Kerlen singt, lebt nicht mehr lange. – Ist das abgeschottet?«

Winston nickte. »Absolut. Der Stoff ist von der Dependance in Frankfurt gekommen. Also muß dort das Leck sein.«

»Das werden wir stopfen – und zwar rigoros«, brummte der Zigarrenraucher.

»Aber nun zu den Perspektiven«, sagte Winston. »Sie sind einfach katastrophal. Koks und Designerdrogen graben mir das Wasser ab. Es ist nur noch eine Frage der Zeit und vor allem des Preises, wann meine Junkies auf Speed und Crack, diesen zusammengebackenen Schnee, umsteigen.«

Alev Nurwan wunderte sich. »Ich denke, die deutsche Polizei hat die Küchenlabors ausgehoben?«

»Hat sie«, bestätigte Winston, »allein fünfzig im letzten Jahr. Aber jede Woche werden neue aufgemacht. Das ist für Chemiker, und davon gibt es wirklich genug, technisch überhaupt kein Problem. Mit ein paar guten Chemie- und Pharmaziebüchern schaffen das sogar die Abiturienten. Die Grundstoffe sind billig und der schwarze Markt weitet sich aus. Noch fehlen denen allerdings eingefahrene Absatzwege bis zum letzten Junkie. Derzeit stehen nur zwei Netze: das von uns und das von den Kokshändlern. – Diese verfluchten Schneemänner sind es, die uns hier und heute den Markt kaputtmachen. Wir landen mit den Preisen im Keller, wenn das so weitergeht.«

Der Raucher streifte vorsichtig die Asche ab. »Und wie sieht es in Belgien und in den Niederlanden aus?«

Der angesprochene Repräsentant für Benelux, ein für diesen Kreis sehr jung wirkender blonder Typ, sah auf. »Früher einmal ganz ähnlich, aber du weißt, wir haben uns mit den Dons arrangiert und die Claims abgesteckt. Damit haben wir die Sache im Griff.«

»Dahin müssen wir in Deutschland auch kommen«, warf Nurwan ein.

»Das empfehle ich dringend«, fuhr der Benelux-Repräsentant fort. »Jetzt rühren bei uns nur noch die Designer wie die Verrückten im Markt herum. Bei denen gibt's zu viele Kleine, aber keine Gang, mit der man ein vernünftiges Abkommen treffen könnte. Jetzt, wo in Deutschland die Labors gleich dutzendweise ausgehoben worden sind, haben die Dummköpfe nichts Eiligeres zu tun, als den Markt von den Niederlanden aus vollzuschmeißen. Die Binnengrenzen in der Europäischen Gemeinschaft werden immer durchlässiger.«

»Da gibt's auf Dauer wohl nur einen Weg«, überlegte Alev Nurwan. »Ich sehe keinen anderen: Wir lassen die Polizei für uns arbeiten. Jedes uns bekannte Labor wird gemeldet, die Designer und ihre Dealer ebenfalls – anonym selbstverständlich. Mit denen gibt's keine Solidarität, und in der Kleinszene muß sich langsam herumsprechen, daß es Prügel setzt, wenn man am falschen Kuchen knabbert.«

»Gilt das auch für die Schneemänner?« fragte Winston.

»Nun sag mal, wie dumm sind wir denn? Auf gar keinen Fall!« Alev schüttelte verständnislos den Kopf. »Wenn wir Schnee und Speed in gleicher Weise angehen, hat die Polizei bald spitz, wer dahintersteckt. – So einfältig werden wir doch nicht sein! – Wenn es nur die Designer trifft, werden sie glauben, daß die Kokshändler am Werk sind, denn die wollen ja ihren Markt ausweiten. Die kämpfen um denselben Kundenkreis.« Alev Nurwan legte die Zigarre in den Ascher und nahm noch eine Tasse Mokka. »Nein, nein. – Mit den Schneemännern müssen wir uns auch in Deutschland arrangieren. Dahinter steckt schließlich das Kartell der Dons.«

Winston schüttelte den Kopf. »Aber wie? Die wollen doch nicht.«

Nurwan ließ sich nicht aus der Ruhe bringen. Er nahm die Zigarre auf und zog bedächtig – nach ein paar Zügen wurde die Glut wieder stärker. »Ich habe schon etwas eingefädelt. Die Dons werden eine spektakuläre Warnung erhalten und endlich merken, daß wir nicht mit uns spaßen lassen, wenn es ums Geschäft geht.«

Winston nickte, doch seine Handbewegung deutete Vorsicht an. »Wir müssen höllisch aufpassen, daß die Kleinszene ruhig bleibt. Das tote Mädchen auf dem Venusberg paßt mir gar nicht in den Kram. Jetzt haben wir Läuse und Flöhe gleichzeitig im Pelz, – Mordkommission und Rauschgiftfahnder.«

»Tod durch unsere Ware?«

»Höchstwahrscheinlich eine zu hohe Dosis – und die noch mit Strychnin versetzt.«

Der Kahle blies eine Wolke zur Decke. »Kennst du den Lieferanten? Den lasse ich fertigmachen. Schon lange nicht passiert, daß es einer gewagt hat, uns Dreck zu schicken.«

Winston war ratlos. »Meine Junkies und Dealer kannten die Puppe nicht einmal. Der Goldene Schuß ist jetzt *das* Thema der Presse. Das Mädchen war bis vor einem Vierteljahr im Bundeskanzleramt beschäftigt und soll zuletzt Studentin gewesen sein. Rauschgifttote aus dem Kanzleramt! So eine Schlagzeile ist bestes Journalistenfutter. Gleichwohl: Ich kann den Markt nicht kaputtgehen lassen. Mir fehlt Stoff.«

»Dein Anruf kam noch rechtzeitig«, sagte der Blonde. »Ein

Kilo, achtzig Prozent garantiert, einhundertfünfzigtausend.«

Winston griff in die Jackentache und schob drei Bündel à fünfzigtausend Deutsche Mark über den Tisch.

»Macht das gefälligst draußen ab«, entrüstete sich Nurwan. »Hier bei mir wird geplant, nicht gedealt. Es gefällt mir gar nicht, daß ihr den Stoff mit euch herumschleppt, wenn wir uns treffen.«

Der Blonde murmelte etwas von Notfall, außergewöhnlichen Umständen und Eile. Aber die Ware sei selbstverständlich im Schließfach auf dem Bonner Hauptbahnhof. Damit schob er Winston den Schlüssel zu.

Der vierte Mann am Tisch hatte bisher geschwiegen. Er war groß, athletisch gebaut und hatte einen Bürstenhaarschnitt. Die Jahre hatten ihm etwas von seiner zuschlagenden Beweglichkeit genommen, doch gefährlich sah er immer noch aus – auch wenn der dunkelblaue Anzug den Maßschneider erkennen ließ.

»Was ist los auf dem Kiez, Hummel?« fragte ihn Nurwan.

»Chaos«, antwortete der Angesprochene. »Totales Chaos. Die Luden bringen sich gegenseitig um. Aids hat die Freier knapp werden lassen, und die Zuhälter drängen immer stärker ins Drogengeschäft. Die Zeiten, wo die einen den Sex und die anderen die Drogen geliefert haben, sind längst vorbei. Seit sich herumgesprochen hat, daß Koks high, happy und aktiv zugleich macht, sind die Hühner wild auf Schnee. Damit turnen sie sich an, um den Freiern zu zeigen, was sie können. Die zahlen Wahnsinnspreise, glatt vierhundert Mark pro Gramm. Äitsch kommt da auf die Dauer nicht mit; macht schnell zu und bringt wenig Power für die Liebe. – Unser Markt wächst nicht mehr, ist aber noch einigermaßen stabil. In Hamburg gibt es Junkies genug; ein Viertel unserer Stammkunden sind Arbeitslose. Denen lasse ich schon mal einen Sonderpreis machen. Fuffis oder Hunis mit zehn bis zwanzig Prozent Rabatt. Solche Sozialhilfen weiß man zu schätzen. Beim Koks dagegen wird hart gefeilscht.«

»Aber Polizei und Zoll haben doch mächtig dazwischengehauen?«

»Und ob! Die haben den Koks säckeweise beschlagnahmt, aber der Importdruck, vor allem aus Kolumbien, läßt nicht nach. Das Bundeskriminalamt glaubt selbst nicht, daß es mehr als zehn Prozent abschöpfen kann. Die Verteilungskämpfe im Milieu sind mörderisch. Ich bin nur am Rande betroffen. Jede der beiden größten Ludengangs vom Kiez will die Oberhand haben. Dafür schießen sie sich Löcher in die dämlichen Köpfe, die nicht einsehen können, daß man Ruhe braucht, wenn das Geschäft laufen soll.«

»Du hast dich also mit den Schneemännern nicht arrangiert?«

»Nein, das geht erst dann, wenn die Koksluden sich so weit abgestochen haben, bis einer den Boß mimen kann. – Wenn zwei sich streiten, freut sich der Dritte. Damit komme ich vorläufig ganz gut über die Runden.«

Alev Nurwan hatte seine Zigarre verglimmen lassen. Er überlegte, wie man die Lage in den Griff bekommen könnte. Doch ihm fiel auch nichts Besseres ein, als Hummel schon geäußert hatte: »Wir warten ab, bis Ruhe einkehrt, und werden dann die Klientel aufteilen. – Die Warnung an die Schneemänner im Köln-Bonner Raum muß so spektakulär ausfallen, daß sie auch in Hamburg verstanden wird. Wir werden sie zum Hades schicken – und wenn ›H‹ zuschlägt, gibt's keine Wiederkehr.«

»Wie läuft's im Südsektor?« fragte Hummel. »Von den Brüdern hat man schon lange keinen mehr gesehen.«

»Die habe ich draußen gelassen«, winkte Nurwan ab. »Von denen sind mir zu viele den Fahndern ins Netz gegangen; liegt ganz in der Richtung mit den hopsgenommenen Türken am Nürburgring. Die Frankfurter haben offensichtlich Läuse im Pelz – und davon wollen wir uns hier freihalten. Wir sind uns also einig: die Designer überlassen wir den Rauschgiftfahndern und den Schneemännern wird klargemacht, daß sie sich nach dem Muster Benelux mit uns arrangieren müssen, wenn ihnen ihr Leben lieb ist. Wenn wir mit denen keinen Modus vivendi finden, wird es auch für uns schwer. Was nützt die mühsam aufgebaute Logistik, wenn vor Ort Bürgerkrieg herrscht. – Und nun lassen wir Champagner kommen. Für wann sind die Girls vom Hostessen-Service bestellt?«

»Meeting zehn Uhr in der Lounge«, antwortete Winston. »Madame schickt ihre besten Kräfte; tausendundeine Mark die Nacht. – Cash.«

Alev Nurwan lachte: »Harte Währung, leichte Mädchen. In den

Dollarländern läuft's anders herum. Ich muß aber schon sagen, die Deutschen verstehen was vom Geschäft. Wer hat denen nur eingeredet, sie müßten Kriege führen, um reich und mächtig zu werden? – Stoßen wir an auf das Wohl von Europe-West.«

9

Irmela Ellers hatte man vor einigen Tagen beerdigt. Die Beisetzung auf dem Bonner Südfriedhof war eine bedrückend trostlose Angelegenheit gewesen. Eine aus dem Hessischen angereiste Mutter, stumm vor Schmerz, ein Bruder, der sie stützte, drei Verwandte, zwei Freundinnen aus der gemeinsamen Schulzeit, welche wohl die Neugierde hergetrieben hatte, dazu ein Priester, dessen Worte niemanden erreichten – und im Hintergrund Lupus; das Zeremoniell war trist abgelaufen. Abgang einer Drogensüchtigen, derer man sich schämte.

Hauptkommissar Freiberg hatte andere Sorgen. Er befürchtete, daß ihm die wenigen Spuren des Falles vom Kaiser-Wilhelm-Stein unter den Händen zerrannen.

Ahrens hatte wie immer vorzügliche Fotos geliefert; doch niemand von den Konterfeiten des Clans war jemals in den Polizeiakten erschienen. Ein Legationsrat, eine Gräfin, ein fliegender Konsul, der Sohn eines Rennstallbesitzers und all die anderen Schnuppies paßten durchaus in das Bild einer exaltierten Gesellschaft, die von Zeit zu Zeit ihre Duftmarken setzen wollte.

Auch Presse-Mausers eingehende Berichterstattung hatte keine Leserbriefe oder anonymen Anrufe hervorgelockt, wie es sonst bei so delikaten Fällen die Regel war.

Kommissarin Barbara Fendt hatte alle Hebel in Bewegung gesetzt, doch aus der Szene kamen keine Hinweise. Wenn die Junkies etwas gewußt hätten, wäre das durchgesickert, denn Geschichten erzählen gehörte zum Milieu. Wer so schwieg, der wußte nichts.

Das Angebot des Gruppenleiters, die Mordkommission zu verstärken, war bei Freiberg auf taube Ohren gestoßen. Er hatte genug damit zu tun, den Schlaumeier Singer halbwegs sinnvoll einzusetzen. Mit einiger Spannung wurde im Kommissariat beobachtet, wie die changierenden Farben des Veilchens unter dessen Auge sich veränderten. Bald würden sie nicht mehr vorhanden sein; ähnlich verlor auch der Fall Irmela Ellers seine Konturen.

Die Befehlsausgabe in Zimmer 306 war seit Tagen eine langweilige Angelegenheit. Der Kommissar arbeitete mit verbissener Wut Aktenberge durch und ab. Fräulein Kuhnert hielt sich mit ermunternden Bemerkungen zurück; dafür wurde ihr Kaffee immer stärker. Aber auch das machte den Geist nicht klarer. Am Montagnachmittag, kurz vor dem Ende der offiziellen Dienstzeit, kam noch ein lautstarkes Zeichen von Aktivität. »Kuhnert! – Die Akten her!« dröhnte es durch die nur angelehnte Verbindungstür.

Sie konnte bei den Stößen von Papier, die sich im Umlauf befanden, wirklich nicht wissen, was gefordert war und fragte vorsichtig zurück: »Welche bitte?«

»Na, welche schon«, raunzte der sonst so verbindliche Chef der Mordkommission. »Die von der Ellers natürlich – mit allen persönlichen Unterlagen.«

»Die hat Ahrens. – Soll er kommen?«

»Nein, die Akten möchte ich haben, komplett! Ich nehme alles mit in mein Gefängnis. Von den Knackies weiß ich, daß man hinter Gittern die unmöglichsten Ideen hat. Hier in diesem Stall fällt ja keinem Menschen etwas Vernünftiges ein.« Freiberg hatte das Gefühl, das Material ohne Ablenkung noch einmal gründlich sichten zu müssen. Seine studentische Hilfskraft Sabine ließ sich kaum noch blicken. Er hatte sie offensichtlich vergrätzt, weil er ihren begeisterten Schilderungen des neuen Jobs in der Universitätsbibliothek nur mit mäßigem Interesse gefolgt war.

»Ich kann mich genausogut auf Hans Arps ›Wolkenschale‹ vor der UB niederlassen und den Himmel ansingen«, hatte sie ihm giftig vorgehalten. »Da läßt man sich durch stinkige Lokale schleppen, um dir einen Gefallen zu tun, und was ist der Dank? Waldi geht muffelig seiner Wege und unsereins platzt vor Mitteilungsdrang.«

Mit halbem Ohr hatte er wahrgenommen, was für ein tolles Erlebnis es sei, schon mal mit Frau Doktor angeredet zu werden und endlich wieder Bücher in den Händen zu halten statt BigMacs und leergefressene Styropor-Verpackungen. Für die Dauer des Urlaubs eines Bibliotheksrats dürfe sie sogar dessen Zimmer benutzen; winzig zwar, aber mit Telefon und einer Tür zum Zumachen. Nicht mehr welke Salatblätter, sondern Inkunabeln aus dem fünfzehnten Jahrhundert betrachten. Ob er sich überhaupt vorstellen könne, was das nach einem Jahr Bedienung im Fast-Food-Geschäft für sie bedeute? – Das war jetzt ihre Welt, und er hatte noch keine Zeit gehabt, sich darauf einzustellen. Er mußte sich mit der Toten vom Kaiser-Wilhelm-Stein herumplagen.

Am späten Nachmittag saß Walter Freiberg hinter seinen Gittern auf der Couch mit den in der Wohnung von Irmela Ellers sichergestellten Akten. Er nahm sich Seite für Seite vor. Viele waren es nicht, und so begann er abermals einen Durchgang.

Die Unterlagen über das frisch begonnene Studium waren dünn und unergiebig. Genauso sah es auf den ersten Blick auch mit den Papieren über den Dienst im Bundeskanzleramt aus: ein gutes Schulzeugnis, Nachweise über den Besuch von Sprachkursen, der Arbeitsvertrag, das Dienstleistungszeugnis, Sozialversicherungsunterlagen und Gehaltsabrechnungen. Der letzte Bankauszug wies ein Guthaben von siebentausendvierhundert Mark aus. Die Einzahlungen waren, bis auf tausend Mark, in den letzten drei Monaten erfolgt.

Freibergs Blick blieb auf der Seite mit den handschriftlich vermerkten Telefonnummern der Botschaften und Verbände haften. Neun Telefonanschlüsse waren notiert, zwei davon durchgestrichen, und zwar die Botschaft mit dem Kennbuchstaben F und die Nummer neben der Abkürzung DIHG, was nichts anderes bedeuten konnte als Deutsche Industrie- und Handelsgesellschaft. Freiberg stand auf und holte sein Telefon mit langer Schnur herüber. Er mußte wissen, was sich hinter den durchgestrichenen Nummern verbarg.

»Hier Angermann«, vernahm er eine angenehme Frauenstimme. »Was kann ich für Sie tun?«

Freiberg improvisierte eine Geschichte von einem Kollegen, der ihn gebeten habe, bei dieser Nummer anzurufen und um eine Terminverlegung zu bitten. Leider habe er den Namen des Herrn bei der DIHG nicht notiert und schlicht vergessen.

»Da kann ich Ihnen ohne nähere Hinweise leider auch nicht helfen. Ich habe diese Stelle vor drei Wochen von Herrn Doktor Wiesel übernommen, der nach Madrid versetzt worden ist. Vielleicht ist es ja möglich, von Ihrem Kollegen Genaueres zu erfahren; dann will ich mich gern um die Angelegenheit bemühen«, erklärte Frau Angermann.

Freiberg bedankte sich und legte auf, um die hinter dem F stehende Nummer anzuwählen. Niemand nahm ab. Dann meldete sich die Zentrale der Ambassade de France. Hier wurde auch deutsch gesprochen. Auf seine ähnlich wie beim DIHG formulierte Frage erhielt Freiberg die Antwort, daß Monsieur Précolas vor kurzer Zeit an die Zentrale nach Paris zurückversetzt worden sei. Sein Nachfolger werde erst in ein paar Tagen eintreffen. Mit einem »Merci, Madame« war auch diese Verbindung ohne Erfolg abgehakt.

Freibergs Augen suchten das Blatt Zeile für Zeile ab. Bei den Auslandsmissionen mit drei- oder vierstelliger Durchwahlnummer war jeweils statt der »O« eine Apparatenummer angegeben, so für die Botschaften von Amerika, Australien, Italien und Kanada. Bei den übrigen Anschlüssen stand hinter der sechsstelligen Zahl des Bonner Ortsnetzes noch eine dreistellige Nummer in Klammern. Die Liste von Irmela Ellers enthielt also nur Telefonnummern mit den entsprechenden Hausapparaten. Namen waren nicht vermerkt.

Freiberg stand auf und legte das Blatt zur Seite. Überlegend marschierte er in seinem Wohnzimmer hin und her. Was war das für ein seltsames Telefonverzeichnis – ohne einen einzigen Namen? Wie anders sah es doch in den Listen von Fräulein Kuhnert aus: Zu jeder Telefonnummer gehörte, fein säuberlich notiert, der Name und die Funktion des Anschlußinhabers.

Welche Absichten und Beziehungen verbargen sich hinter den nüchternen Zahlen in den Aufzeichnungen der Toten? Was bedeutete die teure Wohnung am Hofgarten? Was war das überhaupt für ein Mädchen, diese Irmela Ellers, mit ihren goldenen Armreifen und teuren Ringen auf nahezu jedem Finger, dieses Mädchen, das den Schnee so geliebt hatte? – Und was hatte er, der Kommissar, inzwischen über den Stoff gelernt? Kokain turnt an, macht high und happy und stark in der Liebe.

Freiberg sah auf. Draußen vor den Gittern waren schnelle Schritte zu hören, ein wehender Rock und gleich darauf das Öffnen der Tür zu seinem Souterrain-Gefängnis. Sabine begrüßte ihn mit dem üblichen »Wau!« und ließ die Bemerkung folgen: »Da ist ja mein entlaufener Waldi, oder hat man dich vom Dienst suspendiert, daß du so früh daheim bist? Ich wollte ein paar Sachen mitnehmen und in die Beethovenstraße verschwinden. – Trennung von Tisch und Bett, damit du deine ganze Zeit und Kraft den Leichen widmen kannst. Die scheinen dich ja mehr zu fesseln als Warmblüter mit existenten Gefühlen.«

Freiberg hatte die Worte mit wachsender Verwunderung vernommen. »Was ist denn in dich gefahren!« Er trat einen Schritt vor und riß Sabine in seine Arme. Er zog sie so fest an sich, daß sie kaum noch atmen konnte und verschloß ihren Mund mit einem unendlichen Kuß. Sie trommelte mit den Fäusten auf seinen Rükken und versuchte, sich zu befreien. Dann erlahmte ihr Widerstand, und sie schlang beide Arme um seinen Nacken.

»Mein Waldi«, seufzte sie.

»Ins Körbchen?«

Sie lachte: »Wau!«

Mit einer raschen Bewegung warf er Ordner und Schnellhefter auf den Boden. Sie hatte kaum noch Zeit, ihr Kleid über den Sessel zu werfen und die Schuhe in die Ecke zu feuern. Das übrige übernahm der Kommissar. Auf der Couch entspann sich ein Kampf, bei dem jeder beweisen wollte, daß Liebe immer auch das Glück des anderen ist. Nach dem Erleben strich Sabine über seine vom Bart befreiten Wangen. »Ich glaube, er hat mir doch gefehlt – wenigstens ein kleines bißchen. Aber jetzt fühle ich mich besser, du brauchst ihn nicht gleich wieder wachsen zu lassen.«

Freiberg räkelte sich wohlig. »Glücklich?«

»Va bene.«

Sie schwiegen lange.

Sabine stand auf. »Glaubst du nicht auch, daß wir eine Stärkung verdient haben?«

»Eine vorzügliche Eingebung. Und dann erzählst du mir, was in der UB so läuft.«

Sabine ging in die Pantry und hantierte mit Geschirr. Sie kam schnell zurück. »Ich muß mir etwas anziehen; dein Underground läßt sich ohne das schützende Kleid der Zivilisation nur im Körbchen ertragen.«

Auch Freiberg streifte seine Sachen über, und zehn Minuten später saßen beide gesittet, wie ein reifes Ehepaar plaudernd, am Kaffeetisch. Endlich ein Gespräch ohne Bezug zum Kaiser-Wilhelm-Stein, ohne bohrende Fragen im Hinterkopf, ob die Ermittlungen richtig angesetzt waren.

Sabine erzählte vom Reiz des Rollenwechsels: früher Benutzerin der Universitätsbibliothek, heute ein Rädchen in deren Getriebe. Der Signierdienst am frühen Morgen, die Arbeit an den Katalogen sei nicht immer hosianna, denn die Orts- und Fernleihscheine könne man bei der Sauklaue vieler Studiker kaum entziffern, und einige seien sogar zu dämlich, die richtigen Zeilen auszufüllen. Interessant sei das ständige Wechseln der Dienststellen und die Gespräche mit den Kollegen. Manche seien reine Büchernarren, andere hockten mit Begeisterung am Mikrofiche-Lesegerät, um verschollene Schriften in einer der Bibliotheken oder Büchereien irgendwo in Deutschland auszugraben. »Du kennst ja mein Faible für alte Lexika, aber ich habe keine Zeit, in meinem Leihzimmer darin zu blättern«, schloß sie die Schilderung.

»Kann man Bücher überhaupt noch lieben, wenn sie so geballt auftreten? Wie viele habt ihr eigentlich?« fragte Walter.

Sabine gab drei Stück Zucker und einen Schuß Milch in die zweite Tasse Kaffee und übte sich im Understatement: »Nur so etwa zwei Millionen.«

Er lächelte sie an. »Und die mußt du jetzt alle lesen! – Na, dann studier mal schön!«

»Lach du! Meine Dissertation ist auch im Bestand – ich hab' schon nachgesehen.«

»Die Heiratsprojekte der jungfräulichen Königin von England, Elisabeth I., als Mittel der Unabhängigkeitspolitik«, zitierte Freiberg. »Du siehst, die Jungfernschaft hat auch ihren Wert.«

»Sie zu verlieren ist reizvoller«, stellte Sabine, ohne lange zu überlegen, fest. »Aber jetzt erzählst du mir, wie es mit dem Fall Ellers steht. Schließlich hast du mich mit hineingezogen.«

Walter Freiberg zerbiß langsam einen Keks. »Eigentlich Fehlanzeige. Wir sind bisher nicht weitergekommen. Da unten liegen die Akten.« Er bückte sich und reichte ihr den Zettel mit den Telefonnummern. »Sieh dir das mal an.«

»Ja – und?«

»Kein einziger Name, keine Notiz. – Ich habe die durchgestrichenen Nummern angewählt. Fehlanzeige – die Anschlußinhaber sind vor einigen Wochen versetzt worden, nach Madrid und Paris. Im Fall DIHG hatte ich die Nachfolgerin an der Strippe; im zweiten Fall wird der neue Mann in den nächsten Tagen erwartet.«

Sabine kniff die Augen zusammen. »Und? – Ich verstehe nur Bahnhof.«

»Zwei Herren, die versetzt worden sind und deren Telefonnummern durchgestrichen wurden. Warum? Findest du das nicht eigenartig? Die Funktion hinter dem Anschluß bleibt doch.«

»Hm, du hast recht. Das sind ja Institutionen, in denen immer mal die Figuren wechseln.«

»Richtig.«

Sabine sah ihn aufmerksam an. »Meinst du, die Ellers war an den Figuren interessiert und nicht an den Institutionen? – Du scheinst mir wirklich ein fährtensicherer Jagdhund zu sein. Wir nehmen also an, die Ellers war ein Diplomaten-Callgirl?!«

Freiberg nickte. »Wir können davon ausgehen, daß sie mit den Inhabern der Telefonnummern auch nach dem Ausscheiden aus dem Kanzleramt noch Verbindung hatte.«

»Na, dann viel Vergnügen, Herr Kommissar; stochere mal schön in dem exterritorialen Ameisenhaufen herum. Da kriegt die deutsche Polizei kein Bein auf die Erde. – Wie sieht es mit den anderen Anschlüssen aus?«

»An die habe ich mich noch nicht herangetraut; das alles ist noch unklar und zu amorph. Wie soll ich mich dort melden – als Kripomensch von der Mordkommission?«

»Dann sind alle Klappen dicht.«

»Du sagst es. Oder soll ich etwa als Freund der Ellers auftreten? Aber die wissen bestimmt, daß sie tot ist. Zeitunglesen ist doch eine der Hauptbeschäftigungen von den Brüdern mit diplomatischen Status.«

»Ich hab's«, rief Sabine triumphierend. »Call me, darling; please give me a call, my darling. Ich gehe für meinen Waldi auf den Strich.«

»O nein!«

»Aber ja! Telefonische Anmache von einsamen Männern; meine Sprachkenntnisse werden dafür ausreichen. Ich muß nur aus den zwei Millionen Büchern noch lernen, wie man das in diesen Kreisen übliche Liebesgeflüster in Englisch, Spanisch und Französisch bringt; dafür gibt's bestimmt Spezialliteratur. Laß mich nur machen.«

Freiberg war nicht davon überzeugt, daß Sabines Spontaneingebung sich als so großartig erweisen würde, und meinte: »Ich glaube kaum, daß es einen Fachreferenten für Callgirlliteratur gibt, und wenn du die Kolleginnen an der Information fragst, wird man dich für ein bibliophiles Luderchen halten. Mit dem Image bist du für den Rest deiner Zeit an der UB erledigt. Laß lieber die Finger davon.«

Sabine sah ihn nachdenklich an. »Ich glaube, du hast recht. – Aber anrufen werde ich die Nümmerchen, eine nach der anderen. Ortsgespräche kann ich von meinem Leihzimmer aus ja ungestraft führen. Du hältst dich da raus!... Wäre doch gelacht, wenn meine holde Weiblichkeit die Herren Diplomaten und Verbandsvertreter nicht bewegen könnte, sich zu offenbaren. Wenn die Ellers ein Callgirl war, weiß ich das spätestens nach dem dritten oder vierten Anruf.«

Walter Freiberg stand auf. Er ging zum Schreibtisch und nahm ein Taschendiktiergerät mit Telefonadapter aus der Schublade. »Versuch bitte, die Gespräche aufzuzeichnen. Du drückst das Saugmikrofon oben auf den Hörer und stellst auf ›Start‹. Schau – einfach so!« Er hatte den Telefonhörer abgehoben und zeigte Sabine, wie leicht es war, mit dem Diktiergerät ein Gespräch aufzunehmen. »Die Qualität ist zwar jämmerlich, aber für unseren Zweck wird's reichen. – Gib bitte niemals eine Telefonnummer für den Rückruf an, auch keine erfundene. Dahinter könnte wirklich ein Anschluß stecken – und dann gibt's Ärger. Sag einfach, du würdest dich wieder melden. Das dürfte, wenn unsere Annahmen zutreffen, auch die Arbeitstechnik der Ellers gewesen sein.«

»Alles klar, Herr Kommissar; aber jetzt mußt du mich in die Beethovenstraße ziehen lassen. Morgen früh ist ein Gespräch über Katalogtechnik mit einem Bibliotheksrat, auf das ich mich vorbereiten muß.«

Freiberg sah sie traurig an. »Also doch Trennung von Tisch und Bett.«

Sabine ließ sich nicht beeindrucken. »Für heute – nur für heute, mein Schatz. Eine Mahlzeit am Tag muß genügen. Morgen hörst du von mir. Vielleicht haben dann die Gespräche mit den einsamen Herren meinen Appetit wieder angeregt. – Nun komm, spann deine Karosse an und fahr mich zur Beethovenstraße! ›Time is money‹, würde ein Callgirl sagen.«

10

Die vom Kripochef Dr. Wenders geleitete Frühbesprechung hatte weder ihm noch den Kommissaren und ihren Mitarbeitern neue Erkenntnisse gebracht. Auch die fordernden Worte des »Leitenden« hatten Hauptkommissar Freiberg nicht dazu bewegen können, die vage Vermutung im Fall Ellers zu offenbaren. »Keine neuen Erkenntnisse«, meldete er kurz und bündig. Hauptkommissar Handtke vom 2. K. ergänzte: »Für mich ist entscheidend, daß wir von den Junkies nichts hören; die können doch sonst das Wasser nicht halten. Diese absolute Ruhe bedeutet, daß die Ellers mit der Kleinszene im Dreiländereck nichts zu tun gehabt hat.«

»Wer ist der geheimnisvolle Mann, der Stoff und eine Spritze gekauft hat; weiß man etwas über ihn?« fragte Dr. Wenders.

»Leider nein«, mußte Freiberg einräumen.

»Und wie sieht's im Umfeld aus?« insistierte der Kripochef. »Sie haben doch vor einigen Tagen diese Jeunesse dorée, die Schnuppies, oder wie sie sich nennen, erwähnt.«

Freiberg winkte ab. »Ahrens hat alle unauffällig fotografiert. Er war mit Fräulein Kuhnert auf dem Flugplatz Hangelar. Der Clan hat unter dem Motto ›Käses Rundfahrt‹ Flüge über Bonn und das

Siebengebirge gemacht und abends in geschlossener Gesellschaft weitergefeiert. Wir konnten sie alle identifizieren. Das sind Leute, die Geld genug haben, um es bei verrückten Anlässen mit vollen Händen auszugeben – oder zumindest so tun als ob.«

»Könnten Sie kurz sagen, wer dabei war?«

»Aber ja. Wir hätten zu bieten: eine gut betuchte Gräfin, die jedes Bauherrenmodell vermittelt, einen Vortragenden Legationsrat vom Auswärtigen Amt, dann den Sohn des Rennstallbesitzers Klonthofer, ferner Alexa Reese, Angestellte im höheren Dienst des Europaministeriums, eine Referatsassistentin Monika Baltus aus dem Forschungsministerium, und endlich den stolzen Besitzer einer Cessna 172, den Liebling der Regenbogenpresse, den fliegenden Konsul Jan Kubitzka. Dann wäre da noch ein gewisser Mario Pavone, Großhändler in Chemikalien und Arzneimitteln, und ein paar Geschäftsleute aus dem Köln-Bonner Raum. Zur Abrundung des Ganzen noch zwei oder drei willige Mädchen, die immer dort aufkreuzen, wo sie Geld wittern. – Lupus und Ahrens haben sich mit den diskreten Ermittlungen die ganze letzte Woche um die Ohren geschlagen. Alles für die Katz! Offensichtlich hat Irmela Ellers nicht zum Schnuppie-Clan gehört; niemand will sie gekannt haben.«

Dr. Wenders dankte. »Ich hoffe, wir sind noch nicht am Ende der Fahnenstange. Ich denke doch, meine Pastorenkinder werden es schon schaffen. – Also, bleibt am Ball.«

Freiberg wollte weiteren Fragen der Kollegen aus dem Weg gehen und verschwand als erster in sein Zimmer. »Kuhnertchen!«

»Aha, er hat sich wieder gefangen«, freute sich die Seele des Kommissariats und steckte den Kopf durch die Tür.

»Also, Kommissarin ehrenhalber: Ich erwarte einen Anruf von Sabine und möchte nicht gestört werden. Ich hätte gern nachher aus der Kantine belegte Brötchen mit – das muß erst mal reichen. Die Truppe soll sich nützlich machen und dafür sorgen, daß Singer etwas lernt. Ich möchte Lupus, Ahrens und Barbara Fendt – aber nur die drei – um halb zwei hier bei mir sehen.«

»Gibt es was Neues, Chef?«

»Abwarten, verehrtes Fräulein Kuhnert. Sie sind auch dabei, pünktlich halb zwei.«

Schon einige Minuten vor der Zeit rumorte es im Vorzimmer. Die Verbindungstür war geschlossen, denn bis vor wenigen Minuten hatte der Kommissar mit Sabine Heyden telefoniert – länger als eine Viertelstunde.

Lupus fragte neugierig: »Warum hat der Chef uns herbestellt? Das bedeutet hoffentlich nicht wieder Klinkenputzen bei reichen Leuten, denen die Armut ins Gesicht geschrieben steht. Ich brauche bald einen freien Tag – Haus und Garten verlangen nach Pflege.«

»Ich denke, dafür hast du Frau und Tochter«, meinte Ahrens scheinheilig.

Lupus seufzte: »Der Mann fürs Grobe bin ich. Schließlich hat meine Frau die Villa geerbt, und die liebe Tochter muß immer dann Klausuren schreiben, wenn das Unkraut nach dem Gärtner schreit.«

»So ein schönes Haus möchte ich auch mal erben«, sagte Fräulein Kuhnert träumerisch. »Den ganzen Tag in der Sonne liegen und...«

»Hereinspaziert!« rief Freiberg. »Worauf wartet ihr noch?«

Lupus, Ahrens und Fräulein Kuhnert schoben die Stühle zurecht und setzten sich an den Besuchertisch. Barbara Fendt kam als letzte. Alle sahen ihren Kommissar erwartungsvoll an.

»In medias res«, eröffnete der das Gespräch. »Unsere Tote vom Kaiser-Wilhelm-Stein hat im Bundeskanzleramt nicht nur der Republik gedient – Irmela Ellers war auch ein first-class Callgirl.«

»Was sagst du da?« Lupus, der seiner Gewohnheit folgend, ans Fenster treten wollte, ließ sich wieder auf den Stuhl fallen. »Puhhh!«

»Chef, die soll ein...« setzte Ahrens an.

»Du hörst es doch«, gab Fräulein Kuhnert die Antwort. »Eine Edelnutte war sie. Das erklärt auch das Goldgedöns an Armen und Fingern.«

Barbara Fendt sah erstaunt von einem zum anderen. »Das ist mir neu; im zweiten K. ist sie jedenfalls nicht erfaßt. Das Feld wird doch von unserem Internationalen-Hostessen-Service beackert. Eine Ellers ist nirgendwo in Erscheinung getreten.«

Lupus strich sich über das widerspenstige graumelierte Haar.

»Wer hat denn den Deubel aus der Kiste geholt?«

Freiberg nahm mit Schmunzeln die Überraschung seiner Crew wahr. »Ich habe eben ein langes Gespräch mit einer V-Männin geführt.«

»Aber Sie haben doch nur mit Fräulein Heyden...« platzte die Kuhnert los.

Freiberg sah sie an. »Eben! – Sabine hat für das erste K. den Lockvogel gespielt und alle Telefonnummern aus dem Verzeichnis der Ellers durchtelefoniert.«

»Aber das sind doch alles Botschaften und Verbände«, wunderte sich Fräulein Kuhnert. »Das wurde schon in den ersten Tagen nach dem Mord geklärt.«

»Zu allen Nummern gehören wohlbestallte Herren, wie wir jetzt wissen. Es lebe der kleine Unterschied!« Freiberg lehnte sich zurück. »Also die Fakten: Mir ist aufgefallen, daß die Liste mit den Telefonnummern sehr unpersönlich wirkte, ohne Notizen oder Namen. Da sieht es bei unserer Kuhnert doch viel bunter aus. – Zwei Nummern waren gestrichen. Ich habe dort angerufen und erfahren, daß die dazugehörigen Herren Deutschland verlassen haben, vor drei oder vier Wochen. Die Ellers hat also mit der Liste – sagen wir ›gearbeitet‹, nachdem sie aus dem Kanzleramt gefeuert worden war.«

»Und dann hast du die übrigen Nummern abgefragt?« wollte Lupus wissen.

»Nein. Männerstimme und Kripo Bonn, das hätte den Herren den Mund verschlossen. Meine sprachkundige Sabine hat heute eine telefonische Anmache versucht und gleich beim zweiten Anruf Erfolg gehabt; danach ging es fröhlich weiter. Die Herren leben ja in einem gewissen Notstand und scheinen dankbar zu sein, daß sich eine Freundin der Ellers ihrer annehmen will. Sie warten jetzt sehnsüchtig auf den nächsten Kontaktanruf.«

»Sind alle erfaßt?« fragte Barbara Fendt.

»Ein Diplomat hat Urlaub, zwei Verbandsvertreter waren sehr vorsichtig, aber interessiert; einer war auf Dienstreise. Seine Sekretärin hat gesagt, es sei auch für sie ein Kunststück, ihren Chef zu erreichen. Wenn es um eine geschäftliche Angelegenheit gehe, wolle sie gern einen Termin ausmachen und zurückrufen. Sabine hatte alle Mühe, die Dame abzuwimmeln, ohne Verdacht zu erregen. Das Gespräch einfach abzubrechen wäre unklug gewesen. In zwei Fällen bleibt also offen, ob Liebesdienste erwünscht sind.«

»Davon dürfen wir doch wohl ausgehen«, stellte Lupus fest.

»Und nun noch eine kleine Überraschung zum Dessert: Hinter der letztgenannten Nummer steckt, wie Sabine von der Sekretärin erfahren hat, unser fliegender Konsul Jan Kubitzka höchstpersönlich. – Ahrens, hol bitte mal die Bilder von der Flugfete in Hangelar. Den Knaben wollen wir uns etwas genauer anschauen.«

Ahrens sprang auf und sauste aus dem Zimmer. Er war nach einer Minute zurück und legte ein halbes Dutzend Schwarz-weiß-Hochglanzfotos auf den Tisch. »Den Konsul habe ich gleich mehrmals erwischt, als er den verrückten Typen die Fliegertaschen überreicht hat.« Ahrens schob noch einige Bilder nach. »Hier, neben ihm steht Mario Pavone, der Chemikalienhändler, den wir auch überprüft haben. Er will ein Flugzeug kaufen und hängt seit Wochen auf dem Flugplatz herum. Nimmt erst alle Vögel auseinander, die ihm angeboten werden. – Das hier ist die Cessna 172, mit der Kubitzka dauernd unterwegs ist.«

Freiberg gab Barbara Fendt die Aufnahmen. »Laß mal deinen V-Mann einen Blick darauf werfen. Vielleicht kann er sich erinnern, ob einer der beiden Männer am Dreiländereck Hunipacks und Spritze gekauft hat. Das Ergebnis sollten wir so schnell wie möglich haben.«

»Au! – Das läßt sich vorläufig nicht machen«, stellte die Kommissarin vom 2. K. bedauernd fest. »Hoffie ist mit ein paar Kleindealern nach Antwerpen gereist. Da läuft irgendeine Sache mit Camping-Feuerlöschern, Heroin im doppelten Boden. Es scheint sich um eine größere Aktion zu handeln. Frühestens in drei oder vier Tagen wird er mit mir Kontakt aufnehmen können. Wir müssen sehr vorsichtig sein, daß die Deckung nicht aufreißt. In Belgien war schon für einige V-Männer Endstation.«

Freiberg sah sie aufmerksam an. »Schade – dann müssen wir eben warten. Wir werden keinen falschen Zug machen, der Hoffie in Gefahr bringen könnte.«

Barbara Fendt nickte: »Danke, Freiberg.«

Lupus stand auf und ging zum Fenster. Nach einem kurzen

Blick zu den Hängen des Ennert drehte er sich um und fragte: »Soll deine Sabine noch einmal versuchen, mit dem Konsul Kontakt aufzunehmen? Noch hat sie ja nicht mit ihm persönlich gesprochen.«

»Nein!« wehrte Freiberg energisch ab. »Auf keinen Fall. Ich habe ihr einen weiteren Anruf streng verboten, sozusagen als Chef der Mordkommission. Sie ist zwar ein kluges Kind, aber nicht dafür ausgebildet, eine solche Sache durchzuziehen. Sie wird auch bei den anderen kein zweites Mal anrufen. Wenn weitere Kontakte hergestellt werden müssen, dann durch uns und mit allen Vorsichtsmaßnahmen. Schließlich ermitteln wir in einer Mordsache. Sollte da jemand Dreck am Stecken haben, wird er alle Hebel in Bewegung setzen, um herauszufinden, wer sich an ihn heranmachen will.«

»Das übernimmt das zweite K.«, erklärte Kommissarin Fendt. »Es wäre ja nicht das erste Mal, daß wir eine Sex-Show abziehen. Du hast vollkommen recht, so etwas kann gefährlich werden. Das geht nicht ohne Netz und unterstützende Observation.«

Der Kommissar stand auf und ging einige Schritte durch den Raum. »Diese Sache gehen wir anders an. The Germans to the front. Wir nehmen uns die Deutschen zuerst vor.«

»Also die ohne diplomatischen Status«, vergewisserte sich Lupus.

»Um mit Radio Eriwan zu sprechen: im Prinzip ja«, antwortete Freiberg.

»Gehört auch der fliegende Konsul zur deutschen Seite?«

»Aber sicher, ein Honorarkonsul ist schließlich jemand, der den Job honoris causa, also ehrenhalber tut. Manche lassen sich Titel und Ehre viel kosten, weil es die Geschäfte erleichtert. – Den Pavone nehmen wir gleich mit dazu. Der schwirrt ja im selben Luftraum herum. Lupus und Ahrens, ihr kümmert euch um Wohnsitz, Ortskontakte etc. der liebessüchtigen Germanen. – Barbara, du könntest versuchen, etwas über den Zusammenhang von Callgirls und Drogenszene zu ermitteln. Ich exploriere in Hangelar. Ein guter alter Bekannter aus meiner Zeit beim Bund sitzt dort in der Luftaufsicht und kann mir vielleicht helfen. – Kuhnert hält die Stellung und uns auf dem laufenden. Singer soll Akten lesen und sich mit den Besonderheiten der Szene im Dreiländereck vertraut machen – aber nur theoretisch; ein blaues Auge reicht. Im übrigen, das sollte nochmals deutlich gesagt werden, ist dieser Fall kein Stoff für das Kantinengequatsche.«

Kommissar Freiberg war gleich nach der Besprechung mit seinem Golf zum Flugplatz gefahren. Obwohl das Wetter keine Probleme bot, schien der Flugbetrieb eingeschlafen zu sein. Nur zwei Sportflugzeuge hatte er landen sehen, eines war gestartet. Von der Halle des Bundesgrenzschutzes kam das knatternde Dröhnen von Hubschraubermotoren herüber. Dann erhoben sich fünf Maschinen im Abstand von wenigen Minuten in die Luft und verschwanden in Richtung Königswinter-Rhöndorf, ganz offensichtlich zu einer Verbandsflugübung.

In der Nähe des Towers waren Dutzende von Sport- und Geschäftsflugzeugen abgestellt und festgezurrt. Freiberg hatte sich telefonisch vergewissert, daß Werner Stockmann, mit dem er bei der Fernmeldebrigade in Gerolstein gedient hatte, heute im Tower saß. Als nach dem Klingeln das elektrische Türschloß aufschnappte, stieg Freiberg die Stufen der Wendeltreppe hinauf. Inmitten des von riesigen schrägstehenden Panoramascheiben abgegrenzten Raums saß der immer noch dünne »Stocki« vor dem Schalt- und Überwachungstisch.

»Hallo, Freiberg. Was treibt dich denn her?«

Die lebhafte Begrüßung wurde durch ein für Laien unverständliches Krächzen des Lautsprechers unterbrochen. Eine anfliegende Beechcraft bat um Landeerlaubnis. »Platzrunde rechts, Landebahn hundertzehn, Wind vier«, gab Stockmann in das Mikrofon und fuhr, zu seinem Besucher gewandt, fort: »Du bist doch bestimmt nicht hier, um fliegen zu lernen oder mich bei der Arbeit zu bewundern. Also, was hast du auf dem Herzen?«

»Ich müßte mit dir reden. Ein paar vielleicht delikate, in jedem Fall aber vertrauliche Fragen klären.«

»Roger! Das können wir sofort angehen; noch ist wenig los.«

Die angemeldete Beechcraft landete von Westen herein und rollte zur Halle.

»Du hast von hier aus eine verdammt gute Aussicht«, stellte

Freiberg fest. »Dir entgeht wohl nichts von dem, was draußen läuft?«

»Das ist nicht immer die reine Freude; manchmal möchte man die Augen zumachen, wenn so ein Sonntagsflieger sich abmüht, seiner Maschine die Beine zu brechen. Aber die Vögel sind stabiler, als mancher Bruchpilot es verdient. Fliegen ist immer nur so gut wie Start und Landung. Aber nun sag schon, was du wissen willst.«

»Ein bißchen herumschnüffeln, mehr ist es noch nicht. – Hier fliegt doch ein Jan Kubitzka mit einer Cessna – kennst du ihn?«

»Du meinst den fliegenden Konsul mit seiner One-seven-two? Der macht astreine Starts und Landungen, sage ich dir; hat seinen Vogel im Griff und brummt durch ganz Europa. Scheint eine Menge Moos zu haben. Ich habe gehört, daß er Repräsentant einer Firma für Industrieanlagen ist, die ganze Produktionsstraßen, Verladeeinrichtungen und Kaianlagen baut. Vor ein paar Tagen hat er so an die zwanzig Halbirre durch die Gegend geschaukelt und abends eine Mordsfete abgezogen. Manche Flieger haben nun mal eine Macke.« Stockmann überlegte noch eine Weile. »Dem scheint jedenfalls das Geld ziemlich locker zu sitzen. – Mehr weiß ich aber nicht.«

»Du fliegst doch auch«, meinte Freiberg.

»Muß sein; der PPL-A gehört dazu, wenn man auf dem Tower arbeitet.«

»Kannst du deinen Fliegerjargon mal für Laien übersetzen?«

»Privatpiloten-Lizenz. A gilt für Flugzeuge mit Kolbenmotor bis zu zwei Tonnen Gewicht; PPL-B ist für Motorsegler und C ist für Segelflieger. Bist du jetzt schlau genug?«

»Kapiert. – Und wohin fliegt der Konsul?«

Werner Stockmann druckste eine Weile herum. »Du bringst mich in Verlegenheit. Wir führen keine öffentlichen Bücher.«

Freiberg gab ihm einen Rippenstoß: »Mach halblang, Stocki. Wir sind beide Beamte des Landes mit dem Westfalenroß. Bezeichne es als Amtshilfe, was du dir abringst.«

»Hat der Kerl Dreck am Stecken?«

»Nichts Genaues weiß man nicht, – nun sag schon, wohin fliegt der gewöhnlich?«

Stockmann blätterte in den Anschreibungen. »Häufig nach Brüssel und Antwerpen. In Paris war er vor einer Woche. Dann sind jede Menge Inlandsflüge verzeichnet, nach Düsseldorf, Dortmund-Wickede und Essen-Mülheim; auch nach Aachen-Merzbrück. Heute ist er übrigens mit einem Passagier zum Flugplatz Siegerland geflogen. – Ganz neu der Kurs, aber in der Gegend gibt es interessante Industriebetriebe.«

Wieder quäkte der Lautsprecher. Eine Bölkow-Junior meldete sich ab nach Leverkusen – Übungsflug.

»Ziemlich schnell der Vogel, aber ein fickeriges Ding. Man muß schon fliegen können, wenn der Junior brav bleiben soll«, erläuterte Stockmann. »Hier sitzt 'ne Frau am Knüppel; die hat den Bogen raus.«

Freibergs Augen folgten der abhebenden Maschine. »Kannst du erfahren, ob unser fliegender Konsul am Ziel angekommen ist und was er dort tut?«

»Das erste ist kein Problem; auch ein Ehrendiplomat muß schließlich Landegebühren bezahlen. Aber mehr wird wohl nicht zu erfahren sein.«

»Versuch mal durchzukommen.«

Die Telefonverbindung zum Tower auf dem Flugplatz Siegerland war schnell hergestellt. Stockmann erhielt von seinem Kollegen der Luftaufsicht die Bestätigung, daß die Cessna 172 gelandet sei und fragte: »Weiß bei euch jemand, wo der Pilot, ein Jan Kubitzka, verblieben ist?«

Freiberg hatte die Antwort nicht verstehen können, doch sie mußte interessant sein, denn Stockmann schaltete das Gespräch auf den Lautsprecher: »Wiederhol bitte noch mal. Bei mir ist ein Bekannter, der das dienstlich wissen möchte.«

Der Mann vom Tower Siegerland gab durch: »Wie ich schon gesagt habe, fliegt Kubitzka hier Platzrunden mit verschiedenen Vögeln, die zum Verkauf angeboten werden. Bei ihm ist ein Mario Pavone, der sich mit ihm am Knüppel abwechselt. Wollt ihr eine Verbindung mit den Leuten?«

Kommissar Freiberg wehrte mit energischen Handbewegungen ab.

»Nein«, sagte Stockmann, »Kubitzka braucht von der Nachfrage nichts zu wissen. – Hier geht's um ein bißchen Amtshilfe für einen Kollegen, der sich für die Geschäfte des Herrn interessiert.«

Um keine weiteren Erklärungen abgeben zu müssen, fragte Stockmann: »Wie sieht's mit dem neuen Tower aus?«

»Bestens! Von dem aus spreche ich schon«, kam die begeisterte Antwort. »Wurde höchste Zeit, das Ding zu bauen; das wird der Flugsicherheit guttun.«

»Danke euch Siegerländern, ich stehe auch mal zu Diensten«, sagte Stockmann und legte den Hörer zurück. Erwartungsvoll drehte er sich zu Freiberg um: »Na, was sagt der Kommissar – sind deine Fragen geklärt?«

»Wenn ich das so genau wüßte; jedenfalls ist das Verhalten Kubitzkas nicht unbedingt verdächtig.«

»Du bist gut. Was sollte denn auch daran verdächtig ein? Kubitzkas Bekannter will einen Flieger kaufen und macht Probeflüge. Er hat sich auch hier in Hangelar schon umgesehen und laut verkündet, daß er bis zweihunderttausend Mark gehen will, Barzahlung! Stell dir das einmal vor! Ich glaube, wir zwei haben den falschen Beruf; oder hältst du es für möglich, daß wir jemals zweihunderttausend auf der Hand haben könnten?«

»Schwerlich«, sagte Freiberg mit einem schiefen Lächeln.

»Jedenfalls hat sich inzwischen herumgesprochen, daß sich Pavone keine Klapperkiste andrehen läßt. Er hat nicht nur das Geld, sondern ist auch technisch ein As und läßt sich nichts vormachen. Die Probeflüge macht er zusammen mit dem Konsul.«

»Das ist in der Tat nicht verdächtig«, sagte Freiberg nur.

»Du könntest mir jetzt bitte zuflüstern, was da läuft. Amtshilfe auf Gegenseitigkeit nennt man das.«

Freiberg wußte, daß er nicht schweigen konnte, ohne Stockmann zu kränken. »Da ist nicht viel zu flüstern. Wir überprüfen still und leise alle die Typen, die zu einem Mädchen Verbindung gehabt haben könnten, das tot aufgefunden wurde.«

»Der spektakuläre Fall mit der toten Rauschgiftsüchtigen vom Kaiser-Wilhelm-Stein?«

»Du sagst es. Dabei interessieren auch die zwanzig Halbirren, die hier auf dem Flugplatz ihre Schau abgezogen haben. – Aber behalte es für dich.«

»Verlaß dich drauf, schon im eigenen Interesse. Diese Flieger sind versessen auf Klatsch und Tratsch; eine Andeutung und du hast ein Gerücht in der Welt, das kein Mensch mehr einfangen kann. – Erzählst du mir später, wie die Geschichte ausgegangen ist?«

»Abgemacht«, bestätigte Freiberg, ohne daran zu glauben, daß er Gelegenheit haben würde, seine Zusage einzulösen.

11

Die Exkursion ins Siegerland hatte den Konsul einen ganzen Tag gekostet. Doch die Aussicht, bei Mario Pavones Flugzeugkauf fünf Prozent Provision einzustreichen, war Zeit und Sprit schon wert. Aber die beiden Piper und Mooney, die sie erprobt hatten, waren noch nicht das, was Pavone suchte.

Heute konnte Jan Kubitzka endlich zu dem sorgfältig geplanten Alleinflug starten, den er schon seit einigen Tagen vorbereitet hatte. Die Zeit drängte, denn ihm war durch den hohen Konsum bei der Lindbergh-Fete der Stoff knapp geworden. Jetzt, wo er Alexa Reese vom Europaministerium und das unbedarfte Kind aus dem Forschungsministerium fest in der Hand hatte, durfte es an Schnee nicht fehlen. Auch der Vortragende Legationsrat hing an der Angel; er hatte Material über Aufbau und Arbeitsweise des Auswärtigen Dienstes geliefert. Um Staatsgeheimnisse handelte es sich nicht, aber es waren nützliche Informationen, die nicht auf dem offenen Markt gehandelt wurden. Die Sucht nach Kokain, ein paar Tausender Schulden und ein erster Verstoß gegen die Dienstpflichten, das reichte für den Anfang; diese Schlingen würden sich als fest genug erweisen. Kubitzka war vom Gelingen seines Projekts überzeugt. Mit solchen Folgen des Schnees im Regierungsviertel dürfte der deutsche Verfassungsschutz in dieser Jahreszeit gewiß nicht rechnen.

Ebenso wichtig wie das »Projekt« war die Versorgung seiner Großdealer in Köln, zu denen er die Verbindung nicht abreißen lassen konnte. Sein aufwendiger Lebensstil erforderte nun einmal ergiebige Einnahmequellen. In der Zentrale herrschten völlig falsche Vorstellungen über die Kosten, die mit der Anwerbung von Agenten durch den Einsatz von Drogen verbunden waren. Schließlich mußte auch der Eindruck aufrechterhalten werden, daß der fliegende Konsul seine guten Einkünfte den Geschäften mit Industrieanlagen in Übersee verdanke. Ihm war klar, daß er ständig ein hohes Risiko eingehen mußte, um über genügend Mittel verfügen zu können.

Auch die Aktion, die er jetzt vorhatte, sollte den Stempel des Unerwarteten und Unwahrscheinlichen tragen. Er machte seine Cessna klar und rollte zum Haltepunkt. Von dort meldete er sich ab zum Inlandflug nach Aachen-Merzbrück. Das war ein kleiner Flugplatz, von dem aus sich die Stadt Aachen mit der Taxe über die Autobahn sehr schnell erreichen ließ – es war aber auch ein Platz, an dem man in Richtung des belgischen Funkfeuers BUN mit der Abstrahlung auf 110,6 Megahertz ohne Aufmerksamkeit zu erregen, vorbeifliegen konnte, um nördlich von Brüssel zu landen. In Hangelar jedenfalls war im Hauptflugbuch nur ein Inlandsflug nach Aachen-Merzbrück eingetragen.

Jan Kubitzka genoß den Flug. Die Morgensonne zauberte Reflexe in die Kabine, und der Himmel mit den hingetupften Wolken leuchtete strahlend blau. Er ließ seinen Blick über die Ausläufer des Hürtgenwaldes streifen und dachte daran, daß dort unten zum Ende des Zweiten Weltkriegs bei den Kämpfen zwischen Deutschen und Amerikanern Zehntausende ihr Leben verloren hatten; Bäume waren zerfetzt und geknickt wie Streichhölzer. – Heute erinnerte nichts mehr an die Zerstörung; die Bäume waren neu angepflanzt und die Lücken längst wieder geschlossen.

Die Bänder der Autobahn boten in dem Gewirr von Häusern und Straßen der Stadt Aachen – Aix-la-Chapelle, wie die Belgier sagen – eine sichere Orientierung. Schon war die Grenze überflogen und das Land wurde weiter.

Kubitzka hatte den Transponder ausgeschaltet, so daß auf dem ganzen Flugweg mit der von ihm gewählten – niedrigen – Höhe mit einer Erfassung durch Radar nicht zu rechnen war.

Die One-seven-two brummte, von keinem Gerät erfaßt, unbehelligt ihrem Reiseziel entgegen. An Maastricht vorbei zog sie über die Maas und über den in einer sanften Schwingung nach Antwerpen führenden Albrecht-Kanal. Dort unten hatten deutsche Fallschirmjäger im letzten Weltkrieg die Festungen geknackt, um Guderians Panzern den Weg nach Westen frei zu machen.

Um ja nicht aufzufallen, hielt Kubitzka im Nahverkehrsbereich der belgischen Hauptstadt mit ihrem stark frequentierten Verkehrsflughafen Brüssel-National die vorgeschriebene Flughöhe von dreihundert Metern peinlich genau ein. In der Nähe von Mechelen ging er auf Kurs zweihundertfünf Grad. Als die eigenwillig runden Flugzeughallen des Landeplatzes Grimbergen in Sicht kamen, erbat er über Funk die Landeerlaubnis »Request Landing Information, coming from Schaffen-Diest.«

Mit diesem zweiten Trick vermittelte er der Luftaufsicht den Eindruck, daß er von dem belgischen Inlandsflugplatz Diest herübergeflogen war. Der Platz war als flugsportliches Übungsgelände für Fallschirmspringer bekannt. Wer von dort kam, brauchte keine neugierigen Fragen der Luftaufsicht zu fürchten – vor allem mußte er nicht mit Stichprobenkontrollen durch den belgischen Zoll rechnen. Bei der Zahlung der Landegebühren wies Kubitzka en passant darauf hin, daß er schon bald wieder nach Diest zurückfliegen werde. Die Cessna hatte er so abgestellt, daß sein Zu- und Abgang vom Tower nicht ohne weiteres zu beobachten war. Mit der dunklen Fliegertasche in der Hand ging er hinüber zur Airport-Pinte, von der die Werbung für Belgiens meistverkauftes Bier Stella Artois herüberleuchtete.

Nach der intensiven Einstrahlung der Sonne beim Flug wirkte der Gastraum dämmerig. Gleichwohl bemerkte Kubitzka sofort die Frau im teuren Fliegerdreß, die allein am Tisch im Hintergrund des Raumes saß. Sie gab ihm ein Zeichen, und er begrüßte sie mit einer freundschaftlichen Umarmung. Das brünette Haar und der mädchenhafte Teint ließen die Frau jünger erscheinen, als sie war. Yvette Ravens trank Café filtre.

»Salut Jan! Hattest du einen guten Flug?« fragte sie, ohne etwas anderes als eine Bestätigung zu erwarten.

»Aber ja doch, wir leben in einer friedlichen Welt«, antwortete der Konsul und schob seine neben dem Stuhl abgestellte Fliegertasche mit dem Fuß etwas weiter unter den Tisch.

Nachdem er eine Portion Kaffee bestellt hatte, flüsterte Yvette: »Zwei Kilo Kokain, exzellente Qualität, fünfundneunzig Prozent. Direktimport aus Kolumbien über Containerhafen Antwerpen. Wir haben den Stoff gleich in unsere ländlichen Depots verschubt. – Ich habe noch eine Tasche mit zwei Kilo draußen im Auto. Alles fein verpackt – Schnee im doppelten Boden – Leibwäsche deiner Größe sowie Marschverpflegung zur Dekoration obendrauf. – Oder ist dir der Transport heute zu riskant?«

»Meine liebe Yvette«, lachte Kubitzka, »du kennst mich und stellst solche Fragen! Ich nehme die Taschen offen mit, im Flugzeug wird nichts versteckt. Das Problem liegt beim Geld, nicht beim Transport. Ich bin nur auf zwei Kilo, also hundertfünfzigtausend Mark eingestellt. – Die sind hier unten in meiner Tasche.« Er schob sie mit dem Fuß noch etwas weiter und zog die von Yvette mitgebrachte, vollkommen gleich aussehende Fliegertasche zu sich heran.

»Kein Problem, den Rest bringst du beim nächsten Treffen mit«, sagte sie.

»Vertrauen ehrt. Ich schaffe als erste Rate hunderttausend ran. Für den Rest brauche ich Kredit. Wir dürfen nicht zu sehr puschen und müssen Vorsicht walten lassen. Obwohl ich nur Köln beliefere, taucht in Bonn immer mehr Stoff auf. Die Äitsch-Leute sind schon unruhig geworden – sie fürchten die wachsende Konkurrenz.«

»Geht in Ordnung – hunderttausend beim nächsten Treff, und für den Rest einen Monat«, bestätigte Yvette und fragte erstaunt: »Bedienst du denn nicht den Bonner Markt?«

»Nein, ich versorge nur eine geschlossene Gesellschaft von Leuten, denen das Geld locker sitzt. Mit diesem Clan habe ich kürzlich eine Flugfete abgezogen, an die man sich noch lange erinnern wird. Zu der Kleinszene in Bonn habe ich keinerlei Verbindung; da habe ich mich strikt herausgehalten. Aber irgend etwas sickert immer durch; ich bin vor drei Tagen von einer zwielichtigen Person angesprochen worden, ob ich größere Mengen Koks liefern könne. Das habe ich natürlich energisch von mir gewiesen. Ich vermute, das war ein ›agent provocateur‹ der Heroin-Bosse; die Bonner Rauschgiftfahnder hätten sich geschickter verhalten.«

Yvette Ravens hatte aufmerksam zugehört. »Wir müssen es fertigbringen, Äitsch noch weiter in die Ecke zu drängen. Unser Koks wird immer besser und beliebter – schließlich ist er ja auch billiger geworden. Die letzten Lieferungen sind gut durchgekommen; das gilt für Antwerpen und Rotterdam. In Hamburg sieht's schlechter aus. Die Polizeisondertruppe von FD65 und die Schwarze Gang vom Zoll machen uns dort das Leben schwer. Dazu kommt die bodenlose Dummheit der Macker vom Kiez; das sind unsere Hauptabnehmer. Durch ihre Machtkämpfe untereinander kommt die Szene nicht zur Ruhe. Dazu gibt's noch den Ärger mit den Heroin-Leuten. Äitsch und Schnee liegen in scharfem Konkurrenzkampf auf der freien Wildbahn.«

»Wie sieht es mit Marktabsprachen aus?«

»Die haben uns zwar in Benelux friedliche Verhältnisse beschert, aber in Deutschland läuft noch nichts. Bis sich unsere Bosse mit den Baronen aus dem Kokainlager geeinigt haben, wird, soweit ich das beurteilen kann, noch einige Zeit ins Land gehen. – Wann fliegst du zurück?«

»In der nächsten halben Stunde. Ich möchte aus bestimmten Gründen heute nicht allzu lange unterwegs sein.«

Yvette hatte gehofft, daß Jan sie für einen Bummel durch Brüssel und vielleicht sogar für eine Nacht d'amour einladen würde. Doch sie ließ sich ihre Enttäuschung nicht anmerken und fragte: »Wann sehe ich dich wieder?«

»Wir könnten uns Ende der Woche treffen. Paßt dir der Freitag?«

Yvette nickte. »Das wäre immerhin die zweitbeste Lösung.«

»Gut, halten wir den Freitag fest, siebzehn Uhr am ›Manneken Pis‹. Einverstanden? Das Hotelzimmer werde ich von Bonn aus bestellen. – Also keine weiteren Telefongespräche zwischen uns, es sei denn über die Notfallnummer.«

Jan Kubitzka zahlte und ging mit Yvette zum Parkplatz hinüber, wo sie ihren unauffällig grau-grünen Peugeot 505, der schon einige kräftige Rostflecken aufwies, abgestellt hatte. Sie verstauten die Taschen auf dem Rücksitz und nahmen auf den Vordersitzen Platz, um noch ein wenig zu plaudern. Jan legte den Arm um Yvette und zog sie an sich. Seine Hand fand, was sie suchte. Das

Autoradio brachte Cole-Porter-Melodien. Der fordernde Körper neben ihm ließ Kubitzka bedauern, daß er für diesen Tag nicht anders disponiert hatte. Um von der Liebe im Auto einen besonderen Spaß zu erwarten, waren sie beide nicht mehr jung und ungestüm genug. Also löste er sich aus ihrer Umarmung und öffnete die Tür.

»Bis Freitag, ma petite.«

Sie knöpfte ihre Bluse zu und sagte mit einem Seufzer: »Spät, viel zu spät für eine Frau, die keine Angst vor dem Fliegen hat.«

Jan holte zwei der Taschen vom Rücksitz und stellte sie neben sich. »Ich hoffe, daß ich die richtigen habe«, sagte er schmunzelnd und warf Yvette noch eine Kußhand zu. Mit einem kurzen Antippen der Hupe dankte sie und fuhr davon, zurück nach Antwerpen.

Jan Kubitzka nahm die beiden gleichschweren Taschen und ging ohne Hast zu seiner One-seven-two. Er meldete sich bei der belgischen Luftaufsicht ab zu einem Inlandsflug nach Schaffen-Diest, ließ sich die Landebahn und QNH durchgeben und die Wetterlage. Dann schob er das Gas rein und nach knapp zweihundert Metern war die Cessna wieder airborn. Vier Kilo Kokain bester Qualität flogen mit. Mit leichtem Rückenwind würde er die zweihundertdreißig Kilometer bis Bonn-Hangelar in gut einer Stunde geschafft haben. Mit der Orientierung am Strahl des Funkfeuers BUN war der Rückflug ein Kinderspiel. Vom Flugplatz Diest hielt er reichlichen Abstand; dort wurden Sprünge an bunten Fallschirmen geübt. Die Grenze zu überfliegen war ebensowenig ein Problem wie beim Flug nach Grimbergen. Schon tauchte die Wasserschlange des Rheins auf, und Kubitzka meldete dem Tower in Hangelar seinen Rückflug von Aachen-Merzbrück. Wegen des leichten Rückenwindes landete er von Osten in die Landebahn 2–9 herein und rollte zu seinem Standplatz. Nachdem er die Maschine wie üblich gesichert hatte, ging er mit beiden Fliegertaschen zum Auto, das in der Nähe des Club-Lokals »Tant' Tinchen« abgestellt war. Die Landegebühren brauchte der Konsul nicht sofort zu bezahlen, denn sie wurden ihm als einem honorigen Dauerkunden einmal, am Ende des Monats, in Rechnung gestellt.

12

Kriminalhauptmeister Wolfgang Müller hatte inzwischen den Lupus herausgekehrt und einen deutschen Verbandsvertreter das Fürchten gelehrt. Dagegen hatte auch dessen akademischer Titel nicht geholfen, ebensowenig wie die Abschirmung durch die Dame im Vorzimmer. Dr. Stakewerth war der Repräsentant eines großen Industrieverbandes, einer von den in die Liste des Bundestages eingetragenen Lobbyisten, die in Bonn durchaus ein Wort mitzusprechen haben. Er residierte in einer Patrizier-Villa aus der Gründerzeit, die, wie so viele Häuser zwischen dem Tulpenfeld und Bundestag, für Millionenbeträge den Besitzer gewechselt hatte.

Der Herr Doktor hatte seiner Sekretärin über die Gegensprechanlage kurz und knapp geantwortet, er habe zu tun. Wenn der Herr Müller sein Anliegen nicht ihr unterbreiten wolle, möge sie ihn kurzerhand nach Hause schicken. Er könne dann seine Wünsche schriftlich einreichen.

Die schon etwas angejahrte, aber tip-top gestylte Sekretärin schien eine von der bissigen Sorte zu sein. Sie gab Dr. Stakewerths Weisung in einem Ton weiter, den Lupus am allerwenigsten vertragen konnte. Schon manchen hatte das Echo darauf erschreckt.

Das herablassende Lächeln der Dame erstarb, als er mit entnervender Freundlichkeit sagte: »So, und nun melden Sie Ihrem Chef, daß Kriminalhauptmeister Müller vom Polizeipräsidium Bonn ihn dringend sprechen will; mit Betonung auf ›dringend‹! Haben Sie das verstanden?«

»Bitte, nehmen Sie doch Platz«, sagte die Zahmgewordene und ging ohne anzuklopfen durch die ledergepolsterte Tür in das Arbeitszimmer des vielbeschäftigten Herrn. Nach wenigen Sekunden war sie zurück: »Herr Doktor Stakewerth läßt bitten.«

Das war nun wirklich ein Arbeitsraum, wie man ihn von einem Repräsentanten der deutschen Wirtschaft erwarten durfte. Mit den Begriffen gut und teuer war noch nicht alles gesagt. Feingeknüpfte Perserbrücken auf einem hellen Teppichboden, dezent strukturierte Textiltapete, leicht gerahmte Bilder irgendwo zwischen Realismus und Futurismus, die Sesselgruppe in feinstem Velours, Schränke und Schreibtisch aus einem Edelholz wie dunkelroter Samt. Die Bilder der Ehefrau und der beiden Kinder waren so geschickt auf dem Schreibtisch plaziert, daß der Besucher sie zwar wahrnehmen, aber die Gesichter nicht erkennen konnte.

Der zum Interieur gehörige Repräsentant, ein schlanker Mittvierziger, trug dunkelblaues Tuch mit feinen Nadelstreifen und ein leicht getöntes Oberhemd, wie es bedeutsame Politiker schätzen, die glauben, sich stets für eine Fernsehaufnahme bereithalten zu müssen. In der Krawatte hatte sich ein Hauch von Rot versteckt. Der markante Kopf mit dem von einer Fönwelle gestützten Haar hätte von einer Werbeagentur hergerichtet sein können. Auch der Begrüßungsblick wirkte wie von einem Designer gestaltet. Noch fühlte sich Dr. Stakewerth als Herr der Situation. Er nickte gönnerhaft und bat Lupus im Swinger am Schreibtisch Platz zu nehmen. Dann ließ er sich den Dienstausweis zeigen. Dem kurzen »Danke« folgte die zurechtweisende Feststellung: »Hätten Sie Ihren Auftritt nicht weniger dramatisch vollziehen können? Was soll meine Sekretärin denken? Sie wissen doch hoffentlich, wie schnell der gute Ruf eines Mannes in meiner Position Schaden nehmen kann.«

Das breite Gesicht von Lupus blieb immer noch freundlich, doch ein Zug von Härte hatte sich eingeschlichen. »Das habe ich versucht; aber ich lasse mir nicht gern die Tür weisen. Wenn Sie mein Anliegen schriftlich haben wollen – bitte gern. Ich verlasse sofort den Raum und werde Ihnen noch heute eine Vorladung auf das Polizeipräsidium zustellen lassen, Zimmer drei–null–sechs, Mordkommission!«

Das genügte. Dr. Stakewerth stand auf. »Ach bitte, nehmen wir dort drüben Platz.« Lupus fand den Sessel bedeutend bequemer als den Swinger.

»Also besprechen wir, was besprochen werden muß. Was führt Sie zu mir?« klang es schon verbindlicher. »Darf ich von meiner Sekretärin etwas zu trinken bringen lassen?«

»Danke, nein«, sagte Lupus. »Ich möchte es der Dame ersparen, einen Polizisten bedienen zu müssen. – Um gleich zur Sache zu kommen: Wir untersuchen den Tod von Irmela Ellers.«

Dr. Stakewerth gab sich offen. »Die Zeitungen haben darüber berichtet; aber was soll ich damit zu tun haben?«

Lupus blieb tiefgekühlt freundlich. »Nichts, wie ich hoffe. Wir befragen alle Herren, die das leichte Mädchen gekannt haben.«

»Und wieso kommen Sie gerade auf mich? Das ist ja wohl die Höhe; ich muß doch sehr bitten...«

»Um Diskretion, wie ich annehme«, hakte Lupus ein. »Davon dürfen Sie selbstverständlich ausgehen. Ich nehme an, Sie wissen, daß Irmela Ellers ihr Einkommen als Callgirl aufgebessert hat. Außerdem war sie rauschgiftsüchtig.«

»Sie unterstellen mir eine Beziehung zu einer – naja –? Wie kommen Sie eigentlich zu einer derartigen Annahme?« Dr. Stakewerths linke Hand rückte die makellos sitzende Krawatte zurecht. »In diesem Bonn muß man wirklich zu jeder Zeit mit einem Schlag aus dem Dunkeln rechnen.«

Lupus zog sein Notizbuch aus der Tasche. »Sie haben doch die Durchwahlnummer drei–sechs–sieben, oder stimmt das nicht?«

»Ja, allerdings.«

»Sehen Sie, und diese Nummer hat Irmela Ellers auch in ihren persönlichen Papieren stehen.« Lupus hatte keine Hemmungen, die Wahrheit zu relativieren und bluffte weiter: »Wir haben auch noch andere Aufzeichnungen bei ihr gefunden. – Sie wohnen in Bonn?«

»Nein, das heißt eigentlich ja, in gewisser Weise schon. Der Familienwohnsitz ist in Düsseldorf. Hier in Bonn habe ich nur ein Appartement im Rhein-Center. Meiner Frau und den Kindern wollte ich einen Umzug in die ja eher provinzielle Bundeshauptstadt nicht zumuten. Meine Frau liebt nun mal das Flair einer Großstadt mit Niveau, und die Kinder haben dort ihren adäquaten Freundeskreis.«

»Die von Ihnen gewünschte Diskretion wird nur dann möglich sein, wenn Sie sich auch zu Irmela Ellers äußern«, stellte Lupus ungerührt fest. »Wir müssen sonst alle Orte abklappern, an denen sie sich bewegt haben könnte; das heißt konkret: Bilder herumzeigen und indiskrete Fragen stellen. Dabei könnte Ihr Image leicht Schaden nehmen.«

»Das wird nicht nötig sein«, beeilte sich Dr. Stakewerth zu sagen und wechselte die Stellung.

»Also?« Lupus sah sein Gegenüber fragend an. »Haben Sie sich in Ihrem Appartement getroffen? Wie oft und zu welchen Konditionen?« Lupus blätterte in seinem Notizbuch und heftete den Blick auf die Zeilen, als ob er die erwartete Aussage mit den Eintragungen der Ellers vergleichen wollte.

Dr. Stakewerth stand langsam auf und ging schweren Schrittes zur lederbeschlagenen Tür. Mit einem Druck der flachen Hand vergewisserte er sich, daß das Schloß fest eingerastet war. Dann ließ er sich in den Sessel fallen. »Dieses Gespräch zu führen, ist mir außerordentlich unangenehm.«

Lupus klappte sein Notizbuch zu und stand auf.

»Bitte bleiben Sie doch. Ich lege keinen Wert darauf, ins Präsidium vorgeladen zu werden.« Stakewerth schüttelte den Kopf und die Stützwelle schien ihren Halt zu verlieren. »Ich habe Frau Ellers vor gut einem halben Jahr kennengelernt, als sie im Kanzleramt tätig war. Eine sehr liebenswerte und aparte Erscheinung, dabei so fröhlich und aufgeschlossen. Wir sind uns schnell nähergekommen; sie fühlte sich einsam in dieser Stadt, wo jeder nur an sich selbst denkt. – Als meine Frau einen längeren Urlaub auf den Bahamas verbracht hat – ich war hier aus geschäftlichen Gründen unabkömmlich –, da ist es dann geschehen; zwei Einsame... Sie verstehen –«

»Wo sind Sie sich nähergekommen?«

»In meinem Appartement. So ein Hochhaus bietet mehr...«

»Diskretion, ich weiß«, unterbrach Lupus.

»Ich habe erst aus der Zeitung erfahren, daß Irmela, daß Frau Ellers am Hofgarten gewohnt hat. In ihrer Wohnung bin ich nie gewesen.«

Lupus wollte es ganz genau wissen: »Sie haben die Dame also telefonisch bestellt?«

»Nein, ich kenne nicht einmal ihre Nummer; sie steht auch nicht im Telefonbuch. Wahrscheinlich hat sie sich wegen ihrer Tätigkeit im Kanzleramt eine Geheimnummer geben lassen. – Sie hat mich angerufen.«

»Und wie oft haben Sie sich getroffen?«

Dr. Stakewerth überlegte. »Bis zu ihrem Ausscheiden aus dem

Kanzleramt nur zwei- oder dreimal, glaube ich.«

Lupus zeigte zum Schreibtisch hinüber. »Könnten Sie das mit Hilfe Ihres Terminkalenders nicht etwas genauer sagen?«

Dr. Stakewerth lächelte komplizenhaft: »Darüber ist nichts notiert. Die Dame im Vorzimmer ist nämlich neugierig.«

»Wie hat sich die Sache entwickelt, nachdem Irmela Ellers aus dem Kanzleramt ausgeschieden war?«

»Danach haben wir uns dann regelmäßig jeden Dienstag getroffen. Ein Jour fixe vereinfacht die Beziehung.«

Lupus sah auf. »Jeden Dienstag also – auch Dienstag vor einer Woche? In der Nacht darauf wurde die Leiche gefunden.«

»Um Gottes willen«, fuhr Dr. Stakewerth zusammen, »in welche Richtung gehen Ihre Gedanken!? Nein, nein, wir hatten zwar an dem Tag eine Verabredung, aber unser Treffen war, wie immer, vormittags zwischen zehn und elf Uhr; das ist die beste Zeit. Abends habe ich regelmäßig gesellschaftliche Verpflichtungen. An diesem Abend hatte ein pharmazeutisches Großunternehmen zu einem Empfang ins Bristol eingeladen. Ich habe bis nach Mitternacht daran teilgenommen.«

»Das Alibi werden wir überprüfen müssen«, sagte Lupus, »diskret natürlich.«

»Dabei kann ich Ihnen behilflich sein – ich habe etwas für die Kriminalpolizei.« Dr. Stakewerth stand auf und ging zum Wandschrank. Er nahm einen Ordner heraus. »Hier, bitte, die Pressemappe. Auf dem Foto sehen Sie die Frau Minister, ihre persönliche Referentin, den Herrn Pavone aus der Chemiebranche und mich. Es wurde an dem fraglichen Abend kurz vor Mitternacht aufgenommen. – Sie dürfen es gern mitnehmen.«

Lupus dankte und legte den Presseausschnitt zusammengefaltet in sein Notizbuch. »Nun noch etwas zu den Konditionen. Sie müssen doch gemerkt haben, daß Sex für Geld geliefert wurde.«

»Zunächst nicht. Ich habe Irmela allerdings schon am ersten Tag einen Geldschein in die Tasche gesteckt. Sie wollte es nicht; aber man weiß doch, was die Mädchen als Angestellte verdienen. Davon kann eine Frau, die etwas auf sich hält, nun wirklich nicht adäquat leben. – Und man fühlt sich auch selbst etwas freier, wenn man für eine gute Sache einen angemessenen Preis bezahlt hat.«

»Und was hielten Sie für einen angemessenen Preis?«

»Ist das für Ihre Ermittlungen so wichtig? – Nun gut; ein Fünfhunderter war es.«

Lupus dachte daran, daß die Ellers so alt gewesen war wie seine Tochter. Für diese kaltschnäuzige Abwicklung einer Beziehung zwischen Mann und Frau konnte er kein Verständnis aufbringen. Ihn drängte es, das Gespräch so schnell wie möglich zu beenden und aus diesem Zimmer zu verschwinden.

»Haben sich die Beträge geändert?«

»Nein.«

»Wußten Sie, mit welchen weiteren Männern Frau Ellers Umgang hatte?«

»Nein, darüber ist kein Wort gefallen.«

»Wußten Sie, daß sie rauschgiftsüchtig war?«

»Auch das habe ich nicht gewußt und auch nichts Derartiges bemerkt.«

»Jetzt, so hoffe ich, die letzte Frage«, sagte Lupus: »Wann haben Sie das Bristol verlassen?«

»So um Mitternacht«, antwortete der Repräsentant der Wirtschaft. »Ich habe mich mit einer Taxe zum Rhein-Center bringen lassen.«

»Danke für die Auskünfte«, sagte Lupus kurz angebunden und stand auf. »Falls sich noch Fragen ergeben sollten, werde ich mich melden.«

Dr. Stakewerth erhob sich ebenfalls. »Ich wäre Ihnen sehr verbunden, wenn wir uns dann an einem neutralen Ort treffen könnten. Meine Sekretärin muß nicht alles wissen. – Ich gebe Ihnen meine Durchwahlnummer.«

Lupus hatte Gelegenheit, noch einen letzten Triumph auszukosten und antwortete: »Danke, die habe ich ja schon aus der Akte des Callgirls.«

Doktor Stakewerth geleitete seinen Besucher durch das Vorzimmer und verabschiedete ihn mit einem Händedruck, der so lange dauerte, daß die Sekretärin daraus eine gewisse Herzlichkeit entnehmen durfte.

13

Der Fall Irmela Ellers war jetzt eine Woche alt. Die bei jeder Ermittlung entscheidenden ersten Tage hatten zwar noch keine greifbaren Ergebnisse gebracht, aber Kommissar Freiberg gewann den Eindruck, daß das Dunkel nicht mehr undurchdringlich erschien. Irgendwo begannen sich die Fäden zu verknüpfen, irgendwo, allerdings noch weit ab in der Ferne. Ihm war klar, daß er die Fäden in der Hand behalten und vorsichtig daran ziehen mußte, ohne sie zu zerreißen. Er fieberte nach weiteren Informationen. Lupus und Ahrens hatten sich bei ihm eingefunden, um zu berichten. Barbara Fendt war am Vormittag kurz entschlossen nach Köln gefahren, um sich mit V-Mann Hoffie zu treffen. Sie hatte Fräulein Kuhnert gesagt, daß sie alles versuchen werde, rechtzeitig zur Besprechung zurück zu sein.

Freiberg sah auf die Uhr: »Die Zeit läuft uns davon – fangen wir an.«

Als erster berichtete Ahrens von seiner Recherche bei dem zweiten Deutschen, der auf Irmela Ellers Liste stand: Dieser Mann vertrete eine Interessengruppe für Sauberkeit in Staat und Verwaltung. Er sei fast in Ohnmacht gefallen, als er erkennen mußte, daß seine Mittwoch-vormittags-Gespielin nicht nur ihm, sondern auch noch anderen Herren ihre Gunst gewährt hatte. Nach einigem Herumdrucksen habe er dann eingeräumt, daß ihn ein Rendezvous jedesmal dreihundert Mark gekostet habe. Seine Familie habe darunter aber nicht gelitten. »Der hat mich regelrecht angefleht, über die Angelegenheit Stillschweigen zu bewahren«, erläuterte Ahrens. »Der Mann hat ein sicheres Alibi. Zur Zeit, als Irmela Ellers starb, hat er den ganzen Tag an einer Informationsreise zu verschiedenen Strafvollzugsanstalten teilgenommen. Kuhnert und ich haben das nachgeprüft; es stimmt.«

»Also können wir den streichen«, stellte Freiberg fest. »Und wie sieht es bei dir aus, Lupus? Hast du durch Sanftmut und Güte den Repräsentanten der deutschen Wirtschaft zum Sprechen bringen können?«

Lupus grinste unverschämt und zog dabei den Mund so in die

Breite, daß es aussah, als bekämen die Ohren Besuch. »Ich war heute einfach unwiderstehlich, Chef. Erst wollte der Herr mich durch seinen Vorzimmerdrachen abservieren lassen; daraufhin habe ich meinen Zauberspruch gesagt, und schon öffnete sich die Tür. Für mich ist es immer wieder das große Erlebnis, einen Wirtschaftsboß schrumpfen zu sehen, wenn man ihm den Dreck unter die Nase hält, den er am Stecken hat.« Lupus beschrieb den Herrn mit Nadelstreifen und Stützwelle sehr plastisch und rekapitulierte den Verlauf des Gesprächs.

»Und was hat dieser Gentleman bezahlt?« fragte Fräulein Kuhnert neugierig.

»Einiges mehr«, erläuterte Lupus und sah Ahrens an. »Mehr jedenfalls, als ein Staatsdiener sich auf Dauer leisten könnte. – Jede Woche fünfhundert beim Jour fixe. Aber auch dieser Herr hat ein Alibi; das hat ihm der stets hilfsbereite Presse-Mauser mit seiner Lügenoptik verschafft. Hier ist die Zeitungsmeldung mit Bild, aufgenommen kurz vor Mitternacht im Hotel Bristol.«

Freiberg nahm den Presseausschnitt entgegen und betrachtete ihn eingehend. »Sieh an, auch der Bekannte von Kubitzka ist mit von der Partie; Mario Pavone umschwänzelt die Frau Minister. – Ob der Konsul wohl auch dort war?«

Lupus stand auf und nahm sein Notizbuch mit. »Das werden wir gleich wissen. Ich rufe den Stakewerth an. Einverstanden?«

Freiberg nickte.

Lupus ging ins Nebenzimmer und war nach einer Minute zurück. »Der Mann ist sehr hilfsbereit und auskunftsfreudig; er scheint erleichtert zu sein, daß wir uns auch um die anderen Herren kümmern. Er kennt den Konsul Kubitzka, aber der sei mit Sicherheit nicht bei dem Empfang gewesen.«

Kommissar Freiberg hatte immer noch den Presseausschnitt in der Hand und fragte schließlich: »Was hat Dr. Stakewerth gesagt, Lupus, wann soll Mauser das Foto geschossen haben?«

»Kurz vor Mitternacht.«

Freiberg zeigte auf das Datum der Zeitung: »Und dann ist es bereits am nächsten Tag erschienen?«

Lupus schlug sich mit der Faust an die Stirn. »Du hast recht, da stimmt was nicht. Bei der Zeitung ist doch gegen dreiundzwanzig

Uhr Redaktionsschluß...«

Freiberg hob den Finger. »Eben! Ich bin sicher, die Aufnahme ist Stunden früher gemacht worden. – Ruf mal deinen Freund Mauser an.«

»Den besorge ich an die Strippe«, griff Fräulein Kuhnert ein und verschwand in ihr Zimmer.

Im gleichen Augenblick stürmte Kommissarin Fendt durch die andere Tür und warf ihre Schultertasche auf den Tisch. »Pardon, ich muß immer die letzte sein, aber schneller ging es wirklich nicht. Das Indianerspiel mit einem V-Mann kostet viel Zeit.« Sie schnappte nach Luft, weil sie nicht den Aufzug genommen hatte, sondern die Treppe im Sturmschritt heraufgeeilt war.

Freiberg zeigte auf den Stuhl. »Platz nehmen, entspannen, schön langsam ausatmen, Pause, einatmen, ausatmen, Pause – das fünfmal hintereinander.«

Barbara war gehorsam und schloß bei der Übung sogar die Augen. Lupus und Ahrens sahen lächelnd zu. Freiberg wartete, bis sie ihn wieder ansah und fragte dann: »Ich dachte, Hoffie spekuliert in Antwerpen herum – was tut er in Köln?«

»Er besorgt Geld. Die Sache mit den Feuerlöschern läuft ganz groß an, eine Sendung von hundert Stück geht in den nächsten Tagen nach Deutschland. Jeder fünfte Löscher ist präpariert – Äitsch im doppelten Boden. Hoffie hat den Fahndern vom Zollkriminalinstitut ein paar Tips gegeben. – Aber ich habe auch noch etwas für das erste K. – viel ist es allerdings nicht.«

Die Kommissarin kramte in ihrer Tasche herum und schob die von Ahrens auf dem Flugplatz gemachten Fotos über den Tisch.

Freiberg reckte den Kopf. »Hat Hoffie einen von den beiden Fliegern als den Einkäufer im Dreiländereck erkannt? – Den Pavone vielleicht?«

Eines der von Barbara ausgepackten Bilder war mit einem schwarzen Stift bemalt.

»Nun sag schon, hat Hoffie jemanden erkannt?« wiederholte der Kommissar seine Frage.

»Pavone war es mit Bestimmtheit nicht, weder mit noch ohne Brille«, gab Barbara Fendt das Ergebnis ihres Gesprächs mit dem V-Mann wieder. »Da war sich Hoffie ganz sicher. Kubitzka wollte er auch ausscheiden. Aber als ich dem Herrn das kleine Hitler-Bärtchen und die Brille aufgemalt hatte, wurde er unsicher und meinte, er könne eigentlich nur ein ›Jein‹ sagen. Jedenfalls kein absolutes ›Nein‹ wie bei Pavone.«

Fräulein Kuhnert kam zurück und winkte Lupus zu. »Sitzenbleiben, alles erledigt. Den Presse-Mauser habe ich noch zwischen Tür und Angel erwischt. Ist der immer so kurz angebunden? Auf meine höflich vorgebrachte Frage nach dem Zeitpunkt der Aufnahme im Bristol hat er mich abgefertigt: ›Zwischen zwanzig und einundzwanzig Uhr. Tschüs, ich hab's eilig‹. Das war's; aufgelegt.«

»Danke, Kuhnert«, sagte Freiberg. »Neue Erkenntnisse bringt uns das zwar auch nicht, aber wir wissen jetzt, daß Stakewerth zumindest in diesem Punkt etwas lässig mit der Wahrheit umgegangen ist.«

»Seine Rückfahrt zum Rhein-Center kurz nach vierundzwanzig Uhr hat mir das Taxi-Unternehmen bestätigt«, warf Lupus kurz ein.

»Gut«, nahm Freiberg seine Überlegungen wieder auf. »Bleiben also zwei Stunden unklar. Versuchen wir das aufzuhellen. – Pavone wird jedenfalls von Hoffie eindeutig – so sagtest du doch, Barbara? – aus dem Kreis der Verdächtigen ausgeschieden. Also weiter: Was wußte Hoffie noch zu berichten?«

»Nichts Konkretes – nur Gerüchte.«

»Erzähl!«

»Gerüchte und Konkurrenzgeschwätz. Die Heroinleute merken, daß ihnen die Kokshändler massiv in die Quere kommen und langsam, aber sicher den Drogenmarkt an sich ziehen. – Das beobachten wir auch schon eine Weile. – Neu beim Geschwätz in der Szene sind Hinweise, daß sich die Heroinbosse vor einigen Tagen in Bonn getroffen haben sollen, um eine Kampfstrategie mit Mafiamethoden auszuhecken. Sie wollen mit einer Aktionswoche in Westdeutschland beginnen. Die Äitsch-Gangs in der Kleinszene sollen die Fixer verprügeln, wenn sie auf Koks umsteigen. – Die Junkies reden übrigens immer von Koks, nicht wie die feinen Leute von Schnee. – Die Dealer erhalten eine Warnung, und wenn das nicht hilft, nach italienischem Vorbild einen Schuß ins Bein.

Dabei gilt Knochenbrechen als gleichwertige Erziehungsmaßnahme. Eröffnet werden soll die Aktionswoche mit einem Donnerschlag, und zwar so spektakulär, daß auch die Zeitungen, Funk und Fernsehen darüber berichten. Aber wie gesagt, Genaues weiß keiner.«

»Und das wird laut ausposaunt?« wunderte sich Ahrens.

»Dahinter steckt Methode«, erklärte die Kommissarin. »Angst und Verunsicherung der Schneemänner. Hier in den Köln-Bonner Raum drückt seit einigen Wochen das Kokain in einem Maße herein, daß der Heroinhandel bald zusammenbrechen muß. – Wir tappen im dunkeln. Keiner weiß, wie der Stoff über die Grenze kommt. – Vermutlich aus Holland oder Belgien.«

»Man kann diese Sorte Schnee aber doch nicht einfach durch die Luft herüberpusten«, warf Lupus ein.

Freiberg hob ruckartig den Kopf und sah Lupus starr an. »Diese Vorstellung ist vielleicht gar nicht so abwegig. – Was haben wir für Aufgriffsmeldungen von den Flughäfen Düsseldorf und Köln-Bonn?«

Barbara Fendt brauchte nicht lange zu überlegen. »Verhältnismäßig wenige, verglichen mit Hamburg oder Frankfurt, wo die Direktflüge von Südamerika hereinkommen. Da werden jeden Tag Flugpassagiere, vollgestopft mit Kokain, erwischt.«

»Vollgestopft?« wunderte sich Fräulein Kuhnert.

»Ja, Kokain in Präservative gefüllt und runtergeschluckt – runtergewürgt ist wohl treffender. Wer nach der Landung verdächtig erscheint, wird geröntgt, und bei Bestätigung des Verdachts gibt's Abführmittel. Die Kollegen, die anschließend die Scheißerei überwachen müssen, können einem wirklich leid tun. – Manchmal platzt auch ein Präser während des Fluges.«

»Dann ist der Fluggast high!« lachte Lupus los.

»Nein«, stellte die Kommissarin lapidar fest. »Dann ist er tot!«

Freiberg sah sie an. »Ein schreckliches Geschäft. – Aber zurück zu uns an Rhein und Ruhr. Wenn nicht über unsere beiden Flughäfen, wie kommt dann der Koks hierher – auf dem Landwege vielleicht, von Hamburg oder Frankfurt?«

Barbara Fendt wußte, daß ihre Antwort unbefriedigend war, als sie fortfuhr: »Solche ständigen Handelswege für Kokain sind mir nicht bekannt. Ganz anders sieht es beim Heroin aus. Der Stoff kommt Tag für Tag von Vorderasien über den Balkan mit Lkws herein. Der Abstellplatz des Zollamts Kiefersfelden steht voll mit beschlagnahmten Fahrzeugen. Aber auch Amsterdam, Rotterdam und Antwerpen sind Umschlagplätze für Drogen aller Art. Deutsche, Türken, Italiener, Jugoslawen und Libanesen verfügen über zahlreiche Vertriebsnetze. Wenn unsere Fahnder ein paar Maschen zerreißen, ist alles bald wieder geflickt. Für die Heroin-Leute muß vor allem der Absatz vor Ort ungestört laufen. Die Ware herzuschaffen ist nicht das Problem.«

Freiberg stand auf, ging ein paar Schritte und setzte sich wieder. »Halten wir fest: Irmela Ellers ist an Heroin gestorben, war aber kokainsüchtig; im Kanzleramt habe ich das amtsärztliche Zeugnis selbst gesehen. Darum ist sie ja schließlich auch gefeuert worden. Dann hat sie ein Studium angefangen und verzeichnete steigende Einnahmen als Callgirl. Sie hatte ja auch mehr Zeit für die erbaulichen Spiele. Das paßt alles zusammen. Irgend jemand, dem sie vertraute, hat ihr offensichtlich größere Wonnen durch Äitsch versprochen und schließlich auch verschafft. Vielleicht hat sie als frischgebackene Studentin mit ihrem Wissen um das Ritual der Kommilitonen am Kaiser-Wilhelm-Stein angegeben. Wenn jemand vorhatte, sie umzubringen, war das eine gute Gelegenheit, alle Spuren zu verwischen. Ein Freier dürfte es nur dann gewesen sein, wenn er auch etwas von Drogen verstand.«

»Spekulier ruhig weiter«, sagte Lupus. »Je länger diese Ermittlungen dauern, um so froher bin ich, daß meine Tochter bald ihr Examen macht. Heutzutage ist ein Studium direkt lebensgefährlich.«

»Der Schnuppie-Clan«, sagte Freiberg und schüttelte den Kopf. Dann nickte er. »Diese Halbirren – ja, natürlich!«

»Wie bitte? fragte Lupus ohne ein Spur von Verständnis. »Die Ellers hat doch nie dazugehört.«

»Aber du hast doch von deiner Tochter erfahren, daß im Clan kräftig gekokst wird, stimmt's?«

»Ja, aber die...«

»Laß mich erst einmal weiterreden, bitte. Der Clan hat Schnee konsumiert; das kann nicht wenig gewesen sein, wenn alle davon genascht haben. Und den Schnee gab's auch im Regierungsviertel, jedenfalls für Irmela Ellers. – Freunde, wo ist nun das missing link, oder besser gesagt, die verbindende Figur im Spiel? Wer steht in Irmelas Telefonverzeichnis – und wer gehört gleichzeitig zum Schnuppie-Clan?«

Der Kommissar hatte die Überlegung so auf den Punkt gebracht, daß von Lupus und Ahrens die Antwort fast gleichzeitig kam: »Der fliegende Konsul!«

Kommissarin Fendt, die zum ersten Mal in der Mordkommission mitarbeitete, wunderte sich darüber, welch spekulatives Moment Freiberg in den Fall brachte. Ein Verdachtsgebäude auf so wenigen Tatsachen aufzubauen, erschien ihr unseriös und leichtsinnig. »Mir ist das alles zu phantastisch; ich habe gelernt, Fakten zu ermitteln und sie für sich selbst sprechen zu lassen. Daß Jan Kubitzka Beziehungen zu diesem Callgirl hatte, beweist so gut wie nichts. Solche Beziehungen hatten andere Diplomaten auch. – Ja, wenn Hoffie ihn als den geheimnisvollen Heroinkäufer ohne Wenn und Aber wiedererkannt hätte...«

Freiberg bremste ihren Eifer. »Vergiß mal die reine Lehre und die Sprüche der Fernsehkommissare. Wer nicht spekuliert, weiß nicht, nach welchen Fakten er suchen muß, wenn sie ihm der Täter nicht vor die Füße gelegt hat. ›Verbrechen entstehen im Kopf, und sie müssen mit dem Kopf geklärt werden.‹ An das Wort meines Lehrers halte ich mich. Wenn wir unsere Spekulationen, du kannst auch sagen ›Verdächtigungen‹, nicht beweisen können, müssen wir neu ansetzen und nach Beweismitteln suchen – und wieder neu und nochmals neu. Wir dürfen uns nur nicht in eine Spekulation verbeißen, dann feststellen, daß sich nichts beweisen läßt, und die Akte zuklappen. Nein, so nicht! Immer wieder neu ansetzen! Meine Akten werden erst zugeklappt, wenn der Täter ermittelt ist. Mord verjährt nicht. – Uff, nun zeig mir noch mal die Bilder her.«

Barbara Fendt nickte und reichte ihm die Fotos herüber.

»Deine Idee, an Ort und Stelle Bart und Brille aufzumalen, war gut. Aber der Betrachter konzentriert sich zu sehr auf die so stark hervortretenden Zutaten. Wir lassen jetzt von unseren Spezialisten verschiedene Fotos von Kubitzka aufmöbeln mit Nickelbrille und

Schnurrbärtchen. – Die muß Hoffie sich dann noch einmal ansehen. Kannst du ihn erreichen?«

»Er will mich heute noch anrufen, bevor er nach Antwerpen zurückfährt.«

»Versuch alles, daß er sich die bearbeiteten Bilder ansieht – das ist unerhört wichtig; es geht um Mord. Steig in dein Rennauto und sieh zu, daß du ihn zwischen Köln und Antwerpen abfängst. – Ahrens! Nimm alle Fotos vom Flugplatz mit und laß unserem fliegenden Konsul Bart und Brille verpassen. Wenn's geht, noch gestern! Also, ab mit dir!«

Ahrens schob die Bilder zusammen und verschwand.

Barbara Fendt war noch nicht überzeugt, daß Freiberg einen brauchbaren und tragfähigen Ansatz für die Ermittlungen gefunden hatte. »Ich sehe einfach kein Motiv.«

Freiberg antwortete mit entwaffnender Offenheit: »Ich auch nicht. – Aber spekulieren wir: Warum werden Menschen von ihren sogenannten Mitmenschen umgebracht? Aus Mordlust, Habgier, Eifersucht, Haß, zur Befriedigung des Geschlechtstriebs, aber auch aus Angst vor Entdeckung einer Straftat oder aus Furcht vor der Offenbarung kompromittierender Tatsachen. Diese Aufzählung soll erst einmal reichen. Nun legen wir die Meßlatte an: Reine Mordlust wird's wohl kaum gewesen sein, dafür fehlen die Anzeichen. – Habgier, Haß? Auch das paßt prima vista nicht zur Tatausführung. – Zur ›Befriedigung des Geschlechtstriebs‹, wie unser Mordparagraph ohne jede Prüderie formuliert, fehlen auch alle Anzeichen; da hat es ja im Falle unserer Toten andere und erprobte Verhaltensweisen gegeben. – Eifersucht? Wo sind die Bindungen, aus denen sie erwachsen sein könnte? Nein – ich glaube ganz einfach, daß die Ellers jemandem im Wege war. Sie war zu einer bedrohlichen Belastung geworden. Um es ganz brutal zu sagen: Sie mußte stumm gemacht werden. An einen Betriebsunfall beim Drücken mit Heroin glaube ich immer weniger.«

»Vielleicht hat sie dem Schneemann mit der Sonne gedroht«, überlegte Lupus.

»Oder es steckt noch etwas ganz anderes dahinter«, sinnierte Kommissarin Fendt.

Freiberg nickte ihr anerkennend zu. »Weiter so. Du bist auf dem

Wege der Besserung und Integration. Mutig drauflos spekulieren – das ist unsere Art des Brainstormings. Jetzt aber nicht haltmachen auf dem Weg ins Ungewisse. Das Denkbare muß gedacht werden, und dann werden wir es auf seinen Wahrscheinlichkeitsgehalt hin abklopfen.«

Barbara Fendt hatte keinesfalls vor, ihre Phantasie zu zügeln. »Wenn jemand die Ellers loswerden wollte, dann bestimmt nicht in ihrer Eigenschaft als Callgirl. Ein Sexualmord wird spontan an Ort und Stelle vollbracht – aber doch nicht so wie in unserem Fall. Am ehesten könnte ich mir vorstellen, daß ihr Tod mit dem früheren Job im Bundeskanzleramt zu tun hat.«

»Du willst doch nicht sagen, daß von dort Killer-Kommandos durch Feld und Flur gejagt werden, um frühere Mitarbeiter mundtot zu machen«, wunderte sich Lupus. »Das wäre im höchsten Maße unfein und undemokratisch.«

»Dein Brain stimmt wohl nicht«, gab Barbara zurück. »So schlechte Scherze erlauben wir uns nicht einmal bei Rausch und Sex im zweiten K. – Mal ernsthaft: Irmela Ellers hatte Zugang zu interessanten Informationen über Zukunftstechnologien. Für solche Informationen zahlen unsere Wirtschaftsmanager viel Geld, wie ich annehmen möchte; jedenfalls mehr als für den Jour fixe.«

»Zieh den Kopf ein, wenn du so weiter spekulierst«, mahnte Lupus. »Sonst kommt der Werkschutz und dreht ihn dir ab.«

Freiberg hatte dem Geplänkel aufmerksam zugehört. »Phantasie hast du wirklich, Kommissarin; deine Spekulationen darf man nicht anfeuern, die muß man bremsen.«

Sie ließ sich nicht bremsen: »Oder sie hat's mit einem von ganz oben getrieben, und der könnte etwas dagegen haben, daß ihm seine Eskapaden im nächsten Wahlkampf vor die Nase gehalten werden.«

»Na, na«, versuchte Lupus den Redefluß zu stoppen. »Leben wir denn in Kiel?«

Barbara Fendt holte noch einmal aus: »Wäre nicht auch ein Fall von Spionage denkbar? Ausgebrannte Informantin wird abserviert und umgebracht? – Ja, habt ihr denn im ersten K. gar keine Phantasie?«

»Oha, Barbara, immer langsam voran«, dämpfte Freiberg.

»Eine Fixerin liegt tot am Kaiser-Wilhelm-Stein, und du bist erst einmal absolut gegen das Spekulieren, zauberst dann aber die Motive für einen Mord nur so aus dem Hut. – Nun müssen wir sie der Reihe nach beleuchten: Sex im Kanzleramt – diesem Haus mit dem Charme einer Maschinenhalle? Ach Gottchen, schön wär's.

Informationen für Wirtschaftsmanager? Nicht schlecht, Frau Specht, Spionage? Daran habe ich auch schon gedacht und kurz mit Sörensen vom neunzehnten K. darüber gesprochen. Aber das Staatsschutzkommissariat hat bezüglich der Ellers keine Erkenntnisse. Auch der Personalreferent im Kanzleramt hat nichts in dieser Richtung angedeutet. Nach dem Fall Guillaume sind dort die Sicherheitsüberprüfungen so verstärkt worden, daß jedenfalls ein Einstieg mit falscher Legende nicht mehr möglich sein dürfte; und eine Anwerbung von bereits Etablierten gehört mit zum Schwierigsten, was es für die Dienste gibt.«

»Soll ich mir den Repräsentanten der deutschen Wirtschaft noch einmal vornehmen?« fragte Lupus.

»Abwarten!« antwortete Freiberg. »Ich werde Sörensen bitten, nun auch alle Angehörigen des Clans, soweit sie im öffentlichen Dienst sind, gründlich zu überprüfen. Karteiauskünfte genügen dafür nicht. Er muß sich mit dem Verfassungsschutz, mit BND und dem MAD kurzschließen. Wir müssen unbedingt Klarheit haben, ob sich jemand verdächtig gemacht hat. Das wär's fürs erste. Barbara, ich drücke dir die Daumen, daß du unseren V-Mann erwischst. Warten wir ab, was der gute Hoffie zu den Fotos sagt.«

14

Mario Pavone hatte vor einem halben Jahr, nach seiner Übersiedlung aus dem Libanon, ein Appartement in der neuen Wohnanlage im rechtsrheinischen Bonn-Beuel gemietet, eine sündhaft teure Angelegenheit. Doch der Blick über den Rhein hinweg zur Silhouette der Stadt entschädigte reichlich.

Jan Kubitzka hatte ihm telefonisch mitgeteilt, daß in Hangelar ein fast werksneues Flugzeug zum Verkauf angeboten würde, weil der Besitzer eine Bauchlandung fabriziert habe.

»Willst du mir einen Schrotthaufen andrehen?« Pavone war wütend über die Zumutung, eine solche Maschine kaufen zu sollen. »Ich suche einen Vogel im Bestzustand, aber doch keine Kiste, die ein Sonntagsflieger auf den Boden gebumst hat.«

»Reg dich ab, Sportsfreund«, hatte der Konsul geantwortet. »Die Bauchlandung hat ein Hochbauunternehmer mit seiner Firma gemacht. Bevor er einen Vergleich anmeldet, will Henkmann seine Mooney verscherbeln, und – wie ich vermute – das Bargeld beiseite schaffen. Das Prachtstück ist mit seinen zweihundertfünf mph noch einiges schneller als die Typen, die wir auf dem Flugplatz Siegerland geflogen haben; ein richtiges Rennauto. Henkmann kommt in der nächsten halben Stunde zum Platz. Du findest ihn bei seiner Maschine, ganz in der Nähe meiner Cessna. Ich bin auch draußen.«

Mario Pavone war klar, daß er auf dieses Angebot eingehen mußte. Ihm war auch klar, daß Kubitzka wie auch die anderen Flieger in Hangelar gespannt darauf warteten, ob er seine Ankündigung einer jederzeitigen Barzahlung wahrmachen würde.

Sofort nach dem Anruf ging er zu seinem Wagen; der Porsche stand immer abfahrbereit im offenen Parterre des Gebäudes, das wegen der Hochwassergefahr auf Stelzen gebaut war.

Fünfzehn Minuten nach dem Anruf war Pavone am Flugplatz. Er fuhr durch die Eisenpforte zum Hangar, östlich des Towers. Die weiße Mooney 205, ein Tiefdecker mit dem markanten umgekehrt gepfeilten Leitwerk und dem am Rumpf entlanglaufenden schwarz-roten Keil, schien startklar zu sein. Jan Kubitzka und sein Gesprächspartner – es konnte sich nur um Henkmann handeln – winkten ihm zu, als er herangeprescht kam.

Kubitzka machte miteinander bekannt. Als Hochbau-Henkmann ansetzte, die Flugleistungen des einmotorigen Viersitzers hervorzuheben, winkte Pavone ab. »Alles bekannt. Mit dem Vogel habe ich mich vertraut gemacht. Er entspricht bis auf ein paar aerodynamische Verbesserungen der zwei–null–eins; den Typ haben wir auf dem Flugplatz Siegerland eingehend getestet. – Aber so ein gutes Stück verkauft man doch nicht!«

Henkmann wollte sich hinsichtlich seiner geschäftlichen Lage nicht zu sehr exponieren. Das hätte preisdrückend wirken können. So erzählte er etwas von vorübergehenden Schwierigkeiten infolge seines Engagements in Frankreich. Jetzt habe er seine Tätigkeit ganz auf den Raum Köln-Bonn konzentriert. Damit sei das Flugzeug entbehrlich geworden. Die Mooney sei für zweihundertzwanzigtausend zu haben – aber nur ohne Bankkontenbewegung.

Kubitzka beobachtete Pavone sehr aufmerksam. Der Preis war gewiß günstig, lag aber um zehn Prozent über dem Limit.

»Testen wir den Vogel«, sagte Pavone nur. »Eine Runde mit Ihnen; dann möchte ich mit dem Kollegen Kubitzka fliegen.«

»Einverstanden«, erklärte Henkmann.

Am Start mußten sie ein paar Minuten warten, bis die BGS-Hubschrauber der GSG 9 den Luftraum freigemacht hatten. Dann konnte die Mooney ihre Qualitäten beweisen. Pavone hatte keine Zeit, die Landschaft zu betrachten. Er lauschte dem Brummen des Motors und machte sich mit den Instrumenten vertraut. Über dem Siebengebirge und dem Westerwald demonstrierte Henkmann, welche Flugeigenschaften in der Maschine steckten. Das Speed-Höhen-Handling des schnellen Viersitzers hätte nicht besser sein können.

Konsul Kubitzka stand vor dem Hangar und verfolgte den Flug. Das war ein anderes Maschinchen als seine brave Cessna. Aber ihm genügte das Allerweltsflugzeug, mit dem man keine Aufmerksamkeit erregte, es sei denn, man landete damit wie Mathias Rust auf dem Roten Platz in Moskau. Hier im Westen konnte man sich mit der One-seven-two schon mal grenzüberschreitend »verfliegen«, ohne mehr als ein Strafgeld zu riskieren. Auch wenn man dabei erwischt wurde, war es in der Regel kein Fall für den Zoll oder die Polizei.

Bei der nächsten Platzrunde saß Pavone als PiC am Steuer und der Konsul rechts auf dem Kopilotensitz. Die Landschaft huschte nur so dahin. Pavone gab dem Pferdchen die Sporen und strapazierte die 205 gerade so viel, wie es in der Nähe des Flugplatzes, ohne aufzufallen, möglich war. Wiederholt nickte er zustimmend. Nach der Landung sagte er noch im Flugzeug zu Kubitzka: »Der Vogel ist okay; den nehme ich. Aber ich werde noch einen Autopiloten und ein bißchen mehr Elektronik einbauen.«

Der Konsul war auf die Preisverhandlungen gespannt. Das galt auch für Hochbau-Henkmann, der so schnell wie möglich so viel bares Geld wie möglich in die Hand bekommen wollte.

»Wir können uns hier drinnen unterhalten«, rief Pavone dem Wartenden zu, als er wieder vor die Halle gerollt war. »Hier stört uns niemand.« Henkmann kletterte auf den Rücksitz.

So erlebte Jan Kubitzka einen ganz und gar ungewöhnlichen Flugzeugkauf. Die Dialoge hätten nicht knapper sein können.

»Ist zweihundertzwanzig Ihr letztes Wort?« fragte Pavone. »Dann brauchen wir erst gar nicht zu verhandeln.«

»Man könnte...« setzte Henkmann an.

»Zweihundertzehntausend. – Erstes und letztes Gebot«, erklärte Pavone kategorisch.

»Einverstanden, cash«, bestätigte Hochbau-Henkmann.

»Geht klar. Einen Augenblick, ich muß nur mal eben zu meinem Wagen.«

Henkmann und Kubitzka sahen ihm kopfschüttelnd nach. Bis zum Porsche waren es keine hundert Meter. Pavone griff hinter die Rücklehne des Fahrersitzes, holte seine dunkle Fliegertasche heraus und kam ohne Hast zurück.

Als er sich wieder auf den Pilotensitz geklemmt hatte, zog er die Geldscheine bündelweise aus der Ledertasche. »Hier – bitte in Ruhe nachzählen: Zweimal hundert à tausend macht zweihunderttausend.« Dann nahm er die Brieftasche aus dem Jackett. »Hier, nochmal zwanzig à fünfhundert. – Auf eine Quittung über die volle Summe kann ich allerdings nicht verzichten; die bleibt in meiner Tasche. Beim Finanzamt können Sie erklären, was Sie wollen. Ich werde das dann bestätigen.«

In der Kabine war bis auf das Knistern beim Zählen der Geldscheine kein Geräusch zu hören. Pavone trug den Betrag von zweihundertzehntausend Mark in die vorbereitete Quittung ein.

»Die Summe stimmt«, sagte Henkmann, unterschrieb und reichte die Quittung zusammen mit den in einer Plastikhülle steckenden Flugzeugpapieren – Bordbuch, Eintragungsschein, Lufttüchtigkeitszeugnis und die Versicherungspapiere – nach vorn. »Um den Registerkram brauche ich mich nicht zu kümmern?«

»So ist es, das übernehme ich. Für Sie ist die Sache erledigt«, bestätigte Pavone. Jan Kubitzka hatte das recht unwirklich erscheinende Geschäft aufmerksam verfolgt. Es gab also noch ein paar andere Leute, die braune und blaue Lappen einfach so hinblättern konnten. Zu gern hätte er gewußt, aus welcher Einnahmequelle diese Beträge stammten. Doch den Gefallen, über seine Geschäfte zu sprechen, hatte ihm der Medikamenten- und Chemikalienhändler Mario Pavone bisher nicht getan; soweit ging die Duzfreundschaft nicht.

»Wir drehen noch eine Runde«, meinte Pavone. »Wollen Sie mit, Herr Henkmann, zum Abschiedsflug?«

»Danke nein«, antwortete der. »Nur keine Wehmut – ein so doller Flieger war ich ohnehin nie.« Damit stieg er aus und ging zu seinem 700er BMW, den er bei »Tant' Tinchen« geparkt hatte.

Bevor Pavone zum Start rollte, zog er noch einmal die Brieftasche. »Bitte, Jan, deine fünf Prozent Provision: einundzwanzig à fünfhundert.«

Kubitzka zählte das Geld nach und bedankte sich. »Quittung?«

»Unsinn – doch nicht von dir. – Komm, lassen wir den Vogel frei, auf daß er uns ganz hoch hinauf bringe.«

15

Kommissar Freiberg brannte darauf, zu erfahren, ob es inzwischen im 19. K. Erkenntnisse über die Angehörigen des Clans gab, soweit sie in den Ministerien tätig waren. Er hatte die Treppe im Geschwindschritt genommen, um mit seinem Kollegen Sörensen persönlich zu sprechen. Der wie immer tipptopp in graues Tuch gekleidete »Monsieur Maigret« – im Präsidium wurde er so genannt, weil er wie dessen Darsteller Jean Gabin aussah – saß an seinem Schreibtisch und blätterte ausnahmsweise nicht in Geheimakten, sondern studierte den letzten Verfassungsschutzbericht.

Sörensen bat Freiberg, in der Besprechungsecke Platz zu nehmen, und nahm die dreihundert Seiten starke Broschüre mit hinüber.

»Du hast dir mit den Vermutungen über den Zusammenhang zwischen Drogen und Spionage einen Floh ins Ohr setzen lassen. Die letzten Jahresberichte des Innenministeriums geben dafür nichts her. Ich habe keinen einzigen Fall ermitteln können, der auch nur andeutungsweise eine solche Connection erkennen läßt; das Ganze scheint mir auch zu riskant für die andere Seite. – Das meinen übrigens auch die Kölner, mit denen ich vor ein paar Minuten telefoniert habe.«

»Aber denkbar wäre es«, überlegte Freiberg. »Die eine Abhängigkeit zieht die andere nach sich.«

»Du hast ja eine verkorkste Phantasie«, lächelte Sörensen. »Ich betreue das Geschäft hier schon seit zehn Jahren; da müßte mir doch irgend etwas dieser Art auf den Schreibtisch gekommen sein. Schlag dir deine Vermutungen ganz schnell aus dem Kopf, du verrennst dich sonst.«

»Aber Barbara Fendt rennt mit.«

»Wie bitte?«

Freiberg versuchte, die Hintergründe zu erklären: »Barbara Fendt, meine attachierte Kommissarin vom zweiten K., vertritt eine interessante Theorie: Irmela Ellers war eine drogenabhängige Spionin im Bundeskanzleramt. Als die ausgeflippt ist und nichts mehr bringen konnte, hat man sie mit dem Goldenen Schuß umgebracht. – So einfach ist das.«

»Manche Frauen spinnen auch ohne Rad und Wolle.«

»Lachen Sie nur, Kollege Sörensen – ich halte das durchaus für möglich.«

Die Unterredung nahm wieder etwas bizarre Konturen an, über die man im Präsidium schmunzelte; Sörensens »Du« stand Freibergs »Sie« gegenüber. Er brachte es einfach nicht fertig, den kurz vor seiner Pensionierung stehenden väterlichen Kollegen zu duzen.

Sörensen blätterte im Verfassungsschutzbericht zurück. »Die ND-Offiziere der Linie X der KGB-Residentur in Bonn werden sich auf solch riskante Sachen bestimmt nicht einlassen; die Hauptverwaltung Aufklärung vom M. f. S. auch nicht. Diese Dienste sind zwar tüchtig, aber stockkonservativ. Die und Drogen? – No Sir, rien!«

»Vielleicht riskieren die Kleinen mehr als die Großen.«

Sörensen klappte den Bericht zu. »Das wäre ja ein Stück aus dem Tollhaus.«

Freiberg überlegte eine Weile. »Ich möchte doch zu gern wissen, bei welchen Leuten der fliegende Konsul ein und aus geht.«

Sörensen sah auf. »Von wem sprichst du?«

»Na, vom Liebling der Regenbogenpresse, dem Playboy Jan Kubitzka, Honorarkonsul dieser Bananenrepublik.«

»Ach der. – Übrigens haben wir den auch schon mal im Visier gehabt. Ohne Erfolg.«

Freiberg hatte sich aufmerksam vorgebeugt und wippte mit dem Oberkörper vor Spannung hin und her. »In welchem Zusammenhang?«

»Der scheint nicht nur Frauen und das Geld zu lieben, der macht auch in Kunst und Kultur.« Sörensen ließ die Blätter des Verfassungsschutzberichtes über den Daumen gleiten. Das schnurrende Geräusch war nicht dazu angetan, Freibergs Nervosität zu dämpfen. »Und wo?« fragte er.

»Bei den Veranstaltungen im Bahnhof Rolandseck, zum Beispiel. Als kürzlich Günter Grass in diesem Kulturschuppen eine Trommellesung mit dem Perkussionisten ›Baby‹ Sommer veranstaltet hat, gab's ein tolles Happening. Mein Sohn hat ganz begeistert darüber berichtet. Jan Kubitzka war auch mit von der Partie; aber das nur am Rande. – Vor einem halben Jahr haben sich die Verfassungsschützer danach erkundigt, was im ›Haus der völkerverbindenden Kultur‹ vorgeht. Sie vermuten, daß es sich um eine Legalresidentur handelt. Wir haben daraufhin vierzehn Tage rund um die Uhr observiert. Da gehen allerhand kunstinteressierte Bonner, auch Politiker und Wirtschaftsleute ein und aus. Alle dort stattfindenden Veranstaltungen wie Vorträge, Ausstellungen usw. sind bestens geeignet, Kontakte herzustellen und Informationen auszutauschen. Bemerkt haben wir allerdings nur, daß die Hausherren sehr um die deutschen Besucher aus Politik und Wirtschaft bemüht waren. – Ich erinnere mich genau, daß auch der Name deines Konsuls Kubitzka in unseren Observationsberichten steht. – Wenn du mich fragst: Das Kulturhaus ist mit Sicherheit eine Nachrichtenbörse.«

Freiberg versuchte, diese neuen Fäden zu fassen und mit seiner Theorie zu verknüpfen. Vielleicht war es auch nur eine Phantomidee über Zusammenhänge zwischen Drogen und Spionage, geboren aus Hilflosigkeit und Wunschdenken.

»Bevor du dich Hand in Hand mit Kommissarin Barbara weiter verrennst«, unterbrach Sörensen Freibergs Überlegungen, »laß dir etwas vielleicht Wichtigeres berichten: Ich habe mit dem Sicherheitsreferenten vom Forschungsministerium telefoniert. Er hat bei einer Routinekontrolle die zerknüllte Kopie einer Seite aus einer Denkschrift über den Deutschen Beitrag zur Optoelektronik-Entwicklung, von Bauteilen oder ähnlichem, im Papierkorb neben einem Schnellkopierer gefunden. Keine Geheimsache, aber immerhin eine Verschlußsache ›VS-Vertraulich‹. Davon hat niemand unautorisiert Kopien zu ziehen, auch nicht für die eigenen Handakten.«

»Und was besagt das für uns?«

»Wart's ab. – Diese Optogeschichte ist in mehreren Referaten bearbeitet worden. Ich wette, daß jeder Sachbearbeiter seine eigenen Arbeitskopien im Schreibtisch hat. Die meisten sehen das mit der Vertraulichkeit nicht so eng. Sie wollen nur in Ruhe an ihren Texten arbeiten, ohne dauernd mit der VS-Registratur zu tun zu haben.«

Freiberg war enttäuscht. »Die wissen im Ministerium also nicht, wer alles die Unterlagen in der Hand gehabt hat?«

»Doch, doch, so unbedarft sind die Sicherheitsfritzen nicht. Der Clou kommt ja noch: Sämtliche mit dem Elektronikkram befaßten Sachbearbeiter sind namentlich erfaßt, natürlich auch ihre Mitarbeiter. Und bei diesen taucht nun ein Name auf, der auf deiner Clanliste steht, die du mir zwecks Überprüfung gegeben hast: Monika Baltus, Referatsassistentin. Ob die allerdings Kopien gefertigt hat, weiß niemand. Sie hat ebenso wie alle anderen, die vom Sicherheitsreferenten befragt worden sind, mit einem klaren ›Nein‹ geantwortet.«

»Einer von denen lügt!« stellte Freiberg fest.

Sörensen nickte. »Das glaube ich auch.«

»Also muß sich das erste K. mit Monika Baltus befassen. Ich wette, die kokst wie die anderen im Clan auch. Von Irmela Ellers wissen wir mit Sicherheit, daß sie kokainabhängig war, bevor sie Äitsch gedrückt hat, beziehungsweise bevor man es ihr verpaßt hat. Beide Mädchen haben Verbindung zum Konsul. – Und nun setze ich noch eins drauf: Kubitzka ist der Schneemann in unserem tödlichen Spiel.« Freiberg schlug vor Eifer mit der Faust auf den Tisch. »Der Kubitzka holt den Stoff mit seinem Flugzeug aus Holland oder Belgien herüber, macht damit die Mädchen abhängig und läßt sich von ihnen VS-Material liefern. Dies gelangt dann ins Haus der völkerverbindenden Kultur, von dort in die Botschaft und mit Kurierpost ab nach Osten über die Grenze.«

»Hör auf!« Sörensen hob abwehrend beide Hände. »Das ist mir zu phantastisch. Ich war bisher immer der Meinung, das erste K. betreibt ein seriöses Geschäft. Du scheinst auf Science-fiction umgestiegen zu sein. Vielleicht findest du einen Verlag, der solche Geschichten druckt; – nur schreib deine Spekulationen bloß nicht in die Akten. – Sieh mich nicht so mißbilligend an; du weißt, ich wünsche dir Erfolg!«

So schnell Freiberg die Treppen heraufgewetzt war, so langsam ging er sie jetzt hinunter. Die Worte Sörensens hatten ihn nicht ruhiger gestimmt. In die Akten schreiben würde er seinen Verdacht natürlich nicht, aber Konsul Kubitzka sollte keinen unbeobachteten Schritt mehr tun. Jeder seiner Flüge mußte genauestens erfaßt werden. Dabei würde es nicht schaden, auch Mario Pavone im Blick zu behalten, dessen Beziehungen zum Konsul sehr undurchsichtig erschienen. Auf keinen Fall durfte ein falscher Zug getan werden. Kubitzka war als Honorarkonsul zwar kein Diplomat, hatte aber einen besonderen Status, den Freiberg nicht so recht durchschaute. Ihm gegenüber war äußerste Vorsicht geboten. Zu gegebener Zeit würde man sich auch mit Monika Baltus befassen. Noch war es dafür zu früh; denn sollte sie die Kopien gefertigt und geliefert haben, würde sie sofort Kubitzka über die Aktivitäten der Polizei informieren. Damit wären die Ermittlungen geplatzt, und der Konsul würde nicht zögern, sich mit seiner Cessna über die Grenze abzusetzen. Er dürfte schon einen Platz wissen, wo man unbemerkt und unbeschadet mit der One-seven-two landen konnte, um dann unterzutauchen.

Noch bevor der Kommissar die Tür zu Fräulein Kuhnerts Zimmer öffnete, standen für ihn die nächsten Maßnahmen in groben Zügen fest. Lupus war der richtige Mann dafür, sich um die Vorgänge »am Boden« zu kümmern und die Rumdumobservation zu organisieren. Wegen seiner Verbindungen zu Stockmann von der Luftaufsicht wollte Freiberg den Part am Flugplatz selbst übernehmen. Ahrens mußte ihn dabei unterstützen und sich als einen Burschen ausgeben, der fliegen lernen wollte, dafür aber nur wenig Geld hatte. Als freier Mitarbeiter einer Zeitung, der sich seine Groschen für die Flugausbildung zusammenschreibt, konnte er herumschnüffeln, ohne Verdacht zu erregen. Barbara Fendt mußte noch einmal versuchen, herauszufinden, wer den Hunipack Äitsch und die Spritze im Dreiländereck gekauft hatte. Da der große Unbekannte nicht wiederaufgetaucht war, sollte sie, wenn Hoffie zu den Bildern nicht mehr sagen konnte als bisher, die Ermittlungen offen führen. So könnte sie vielleicht Hinweise von den Junkies erhalten; die waren gewiß nicht daran interessiert, einen Seiteneinsteiger zu decken, der ihnen Ärger wegen der Heroin-Toten am Kaiser-Wilhelm-Stein beschert hatte.

Zurück in Zimmer 306 berichtete Freiberg von seinem Gespräch mit Sörensen. »...aber Monsieur Maigret hält nichts von meiner Theorie. – Doch wir haben gar keine andere Wahl. Lupus, du baust die Observation auf, und zwar so, daß man meint, sie richte sich nur gegen Mario Pavone. Du, Ahrens, erkundigst dich bei der Luftfahrerschule, wie man Flugschüler werden kann. Ich werde versuchen, über Stockmann im Tower weiterzukommen. Ihr könnt mich dort erreichen, wenn es brennt. Ich nehme meinen Golf; mit einem Dienstwagen möchte ich dort nicht aufkreuzen. – Ahrens, hast du inzwischen einen fahrbaren Untersatz?«

Die Antwort kam von Fräulein Kuhnert: »Ja, er hat sich einen gebrauchten Kadett zugelegt.«

»Und das erfährt man so ganz nebenbei«, beschwerte sich Lupus. »Ich denke, das sollte dir schon eine Runde wert sein – schließlich müssen wir dir Hals- und Beinbruch wünschen.«

»Das sollte ja noch kommen«, erklärte Ahrens. »Aber bis jetzt war keine Gelegenheit und...«

»...wer hat im ersten K. schon Zeit zum Feiern?« seufzte Fräulein Kuhnert. »Mein Platz ist wieder an der Schreibmaschine.«

»Fürs erste ja – Kommissarin ehrenhalber zur besonderen Verwendung«, sagte Freiberg. »Hier läuft alles zusammen.«

»Unsere Octopussy darf dafür auch die erste Platzrunde mit Ahrens fliegen«, unkte Lupus. »Spucktüten sind in jedem Flugzeug.«

Freiberg wurde wieder ernst: »Die Aktion Konsul läuft so diskret wie möglich. Wenn etwas schiefgeht, laßt euch auf keine Fragen ein. Ihr habt nur partielle Kenntnisse und nur auf Weisung gehandelt. Alle Asche auf mein Haupt. Und bitte keine Hektik; die Sache erfordert vielleicht einen langen Atem.«

Lupus hatte die Hände gefaltet und ließ seine kurzen Daumen kreisen. »Eine verdammt windige Kiste ist das, wenn ihr mich fragt. Sollten wir damit eine Bauchlandung machen, sind wir erledigt.«

Freiberg tröstete: »Wie hat Odysseus seine Männer ermuntert, als sie vor der Scylla erschraken: ›Freunde, wir sind ja bisher nicht ungeübt in Gefahren…‹ Darum werden wir für heute dem Präsidium den Rücken kehren. Morgen beginnt die Aktion Konsul.«

16

Ein »Frühstück bei Tiffany« war es nicht, was Freiberg und Sabine sich gönnten, doch sie wollten nach einer lebhaften Nacht mit kurzem, aber wohligem Schlaf den Tag in Harmonie beginnen. Sabine hatte schon frische Brötchen geholt, dann mit wenigen Handgriffen die Sets ausgelegt und den Frühstückstisch hergerichtet. Ihr Waldi ließ sich Zeit und klüngelte im Bad herum. Sein Gesang ließ auf gute Stimmung schließen: »Locker und flockig gehn wir's an…«

Als er sich an den Tisch gesetzt hatte, schob Sabine ihm den Honigtopf zu. »Nimm nur – von deutschen Bienen frisch auf den Tisch, also kein ›Honig der Krieger‹; kommt auch nicht aus dem Land der Pathanen, sondern aus der Heide bei Lüneburg – die reine Nervennahrung.«

Freiberg schnitt die Brötchen in Hälften, daß die Kruste nur so davonflog. »Honig der Krieger – was meinst du damit?«

Sie lächelte und hob dozierend den Finger. »Dein Fall von Rausch und Sex interessiert mich ungemein, und du kennst mein faible für alte Lexika. Davon gibt's in der Universitätsbibliothek genug; aus den Schwarten habe ich entnommen, daß man das Rauschgiftproblem in früheren Jahrhunderten nicht so eng gesehen hat. Die Kriegerkaste der Khans und die todesmutigen Radschputen haben vor jedem Kampf Opium zu sich genommen, den getrockneten Saft des Schlafmohns, um die Angst zu betäuben. Paracelsus hat daraus die Wunderdroge Laudanum zusammengerührt, und die Türken haben ihre Krieger mit einer Trinkmixtur aus Kampfer, Opium und Kaffee in die Schlacht geschickt.«

»Mut zeiget auch der Mameluck...«, zitierte Freiberg.

»Schließlich wurde Opium zu einem Mittel der ›ehrenvollen Sucht‹; es hat bei Millionen von Verwundeten die Schmerzen gelindert.«

Freiberg strich den Honig aus der Heide auf sein Brötchen. »Erzähl weiter; vielleicht wird mir das Gift noch so richtig sympathisch.«

»Was für die Schickeria heute Kokain ist, war für die Damen der besseren Kreise im vorigen Jahrhundert das Morphin. Es ist ja, wie du weißt, der wichtigste Bestandteil des Opiums. Die Ladies in den ›Injektionskränzchen‹ haben es mit goldenen Spritzen gedrückt. Aber erst nachdem die Wissenschaftler das Morphin mit Säuren und Hitze in ihren Tiegeln traktiert hatten, wurde ein Hit daraus. Dann haben sich die Wirtschaftsmanager an das griechische Wort für Helden erinnert, und der neue Stoff hieß ›Heroin‹. Er wurde – man glaubt es heute kaum – als ein Mittel gegen die Morphiumsucht ärztlich verordnet.«

»Was sagst du – ein Heilmittel?«

»Sehr richtig. Nur hat man erst nach Jahren gemerkt, daß man nichts anderes tat, als den Teufel mit dem Beelzebub auszutreiben. Heroin geht im Blut in Morphin über, wobei sich die Wirkung multipliziert. Das Entziehungsmittel trieb die Opium- und Morphinkonsumenten in eine neue, noch schlimmere Abhängigkeit. Heute gehört es bei uns zu den streng verbotenen Präparaten. Das ehemalige Warenzeichen ›Heroin‹ ist längst gelöscht.«

»Und damit sind wir wieder beim Fall Ellers«, stellte Freiberg fest. »Meine Sympathie für die Dealer ist nach deinem Vortrag nicht größer geworden.«

Vor dem vergitterten Fenster des Underground hielt mit quietschenden Bremsen ein Auto. Freiberg sprang auf, um nachzusehen, wer es am frühen Morgen darauf abgesehen hatte, ihm das Tageslicht streitig zu machen. Ein schwarzer Scirocco stand vor dem Fenster – und mit schnellen Schritten kam Barbara Fendt zur Haustür gerannt. Sie drückte den Klingelknopf so lange, bis Freiberg öffnete.

»Hallo Barbara! Sitzt dir jemand im Nacken?« begrüßte er seine Kollegin.

»Eine ganze Menge: Der Fall Ellers, Hunger, Durst und Müdigkeit«, antwortete sie kurz. Dabei ließ sie ihren Blick über die Frühstücksidylle gleiten. »Hey, Sabine! Euch geht's ja Gold; ihr habt wohl die ganze Nacht durch gefahndet?«

»Komm, hock dich zu uns.« Freiberg stellte noch einen Stuhl an den Tisch, und Sabine schob ihr Kaffee und Brötchen zu.

»Ich gehe mich erst waschen. Ich habe die letzten Drecklöcher von Köln von innen gesehen. Der Hoffie ist vielleicht ein Schatz – echter als mancher Junkie.«

Nach einigen Minuten kam Barbara aus dem Bad zurück und ließ sich aufatmend am Frühstückstisch nieder.

»Und?« Freiberg sah sie erwartungsvoll an.

Sie schlürfte den Kaffee und tunkte ein Stück Zucker nach dem anderen hinein, um es genußvoll auf der Zunge zergehen zu lassen. »Ah, das tut gut; jetzt bin ich wieder vernehmungsfähig.«

»Und?« wiederholte Freiberg.

»Siebzig zu dreißig, vielleicht sogar achtzig zu zwanzig! In diesem Wahrscheinlichkeitsverhältnis meint Hoffie, daß Kubitzka der geheimnisvolle Käufer im Dreiländereck gewesen sein könnte. Die Arbeit unserer Fotostelle ist wirklich toll. Seht euch das an!« Barbara legte drei Aufnahmen auf den Tisch, die den fliegenden Konsul mit Bärtchen und Brille darstellten. Das vierte Bild zeigte ihn unverändert. Die Verfremdung durch Bart und Brille war offensichtlich.

»Ich täte mich auch schwer, den zu identifizieren«, meinte Sabine.

»Eines steht fest«, gab Barbara Hoffies Eindruck wieder. »Diesen Mann hat später niemand mehr im Dreiländereck gesehen.«

»Also – neunzig zu zehn«, folgerte Freiberg. »Und wenn es fünfundneunzig zu fünf steht, sperren wir ihn ein. – Einverstanden, meine Damen?«

Beide formten ihre rechte Hand zur Faust und hielten den gestreckten Daumen nach unten.

»Videant Consules! – Und du, Barbara, haust dich in die Falle und schläfst dich richtig aus. Für die Reise nach Köln bin ich dir besonders dankbar. Es ist mehr dabei herausgekommen, als zu erwarten war. – Sabine hat mir übrigens beim Frühstück erbauliche Geschichten über Opium und Heroin erzählt, vom ›Honig der Krieger‹ und von ›Injektionskränzchen‹ der Damen.«

»Hat sie auch Goethes Faust zitiert?« fragte Barbara und deklamierte:

›In dir verehr' ich Menschenwitz und Kunst,
Du Inbegriff der holden Schlummersäfte,
Du Auszug aller tödlich feinen Kräfte,
Erweise deinem Meister deine Gunst!‹

Punkte, Punkte – und schließlich die große Glücksverheißung, so richtig fürs deutsche Herz:

›Zu neuen Ufern lockt ein neuer Tag!‹

So poetisch wurde dem Rauschgift gehuldigt. Heute würde man sagen: Verbotene Werbung für Betäubungsmittel! Darauf steht Freiheitsstrafe bis zu vier Jahren!«

»Nun vermies uns mal die Dichterfürsten nicht«, griff Sabine ein. »Goethe als Junkie würde unsere Bildungsbürger fürchterlich erschrecken.«

Den letzten Schluck Kaffee trank Freiberg im Stehen. »Ich rausche ab nach Hangelar. Mein guter alter Stockmann hat heute morgen Dienst auf dem Tower. Wir wollen gemeinsam herausfinden, was es mit den Flügen des Herrn Konsul Kubitzka auf sich hat.« Damit streifte der Kommissar das Schulterholster über und steckte die Waffe ein.

»Mein Waldi geht immer brav im Geschirr«, scherzte Sabine. »Aber manchmal stört das sehr – dann legt er es schnell ab.«

Freiberg lachte. »Ich verschwinde – ihr könnt euch ungestört und gründlich aussprechen. Tschüs, Ladies.«

Stockmann hatte die Hauptflugbücher des laufenden und des vergangenen Jahres bereitgelegt und die Seiten mit den Eintragungen der Flüge Kubitzkas durch angeklammerte Papierstreifen gekennzeichnet. Der Flugbetrieb war zu dieser Morgenstunde noch nicht richtig angelaufen. Nur bei den Frühaufstehern des Bundesgrenzschutzes vor der Westhalle des Platzes brummelten Hubschraubermotoren. Dort schien man sich auf den Flugdienst vorzubereiten.

»Warum steigst du denn dauernd hinter dem Kubitzka her?« war Stockies erste Frage nach der Begrüßung. »Die Bücher sind ordnungsgemäß geführt; was kannst du daraus schon entnehmen?«

Freiberg ließ sich die Eintragungen erklären.

»Gestern nachmittag ist Kubitzka nach Essen-Mülheim geflogen«, erläuterte Stockmann. »Da sitzt die Anlagenfirma, für die er Geschäfte einfädelt. Das weiß hier jeder.«

Freiberg blätterte weiter zurück. »In Aachen war er schon, in Brüssel, und sogar in Paris. – Kannst du mir einen Gefallen tun, Stockie, wie im Falle Siegerland?«

»Aber ja doch. Was willst du wissen?«

»Ganz einfach – ob die Cessna wirklich in Essen-Mülheim gelandet ist.«

Stockmann schüttelte den Kopf. »Menschenskind! Genau dort ist er doch hingeflogen – und genau von dort ist er auch zurückgekommen. Steht alles fein säuberlich im Buch. Hier, und hier, und hier. Überzeug dich!«

Freiberg nickte. »Ich zweifle keine Sekunde, daß die Bucheintragungen stimmen. – Trotzdem, tu mir den Gefallen und ruf in Essen an.«

Stockmann schien wenig begeistert zu sein, griff aber zum Telefon und brachte sein Anliegen vor. »Gut, ihr ruft in ein paar Minuten zurück… doch ja, es eilt. Amtshilfe für einen Kollegen.«

Ein Lautsprecher krächzte, und von irgendwo aus dem Luftraum kam die Bitte um Landeerlaubnis für eine Bonanza. Es war merkwürdig und unwirklich, vom Tower aus mit einem noch unsichtbaren Flugzeug im Gespräch verbunden zu sein. Doch bald tauchte die Maschine in der Ferne auf und landete glatt.

»Der ist nicht von hier. Vielleicht ein Geschäftsmann oder ein Politiker, der sich für das Vaterland verzehrt; aus Bayern kommt er nicht.«

Als sich der Kollege vom Tower in Essen-Mülheim wieder meldete, konnte Freiberg über den zugeschalteten Lautsprecher mithören. Kubitzka war dort – wie von Stockmann vorausgesagt – gelandet, und ein paar Stunden später zu einer Zeit gestartet, die unter Berücksichtigung der normalen Flugdauer dem Zeitpunkt der Landung in Hangelar entsprach.

Stockmann dankte dem Kollegen und wandte sich Freiberg zu. »Siehst du – ein stinknormaler Flug war das!«

Der Kommissar ließ nicht locker. »Wir müssen auch noch den früheren Trip nach Aachen-Merzbrück checken.«

Stockmann sah Freiberg mitleidig lächelnd an. »Bei dem Spiel kann ich nicht lange mithalten. – Meine Nerven und der Etat meiner Dienststelle werden überstrapaziert, wenn wir deine Visionen bis nach Brüssel und Paris verfolgen.«

»Bitte, Stockie, noch einmal – gib deiner Seele einen Stoß. Die nächsten Gespräche gehen auf meine Rechnung.«

Stockmann drehte seinen Sessel und rollte damit zum »Kommandostand«. Ein Gewirr von Knöpfen, oszillierenden Sichtgeräten, Hebeln und Schiebern ließen etwas von der Technik erahnen, die der Flugbetrieb im überlasteten Luftraum der Bundesrepublik auch auf einem kleinen Verkehrslandeplatz erfordert. Inmitten der Geräte prangte ein knallroter Knopf, so groß wie eine Kinderfaust.

»Wofür brauchst du den?« fragte Freiberg neugierig.

»Alarm für die Feuerwehr, für Notarzt und Helfer. Ein Schlag drauf, und hier heult alles los. Auch die Jungen vom Tower des BGS an der Westhalle hängen an der Leitung. Die sind sofort im Einsatz, wenn ein Flieger auf die Schnauze fällt. – So, und nun habe ich Aachen-Merzbrück an der Strippe.«

Stockmann sagte seinen Spruch auf und präzisierte: »Cessna

Abflug Hangelar Dienstag dieser Woche, neun Uhr. Rückmeldung vom Inlandsflug, Abflug Aachen-Merzbrück, am gleichen Tage zwölf Uhr fünfzehn. – Ihr seht nach – bestens. Ich erwarte euren Rückruf.«

Freiberg nahm eins von den beiden Ferngläsern und betrachtete die abgestellten Flugzeuge. Stockmann deutete auf Kubitzkas One-seven-two. »Den weißen Tiefdecker daneben, eine Mooney 205, hat Mario Pavone für über zweihunderttausend Mark gekauft und bar bezahlt.«

Der Rückruf von der Luftaufsicht in Aachen-Merzbrück ließ eine Weile auf sich warten; doch dann kam die Überraschung.

»Wie bitte – der ist bei euch nicht gelandet?« fragte Stockmann ungläubig. »Das kann doch nicht stimmen. Hin- und Rückflug sind bei mir eindeutig gemeldet und im Hauptflugbuch eingetragen. Okay, geht noch mal alles durch und ruft mich an, wenn ihr doch noch etwas findet.«

Kommissar Freiberg hatte seinen Stuhl an die Stirnseite des Funktisches geschoben, die Ellenbogen auf die Platte und sein Kinn auf beide Fäuste gestützt; so sah er Stockie mit starrem Blick an. »Gib mal bitte die Fliegerkarte von Westdeutschland und Benelux her.«

»Low Countries«, erläuterte Stockmann. »Eins zu einer Million, ein ganz frisches Blatt.«

»Ist es schwer, mit dem Flugzeug unbemerkt über die Grenze zu kommen?« fragte Freiberg.

»Du spinnst! Die Merzbrücker haben Kleister auf den Augen, oder ihre Buchführung taugt nichts. Die werden sich gleich schon berichtigen. – Ohne gemeldeten Flugplan über die Grenze – nee, das geht nicht – ist strengstens verboten.« Stockmann ereiferte sich. »Das macht keiner absichtlich. Im übrigen sitzt ein paar Kilometer nördlich in Geilenkirchen die NATO mit ihrer Awacs Luftüberwachung, und im Raum Nörvenich fliegt die Bundeswehr.«

»Dann ist es also doch schwer?« wiederholte Freiberg seine Frage. »Ich nehme an, alle Flugzeuge werden vom Radar erfaßt, oder?«

»Die kleinen in der Regel nur, wenn der Transponder eingeschaltet ist; und Awacs kann man auch unterfliegen.«

»Aha – und wenn der Transponder ausgeschaltet ist?«

»Dann wäre die Erfassung weniger wahrscheinlich. Damit du mich nicht weiter mit Fragen nervst: Nein, es ist überhaupt kein Problem, die Westgrenze zu überfliegen. – Aber ich sage dir noch einmal: Das ist ohne eingereichten Flugplan streng verboten.«

»Das habe ich schon verstanden – aber wenn ein Pilot es nun doch tut?«

»Ihr Laien könnt wirklich dämliche Fragen stellen. Jeder Pilot muß bei der Landung angeben, woher er kommt, also den Abflugplatz benennen.«

»Wird jedesmal zurückgefragt?«

»Nein, im Regelfall nicht. – Wozu auch?«

Freiberg blieb hartnäckig. »Hast du einen Zirkel?«

»Ja, hier muß noch irgendwo einer herumliegen. Ich benutze ihn manchmal zum Abgreifen von Entfernungen.« Stockmann holte einen alten Metallzirkel aus der Schublade und sah fragend auf.

Freiberg beugte sich vor. »Nun nimm einmal folgendes an: Hin- und Rückflug je eineinviertel Stunden, dazwischen ein Aufenthalt von dreißig Minuten. Wie weit kann die Cessna gekommen sein? Schlag mal einen entsprechenden Kreis um Bonn.«

Stockmann brachte Geschwindigkeit, Flugdauer und Entfernung in das richtige Verhältnis und schlug einen dicken schwarzen Kreis auf die brandneue Karte. »Die ist für mich versaut«, brummte er.

»Ich kaufe sie dir ab«, tröstete Freiberg. »Also – wir schaffen es von Bonn-Hangelar glatt bis Brüssel, Antwerpen und Rotterdam, d'accord?«

»Oder bis nach Osnabrück, nach Kassel, oder bis Ludwigshafen; ein Kreis hat dreihundertsechzig Grad.«

»Anerkannt – wir beide wollen die Gesetze der Navigation nicht außer Kraft setzen. Aber ich bin nun mal an den Beneluxstaaten interessiert – der Schnee kommt meistens mit der Westdrift herüber.«

Bei diesem Nachsatz wußte Stockmann sofort, wohin Freibergs Überlegungen gingen. »Mensch, Freund Walter. Kokain – das wäre ja eine tolle Geschichte. – Da muß sofort der Zoll ran.«

»Später!«

»Oder die Polizei!«

»Witzbold!«

Stockmann lachte laut los. »Wenn man vom Deubel spricht, ist er nicht weit. Also, du meinst, Kubitzka schmuggelt Rauschgift? Was hast du damit zu tun? Du bist doch von der Mordkommission.«

»Eben!«

»Die Tote vom Kaiser-Wilhelm-Stein?«

Freiberg nickte. »Wir ermitteln in vielen Richtungen. Bitte, Stockie, zu niemandem ein Wort darüber.«

»Ehrenwort! – Soll ich die holländischen und belgischen Flugplätze abfragen?«

Der Kommissar überlegte. »Nein, besser nicht; du bringst die nur in Verlegenheit, wenn ihre Buchführung nicht stimmt. Ich werde mal meinen Freund Commissaire-en-Chef Boeremans in Brüssel bitten, ein paar Auskünfte einzuholen.«

»Ich müßte meine vorgesetzte Dienststelle informieren.«

»Warte damit noch, bis ich von Boeremans die Rückmeldung habe. Es kann sich ja wirklich um Eintragungsfehler handeln. Dann hättest du die Kollegen in Aachen-Merzbrück ganz schön in die Pfanne gehauen.«

Stockmann nickte: »Also gut.«

»Kann ich die Karte mitnehmen?« fragte Freiberg und stand auf.

»Aber ja – geschenkt im Zuge der Amtshilfe.«

»Es geht doch nichts über eine gute Kooperation zwischen Freunden. Ich rufe dich an, wenn ich mit Brüssel gesprochen habe.«

Freiberg steuerte seinen Golf ganz langsam an den Hallen vorbei, um sich mit den örtlichen Gegebenheiten vertraut zu machen. Vor dem Gebäude der Luftfahrerschule hielt ein weißer Kadett. Ahrens stieg aus und hängte seine Kamera über die Schulter; sorgfältig schloß er die Fahrertür ab und ging mit Besitzerstolz noch einmal um den Wagen.

Zurück im Präsidium hörte Freiberg von Fräulein Kuhnert die ersten Meldungen über die von Lupus eingeleitete Observation. Kubitzka hatte seine Wohnung in der Kaiser-Bastion noch nicht verlassen. Pavone wurde in seinem Appartement in der Wohnanlage in Beuel vermutet, denn sein Porsche stand noch zwischen den Stelzen des Hauses am Rhein.

In Brüssel hatte Commissaire Boeremans die Bitte um Überprüfung der Start- und Landelisten auf den belgischen Flugplätzen noch persönlich entgegengenommen. Er war auf dem Sprung zu einer Besprechung mit Politikern, hatte aber zugesagt, daß sich seine Leute der Sache sofort annehmen würden. Es würde schnellstens zurückgerufen.

Kommissar Freiberg nutzte die Zeit, um Akten durchzusehen. Per Verfügung gab er sie wieder in den Geschäftsgang. Er hatte es nicht gern, wenn sich unerledigte Schicksale auf dem Schreibtisch stapelten.

Schneller als erwartet kam eine Nachricht, die ihn nun nicht mehr überraschte, vom Polizeipräsidium in Brüssel herein: Nach den Eintragungen im Hauptflugbuch von Grimbergen vom Dienstag letzter Woche war Kubitzka mit seiner Cessna nach einem gemeldeten Inlandsflug von Schaffen-Diest auf dem nördlich von Brüssel gelegenen Flugplatz Grimbergen gelandet und bereits vierzig Minuten später zurückgeflogen. Eine Anfrage in Diest habe allerdings ergeben, daß die Cessna dort weder gestartet noch später gelandet sei. Die belgische Luftaufsicht habe bisher keine Erklärung für den Vorgang.

Freiberg bedankte sich bei dem hilfsbereiten Kollegen und bat ihn, Dank und Grüße auch an den Commissaire en Chef weiterzuleiten.

»Kuhnert!« rief Freiberg mit der Lautstärke, die Fortschritte erwarten ließ. »Bald haben wir ihn, den Edelkiller. Konsul Kubitzka fliegt klammheimlich über die Grenze und holt Kokain nach Deutschland. – Los! Ich brauche sofort eine Verbindung mit Stockmann; der hat noch Dienst auf dem Tower.«

Kaum eine halbe Minute später war der Gesuchte an der Strippe.

»Stockie, hör gut zu: Die Cessna ist in Grimbergen gelandet, angeblich belgische Inlandsflüge von und nach Schaffen-Diest. – Aber da war sie genausowenig wie in Aachen-Merzbrück. Jetzt allerstrengstes Stillschweigen. Halte Augen und Ohren offen. Ich muß wissen, was der Konsul unternimmt. Aber laß alle Flugbewegungen ungestört verlaufen. Kubitzka darf auch nicht den geringsten Verdacht schöpfen. Gib mir Nachricht, wenn er am Platz aufkreuzt. – Wir müssen ihn in flagranti erwischen.«

So erfolgreich der Tag angelaufen war, so wenig befriedigend ging er zu Ende. Die Observierung wurde schon nach den ersten Stunden zu einer mühsamen Angelegenheit. Konsul Kubitzka hatte am Nachmittag Einkäufe getätigt und in einer Bank am Münsterplatz Geldgeschäfte erledigt. Zwei Kollegen vom 1. K. hatten es nicht riskieren können, den Schalterraum zu betreten. Sie wußten also nicht, welche Geldtransaktionen Kubitzka vorgenommen hatte. Anschließend war er durch die Stadt gebummelt, um bei einem Herrenausstatter ein blaues Oberhemd zu kaufen. In einem exquisiten Wäschegeschäft in der Sternstraße erstand er ein Negligé, das er sich in einen Geschenkkarton einpacken ließ. Dann hielt er sich fast eine Stunde bei einem Juwelier am Dreieck auf. Später gönnte er sich ein ausgiebiges Essen im Lipper-Hof und ging gegen zweiundzwanzig Uhr gemächlich zurück in die Kaiser-Bastei. Kubitzka schien den Rest des Abends in seinen vier Wänden verbringen zu wollen.

Kommissar Freiberg erwartete für diese Nacht keine spektakulären Ereignisse und schickte seine Leute nach Hause.

»Können wir das riskieren?« hatte Lupus gefragt.

»Aber ja; wir brauchen uns nicht zu überschlagen. Fortsetzung morgen in der Frühe. Ich hoffe nur, daß es für uns kein ›schwarzer Freitag‹ wird.«

17

Die Wetterfrösche hatten ein stabiles Hoch für das Wochenende vorhergesagt, und es sah so aus, als sollten sie recht behalten. Einige Anlieger des Flugplatzes Hangelar würden sich wieder über das Motorengebrumm der startenden und landenden Maschinen ärgern; in den Gärten mit Swimming-pools stellten nicht nur junge, gut gewachsene Damen ihre Liegen bereit, um sich im Evakostüm bis zur Heimkehr der Ehemänner und Freunde den Strahlen der Sonne und den Blicken der Flieger hinzugeben.

Stockmann hatte während der Morgenschicht Dienst auf dem Tower. Wegen der optimalen Wetterbedingungen über ganz Europa rechnete er mit einem lebhaften Flugbetrieb. Die Segelflieger waren schon seit Stunden munter; weil der Wind von Westen kam, hatten sie ihren Startplatz in die Grasfläche nördlich der Betonpisten in Richtung zur Steyler-Mission gelegt. Eine Menge »Sperrholz« würde ab spätem Vormittag am Himmel hängen, um Anschluß an die ersten Cumulus-Wolken zu finden.

Über die Standleitung hatte Stockmann sich beim BGS-Tower über die Flugdienstplanung informiert. Mit mehreren Aluette-Hubschraubern sollten Checkflüge im Raum Siebengebirge durchgeführt werden, und die Einsatzstaffel der Fliegergruppe wollte mit den Großhubschraubern »Super-Puma« im Laufe des Tages GSG 9-Einsätze üben.

Stockmann ahnte, daß er sich bei der Enge des Platzes auf einiges gefaßt machen mußte, um Segelflieger, Motorflieger und Hubschrauber auf sicherer Distanz zu halten. Für kriminalistische Beobachtungen würde er kaum Zeit haben.

Konsul Kubitzka war bisher nicht aufgetaucht; jedenfalls stand seine Cessna noch festgezurrt auf dem Abstellplatz etwa achtzig bis hundert Meter westlich vom Tower. Mario Pavone arbeitete schon seit acht Uhr an seiner nur wenige Meter entfernt stehenden Maschine. Er hatte die Mooney 205 einmal kurz in der Platzrunde geflogen und hantierte seither im Cockpit herum. Wiederholt war er zu seinem Porsche gegangen, um Geräte und Werkzeuge zu holen. Stockmann warf ab und zu einen Blick zu ihm hinunter – er konnte nachempfinden, mit welcher Befriedigung der Besitzer seiner Neuerwerbung noch ein paar Verbesserungen mit auf den Weg geben wollte.

Vor der BGS-Halle stiegen mit Gedröhn drei »Super-Pumas« gleichzeitig in den Morgenhimmel. Jeder dieser in Frankreich gebauten Hubschrauber konnte vierundzwanzig Mann aufnehmen. – Die Pumas verschwanden im Tiefflug in Richtung Bornheim, wo sich die Kühe inzwischen an die knatternden Ungeheuer gewöhnt hatten. Jedenfalls waren von den Bauern noch keine Beschwerden über nachlassende Milchleistungen der Tiere eingegangen.

Die ersten Windenstarts der Segelflieger brachten nur kümmerliche Platzrunden von wenigen Minuten Dauer. Am Nachmittag konnte mit kräftiger Thermik gerechnet werden; dann würde der Motorschleppbetrieb beginnen.

Bald flitzten die rundum verglasten Aluette-Hubschrauber in südlicher Richtung davon; zwischen den Hügeln des Siebengebirges mußten die Helikopterpiloten des BGS das schwierige Checkprogramm absolvieren. Dazu gehörte auch die Simulation von Gefahrenzuständen und Landungen in Waldlichtungen. Danach würden die Aluettes den Rhein entlang bis zum Punkt »Sierra« an der Siegmündung fliegen; von dort ging's nach Einholung der Landeinformation im low-level-approach, also im Tiefflug, zum Platz zurück. Durch dieses Anflugsystem war sichergestellt, daß die Sport- und Geschäftsflieger bei Start und Landung nicht behindert wurden.

Gegen neun Uhr sah Stockmann vom Tower aus, wie Jan Kubitzka seine Cessna startklar machte. Er ging um das Flugzeug herum, kontrollierte Leitwerk, Querruder, Landeklappen, dann Fahrwerk und Luftschraube. Danach stieg er in das Cockpit, um den Motor kurz durchlaufen zu lassen.

Stockmann mußte seine Beobachtungen unterbrechen, als zwei Maschinen über Sprechfunk Landeinformationen erbaten. Sie kamen kurz hintereinander von Osten auf der Landebahn zwo-neun herein und rollten zum alten Hangar. Gleich darauf sah er, daß Kubitzka mit Pavone sprach und zum Tower kam. Der Konsul hatte einige Papiere in der Hand. Nachdem er unter Vorlage des Flugplans einen Auslandsflug nach Brüssel angezeigt hatte, konnte Stockmann seinem Freund Freiberg über Telefon die Nachricht durchgeben, daß Kubitzka nach Belgien fliegen werde.

»Danke«, sagte Freiberg. »Meine Leute haben ihn bis zur Richthofenstraße observiert. Ich werde sie abrufen, es sei denn, du kannst mir mitteilen, daß der Konsul sich nicht in die Lüfte schwingt. Dann nehmen wir ihn wieder unter unsere Fittiche. Ich rufe dich in einer Viertelstunde noch einmal an.«

»Kommst du raus zum Platz?«

»Ja, ich mache mich auf den Weg – mal sehen, was läuft. Aber laß den Vogel fliegen, wohin er will.«

»Ich muß Schluß machen«, brach Stockmann das Gespräch ab. »Hier wird's lebhaft.«

Kurz nacheinander starteten eine Piper und eine Bölkow-Monsun. Einige Minuten später meldete Kubitzka sich aus der Maschine zum Auslandsflug nach Brüssel ab. Die Cessna rollte vom Abstellplatz zum Rollweg, dann zum Haltepunkt der Startbahn zwo-neun. Stockmann gab die Windgeschwindigkeit an; danach stand er auf, ging zum Panoramafenster und setzte das Fernglas an die Augen, um den Startvorgang zu beobachten. Kubitzka schob das Gas rein, der Motor drehte hoch, und die Cessna war nach zweihundert Metern Rollstrecke airborn. Das Telefon schnarrte. Stockmann legte sein Fernglas zurück und meldete sich.

»Na, wie sieht's aus?« hörte er die Stimme von Freiberg.

»Unser Freund startet soeben nach Brüssel – mit Flugplan ordnungsgemäß abgemeldet zum Auslandsflug.«

»Ich bin mit UNI 81/12 auf dem Wege zum Platz, in etwa zehn Minuten bin ich dort. Bis gleich also oder – wie die Flieger sagen – ›Hals und Beinbruch‹.«

In der Alouette, der »Lerche« mit dem Rufnamen »Pirol 6«, saßen zwei erfahrene BGS-Piloten am Doppelsteuer. Es war die Aufgabe von Hauptkommissar Ankermann, seinen Kollegen Wendt auf »Herz und Nieren« zu prüfen, ob er noch fit war, einen Helikopter zu steuern; nur dann konnte die Lizenz verlängert werden. Sie hatten sich über dem Siebengebirge getummelt, Motor- und Steuerausfälle simuliert, zwischen hohen Tannen auf winzigen Lichtungen Landungen geübt – und vielleicht auch dem Förster das Wild vergrämt. Die Wanderer fühlten sich nicht belästigt, denn Hubschraubereinsätze sind unterhaltsam und spannend. Jeder wartet darauf, ob nicht doch einmal die Bäume mit den Rotorblättern abgesägt werden.

Beim Rückflug zog »Pirol 6« den Rhein entlang nach Norden. Schubschiffe drückten mühsam ihre schwere Fracht flußaufwärts, und Sportruderer trainierten den richtigen Schlag. Die Gebäude des stillgelegten Zementwerks Oberkassel mit den langen Kaimauern zum Rhein waren deutlich zu erkennen. Einige Passagierschiffe der Weißen Flotte hatten noch am Ufer festgemacht und warteten auf Gäste, die sich zum Wochenende eine Bootsfahrt bis Linz oder Koblenz gönnen wollten. Die »Beethoven« der Bonner Personenschiffahrt hatte Fahrt aufgenommen und steuerte nach Süden. – Bonn, der Rhein und »Bötchenfahren« bilden immer noch und immer wieder an sonnigen Wochenenden einen Dreiklang, der Eingeborene und Zugereiste erfreut. Ein paar tänzelnde Bewegungen des Helikopters wurden an Bord der »Beethoven« mit Beifall und Tücherschwenken bedacht.

Über der weithin berühmten Doppelkirche von Schwarz-Rheindorf, die schon im zwölften Jahrhundert die Gläubigen in ihren Bann gezogen hatte, nahm »Pirol 6« mit dem BGS-Tower »Pirol 99« Verbindung auf und ließ sich die Landeinformation geben. »Roger – in sight«, kam es über den Kopfhörer vom Tower. »Wind zwo-vier-null, eins-null Knoten. Für Sie Absetzposition zehn.«

Obermeister Wendt bestätigte: »Pirol sechs -victor-Position zehn.«

Vom Zivil-Tower hörten sie die Stimme Stockmanns: »Wir haben die zwo-neun. Eine Cessna ist gerade raus – kein Traffic.«

Wendt und Ankermann sahen, wie die Cessna zwischen Autobahn und Sieg langsam an Höhe gewann, während sie sich mit der Alouette in sicherem Abstand und dreihundert Fuß Höhe in Richtung »Sierra« – das Kennwort für die Siegmündung – bewegten, um den Landeanflug einzuleiten. Die Piloten behielten das gestartete Flugzeug wie üblich im Auge.

Da geschah es!

Die Cessna schien für eine Sekunde in der Luft zu stehen, dann bäumte sie sich auf und stürzte über die rechte Fläche in einer Trudelbewegung ab. Noch bevor die Maschine im Sumpfgelände des Siegbogens aufschlug, gab Wendt die Meldung durch: »Pirol sechs für Pirol neunundneunzig. Cessna über der Sieg vor unseren Augen abgestürzt. – Wir fliegen hin.«

Jetzt kam der Aufprall, und nur Sekunden später zuckte eine Feuerlohe hoch. – Aufschlagbrand! Der Benzintank war explodiert!

»Pirol neunundneunzig! Absturzstelle achthundert Meter

nordöstlich des Fährhauses, noch diesseits der Sieg. Fordern Sie von Florian Köln ›Christoph drei‹ an. Pirol sechs bleibt vor Ort und weist Rettungshubschrauber ein. – Gehen runter.«

»Victor – wir haben es gesehen. Alles veranlaßt.«

Als die Explosionswolke in den Himmel stieg, schlug Stockmann im Zivil-Tower auf den roten Knopf in der Mitte des Funktisches. Die Sirenen heulten los und die Platzfeuerwehr fuhr ihre Fahrzeuge an den Rand des Rollfeldes. Über die Standleitung vom BGS-Tower kam die Nachricht, daß »Pirol 6« versuchen werde, erste Hilfe zu leisten, und daß der Rettungshubschrauber »C 3« von Köln in zehn Minuten vor Ort sein werde. »Ich habe begrenzten Sichtkontakt mit der Unfallstelle«, fügte der BGS-Tower-Controller hinzu. »Die Maschine liegt unmittelbar hinter dem Deich. – Ich schicke noch einen Pirol raus zur Unterstützung.«

»Ich sehe die Alouette runtergehen«, sagte Stockmann. »Bloß gut, daß wir euch haben; das wird kein schöner Anblick sein für die Jungs. – Ich informiere Polizei und FUS.«

Die Aufschlagstelle lag nur wenige Kilometer westlich des Flugplatzes, war aber wegen der querlaufenden Eisenbahnlinie und der Autobahn nur auf Umwegen zu erreichen. Die örtlichen Feuerwehren würden schneller draußen sein als die eigenen Fahrzeuge.

Nur einmal vor Jahren hatte Stockmann ein ähnliches Desaster erlebt, als zwei Segelflieger westlich des Platzes in geringer Höhe zusammengestoßen waren. Auch ohne Aufschlagbrand hatte es zwei Tote gegeben. – Jetzt lief die makabre Routine an: Nachricht an die Polizei in Sankt Augustin, Meldungen an die umliegenden Feuerwehren und Rettungsdienste. Schnellmeldung an die Flugunfalluntersuchungsstelle des Luftfahrt-Bundesamtes in Braunschweig. – Der Leiter der FUS entschied sofort, daß die Voruntersuchung mit eigenen Kräften durchgeführt werde; Start des ersten Teams nach Hangelar in Kürze. Tote müßten zunächst an der Unfallstelle verbleiben.

Inzwischen lief auch der Hubschraubereinsatz mit der Präzision eines Uhrwerks. Die Alouette setzte westlich der brennenden Trümmer auf. Beide Insassen sprangen aus der Kanzel und versuchten, mit Handfeuerlöschern den Brand zu bekämpfen. – Vergeblich! Aufpuffende Flammen trieben sie zurück.

Einige Minuten später kam »Pirol 20«, ein großräumiger Helikopter vom Typ Puma, von Hangelar herüber. Den in der Feuerbekämpfung geschulten Männern gelang es, mit schwerem Löschgerät die Flammen zu ersticken.

Kurz darauf knatterte auch der Rettungshubschrauber Christoph 3 im Tiefflug auf die Unfallstelle zu und setzte zwischen der Alouette und dem Puma auf. Arzt und Sanitäter liefen zum Wrack, aus dessen Schaumdecke immer wieder Rauchfahnen hochstiegen. Doch die Überreste des Menschen dort brauchten keine Helfer; hier war nichts mehr zu retten. Schon der Aufprall mußte den Piloten der Cessna getötet haben.

Über die Feldwege arbeiteten sich Polizei- und Löschfahrzeuge vor. Die ersten Neugierigen tauchten in dem sonst ziemlich verlassenen Gelände auf; ganz Schnelle kamen von Norden und Süden über den Deich herangeradelt.

Die Hubschrauber hatten ihre Funkgeräte so geschaltet, daß BGS-Tower und Zivil-Tower gleichzeitig abgehört werden konnten. Stockmann gab durch, daß die Leiche an Ort und Stelle bleiben müsse. Vor allem sei die Unfallstelle weiträumig zu sichern, damit die Vermessung der Lage der Wrackteile durch die FUS nicht behindert werde.

Vom Polizeipräsidium Bonn war eine Einsatzhundertschaft in Marsch gesetzt worden, um bei der Absperrung zu helfen.

Kommissar Freiberg hatte an der Autobahnausfahrt Beuel-Ost von CEBI über Funk die Nachricht vom Absturz einer Cessna in Hangelar erhalten und war den Rest der Strecke mit Blaulicht und Martinshorn bis vor den Tower gefahren.

»Eine ganz verdammte Sauerei!« begrüßte ihn Stockmann. »Kubitzkas Vogel ist aus dem Steigflug heraus ungespitzt in den Boden gegangen. Eigentlich unmöglich bei diesem Flugzeug. Das passiert ja nicht einmal, wenn der Pilot einen Herzinfarkt bekommt; die lahmen Krähen trudeln immer noch eine Weile herum. Für den Absturz muß es andere Gründe geben.«

»Wie komme ich dorthin?« fragte Freiberg.

»Moment, das haben wir gleich.« Stockmann bat seinen Kollegen vom BGS-Tower, den Chef der Mordkommission, der hier bei ihm warte, so schnell wie möglich zur Absturzstelle zu bringen.

»Kein Problem«, bestätigte der Controller. »Die Alouette kommt ihn abholen.«

»Pirol 6« erhielt den Auftrag, den Kommissar vor dem Zivil-Tower aufzunehmen und am Unfallort abzusetzen. Ihm sei jede Unterstützung zu gewähren.

Für die Alouette war es ein Katzensprung. Autobahn und Eisenbahnlinie bildeten keine Hindernisse.

Als Freiberg nur Minuten später eintraf, bot die Unfallstelle ein bedrückendes Bild: ringsum Trümmer der Maschine, darin der gnädig vom Löschmittel halbverdeckte Rest eines Menschen; überall von der Hitze aufbrodelnder Schaum – und ein beißender Geruch.

Aus der Siegniederung waren zwei Männer herübergekommen, die am Ufer des Flusses gearbeitet hatten. Sie wollten alles genau beobachtet haben und boten von der Explosion in der Luft bis zum Auseinanderbrechen der Maschine vor dem Aufschlag gleich zwei Versionen an.

Freiberg hatte keinen Zweifel, daß die Aussagen der beiden Hubschrauberpiloten von »Pirol 6« den Sachverhalt am treffendsten wiedergaben.

Die Bestätigung des Arztes über den Tod des Insassen der Cessna, dessen Personaldaten er sich vom Tower geholt hatte, war eine Formsache. Wenige Minunten später erhob sich Christoph 3 mit Arzt und Sanitäter an Bord wieder in die Luft. Die pfeifenden Rotorblätter trieben für einige Sekunden den Rauch an der Unfallstelle davon. Der Helikopter nahm Kurs auf Köln.

Freiberg ließ sich von den beiden Augenzeugen aus dem Hubschrauber zum dritten oder vierten Mal den Verlauf des Absturzes schildern.

»Mir unerklärlich«, erläuterte Wendt. »So stürzt eine Cessna einfach nicht ab. – Das war auch kein menschliches Versagen. Da muß irgend etwas schlagartig ausgefallen sein, meines Erachtens Mensch und Maschine gleichzeitig.«

»Sie denken an eine Explosion?« hakte Freiberg nach.

»Ja, eigentlich schon – aber was soll da explodiert sein – und wodurch? Die alte Krähe gilt doch als narrensicher.«

Freiberg dankte für die Auskünfte. »Von der Fliegerei verstehe ich nichts. Die Spezialisten müssen einiges klären; ein FUS-Team ist schon unterwegs. – Mir reicht, was ich gesehen habe. Könnt ihr mich wieder zum Platz rüberfliegen?«

Die Freigabe vom BGS-Tower kam sofort. »... anschließend erwartet Chef Fliegergruppe von Pirol sechs Bericht. – Für Sie Landeplatz acht. – Pirol zwanzig bleibt vor Ort.«

Im Zivil-Tower hatte Stockmann Verstärkung erhalten. Zwei seiner Kollegen hatten sich eingefunden, um bei der Koordinierung und der Erledigung der Aufgaben zu helfen. Die drei sahen Freiberg erwartungsvoll an. »Wie sieht's draußen aus?« fragte Stockmann.

»Scheußlich – Kubitzka ist tot – und wie! Die beiden Augenzeugen aus der Alouette halten eine Explosion als Absturzursache für möglich. Zwei Männer, die an der Sieg gearbeitet haben, geben widersprüchliche Berichte; einer will einen Knall gehört haben.«

Stockmanns Kollegen schüttelten den Kopf. »Eine Explosion von Motor oder Treibstofftank im ganz normalen Steigflug – das gibt's doch nicht. Oder hast du schon davon gehört, Stockie?«

»Noch nie! – Dieses verdammte Telefon ist nicht eine Minute ruhig«, schimpfte Stockmann. »Für dich, Walter.«

Es war Ahrens, der von einer öffentlichen Telefonzelle aus anrief. »Ich habe eben vom Absturz der Cessna gehört. – Was ist passiert?«

»Kubitzka ist tot. Ich war kurz mit dem Hubschrauber draußen. Kein Mensch kann sich den Unfall erklären. Vielleicht ist irgend etwas in der Maschine explodiert. Die Luftaufsicht hat schon die Flugunfalluntersuchungsstelle alarmiert. Nur die Spezialisten aus Braunschweig werden klären können, was die Absturzursache gewesen ist.«

»Wie soll ich mich jetzt, wo Kubitzka tot ist, verhalten?« fragte Ahrens. »Soll ich zum Tower kommen?«

Freiberg überlegte kurz. »Nein, in Deckung bleiben. In der nächsten Zeit wird es hier von Journalisten nur so wimmeln. Ich nehme an, Mauser kommt auch raus. Du kannst dich mit ihm kurzschließen und ihn als Pressemann begleiten. Achte auf das Gequatsche und die Gerüchte in Fliegerkreisen. Mich interessiert auch, wie Pavone den Tod seines Freundes aufnimmt. Ahrens –

und immer fix die Kamera ans Auge! Wenn es in der nächsten Viertelstunde Neuigkeiten für mich gibt, kannst du mich im Tower erreichen. Ich erkläre denen hier oben, wer du bist. – Danach bin ich im Präsidium.«

Die beiden zur Verstärkung eingetroffenen Kollegen Stockmanns wollten wissen, wer da so selbstverständlich die Dienste der Luftaufsicht in Anspruch nahm. Stockmann versuchte den Fragen auszuweichen.

»Schon gut«, sagte Freiberg. »Deine Kollegen haben ein Recht darauf, zu wissen, was hier im Allerheiligsten vorgeht.« Er nannte noch einmal seinen Namen und fügte hinzu: »Leiter der Mordkommission.«

»Kaum eine halbe Stunde nach dem Absturz sind Sie schon hier? Das ist ja toll!« wunderte sich der Jüngste von ihnen. »Aber wieso Mordkommission?«

Freiberg winkte ab. »Nicht wegen des Absturzes. Wir untersuchen immer noch den Tod der Studentin am Kaiser-Wilhelm-Stein und erkundigen uns nach allen Personen, die mit ihr Kontakt gehabt haben. Zu ihnen gehörte auch Kubitzka. Darum bin ich hier – also ganz zufällig. Jetzt schwirre ich wieder ab ins Präsidium. Wie geht es hier weiter?«

»Der Platz bleibt vorläufig gesperrt. Ich warte ab, was die Braunschweiger sagen. Die Sportflieger können hier nicht in der Gegend herumfliegen, wenn da unten noch ein Toter liegt«, erklärte Stockmann kategorisch. »Hangelar ist für den Rest des Tages dicht.«

Freiberg ging noch einmal zum Telefon und ließ sich mit Fräulein Kuhnert verbinden. »Alle Mann in einer halben Stunde zur Lagebesprechung zu mir – bis auf Ahrens, der bleibt hier draußen und hält Augen und Ohren offen. – Danke, Kuhnertchen.«

Schon auf der Treppe sagte Freiberg: »Stockie, tu mir noch einen Gefallen und erkundige dich in Braunschweig, ob es in letzter Zeit Abstürze von Sportflugzeugen gegeben hat, bei denen Sprengstoff im Spiel war. Ruf mich im Präsidium an, wenn du etwas erfahren hast.«

Zwanzig Minuten später stieß Freiberg zu seiner Mannschaft in

Zimmer 306. Er berichtete vom Absturz und von seinen Eindrükken an der Unfallstelle: »... Diese Hubschrauber sind ja als Unfallhelfer ein Segen, wenn es auch in diesem Fall nichts mehr zu helfen gab. Wir müssen jetzt aufpassen, daß uns der Fall Ellers nicht unter den Händen zerrinnt. Durch den Absturz hat sich eine neue Lage ergeben, und wir müssen auch den Fall Kubitzka aufrollen. Als erstes muß seine Wohnung auf den Kopf gestellt werden. Falls es Mitwisser oder Hintermänner gibt, die dort abräumen wollen, müssen wir schneller sein. – Den richterlichen Durchsuchungsbefehl besorge ich. Lupus, Singer, ihr setzt euch in Marsch und beobachtet das Rattenloch, bis ich mit dem Durchsuchungsbeschluß komme. Barbara, nimm dir alsbald den koksenden Schnuppie-Clan vor – ohne übermäßige Rücksichtnahme.«

»Wie kommen wir rein, in seine Kaiser-Bastion?« erkundigte sich Lupus. »Tür eintreten wäre wohl nicht die feine Art bei einem Honorar-Konsul.«

»Dort gibt's bestimmt einen Hausmeister mit Generalschlüssel; sonst besorgt einen Helfer vom Schlüsseldienst. Und wenn es gar nicht anders geht, brechen wir die Tür auf. Ich bringe einen Spezialisten mit für den Fall, daß ein Tresor geöffnet werden muß.«

»Donnerwetter, Sie gehen aber ran, Chef«, wunderte sich Fräulein Kuhnert. »Aber wer nimmt sich der Mädchen an, die der Konsul beglückt hat?«

»Das kann Ahrens übernehmen, der versteht was von den jungen Dingern«, stichelte Lupus und erntete umgehend einen Tritt vor das Schienbein.

»Biest!« sagte er und stand auf. »Los, Singer, wir machen uns auf die Socken.«

Freiberg saß kurz darauf mit seinem Gruppenleiter vor dem Schreibtisch von Dr. Wenders. Schon nach den ersten Sätzen des Berichts erhob sich der Kripochef: »Kommen Sie, darüber müssen wir den Präsidenten informieren. Ein Konsul als Dealer wäre ja nicht so ungewöhnlich, aber Mordverdacht! Wenn wir mit unseren Maßnahmen danebenliegen, haben wir das Auswärtige Amt im Nacken und einen erstklassigen Kladderadatsch am Hals. Ich lasse gleich Sörensen vom neunzehnten K. dazu bitten. Gehen Sie schon vor, meine Herren, ich melde uns telefonisch an.«

Der Präsident hatte einen Besucher verabschiedet und stand noch in der Tür zum Vorzimmer. »Was ist los, Wenders? Unser Playboy Kubitzka stürzt mit seinem Flugzeug ab, und die Mordkommission hält ihn für einen Killer, Dealer und Spion in einem? Herein mit Ihnen – das möchte ich schon etwas genauer wissen.«

Freiberg gab einen gestrafften Bericht – zwingend in seinen Schlußfolgerungen. Der Präsident stellte keine Zwischenfragen. Freiberg begründete zusammenfassend die Notwendigkeit eines sofortigen Durchsuchungsbefehls. Dr. Wenders und der Gruppenleiter nickten.

»Was hält das neunzehnte K. davon?« fragte der Präsident.

Der stets verbindliche Sörensen antwortete mit einem einzigen Wort: »Zuschlagen!«

»Einverstanden«, bestätigte der Präsident. »Wir werden nicht dafür bezahlt, daß wir vor den Politikern den Schwanz einziehen. Freiberg – Sie haben grünes Licht, und Sie wissen, was Sie brauchen?«

»Ja, Herr Präsident, Erfolg – sonst lege ich ein Gesuch um Versetzung auf den Tisch.«

»Na, na!«

Dr. Wenders schmunzelte. »Meine Pastorenkinder werden es schon schaffen.«

Freiberg nahm die Trostworte mit auf den Weg. Ihm hätte etwas gefehlt, wenn er diesen Spruch seines Chefs nicht gehört hätte. Zurück in Zimmer 306 erreichte ihn Stockmanns Anruf.

»Walter, du wolltest doch etwas über Flugunfälle durch Sprengstoffeinwirkung wissen!«

»Ja, und – hast du etwas gehört?«

»Ich hab's jetzt präzise von der FUS. Also – ein Unfall mit kleinen einmotorigen Sportflugzeugen, der auf eine Sprengstoffexplosion zurückzuführen ist, hat sich – zumindest in den letzten fünfundzwanzig Jahren – in unserem Land nicht ereignet. Auch davor dürfte nichts gewesen sein; aber soweit geht der Berichtzeitraum nicht.«

»Aber die Medien haben doch jede Menge Meldungen über Bomben in Flugzeugen gebracht!«

»Schon richtig. Dabei hat es sich immer um größere Verkehrsflugzeuge gehandelt. Seit 1949 sind weltweit etwa fünfzig Maschinen betroffen gewesen. Der letzte Knall war der Absturz des Koreanischen Airliners über dem Dschungel von Burma im Jahr vor den Olympischen Spielen in Seoul. – Aber wie gesagt, in Deutschland ist in den letzten fünfundzwanzig Jahren kein Sportflugzeug durch eine Sprengstoffexplosion vom Himmel gefallen.«

»Dank dir, Stockie. – Also können wir auch nicht auf Erfahrungen dieser Art zurückgreifen. – Ich komme später noch mal raus zum Platz. Laß mich wissen, wann die Leiche abtransportiert wird. Sie muß auf jeden Fall ins Rechtsmedizinische Institut.«

18

Der Präsident hatte dem Oberstaatsanwalt und dem zuständigen Richter den Fall telefonisch vorgetragen. Keiner der auf Wahrung des politischen Protokolls bedachten Akteure in Bonn sollte Gelegenheit finden, Anstoß zu nehmen. Beleidigtsein und Anstoßnehmen war ein beliebtes Spiel von Leuten, die mit Sachargumenten nicht aufwarten konnten. Lautstarke Entrüstung und der Versuch der Einschüchterung gehörten immer wieder zum Kampf um die Macht. Obwohl der Staatsanwalt gewisse Bedenken hatte, die Wohnung eines Honorarkonsuls durchsuchen zu lassen, erhielt Freiberg schon nach kurzer Zeit die vom Richter unterschriebene Durchsuchungsanordnung. Gemeinsam mit seinem »Tresorknakker« war er zehn Minuten später in der Kaiser-Bastion.

Lupus hatte CEBI mit dem Status 4 – im Einsatz – gefüttert und inzwischen den Hausverwalter vom Kaffeetisch hochgescheucht. Der stand mit dem Generalschlüssel in der Hand bereit, als der Kommissar eintraf.

»Machen wir uns an die Arbeit«, sagte Freiberg nach einer kurzen Begrüßung. »Singer, Sie führen das Protokoll!«

»Jawohl – Vordruck NW zehn«, gab dieser stolz sein Ausbildungswissen weiter.

Freiberg zeigte dem Hausverwalter die richterliche Anordnung. »Wo bitte hat Kubitzka seine Wohnung?«

»Im dritten Stock; das Luxusappartement hat Ausblick auf die Innenstadt. – Aber Herr Kubitzka ist Diplomat, da kann doch niemand so eindringen.«

»Wir schon«, stellte Lupus klar. »Richterliche Anordnung!«

Der Aufzug hielt mit einem sanften Ruck. Der Hausverwalter schloß mit zittrigen Fingern die Tür zum Appartement auf und wollte sich zurückziehen.

»Hiergeblieben!« hielt Lupus ihn fest. »Sie sind Zeuge bei der Durchsuchung und setzen sich dort hinten in die Ecke, ohne uns zu stören. – Singer, nimm den Namen des Herrn auf.«

»Bitte«, ergänzte Freiberg.

»Jünich, Josef«, sagte der Mann.

»Damit Ihre kalten Füße wieder etwas wärmer werden, Herr Jünich: Der Konsul ist mit dem Flugzeug abgestürzt. Tot!« erklärte Lupus. »Wir kümmern uns um den Nachlaß.«

Singer notierte das Wort »Nachlaß«. Lupus nahm ihm den Kugelschreiber aus der Hand und strich die Notiz durch. »Du spinnst! Schreib das auf, was wir dir sagen. Also: Grund der Durchsuchung: Auffinden von Beweismitteln – kein Wort mehr. Ort der Durchsuchung: Wohnung des Konsuls Kubitzka – das genügt. Im übrigen mach die Kreuzchen in die richtigen Felder. Die Märchenerzählung verfassen wir später.«

»Die Spurensicherung muß benachrichtigt werden«, sagte Freiberg, nachdem er sich in der Wohnung umgesehen hatte. »Wir nehmen nur das Wichtigste aus dem Schreibtisch mit. Herr Jünich, gibt es hier einen Wandtresor?«

»Nein, den gibt's in keiner der Wohnungen.«

»Um so besser«, sagte der »Tresorknacker« und machte sich über das Sicherheitsfach im Schreibtisch her. »Das kleine Kästchen haben wir gleich offen.«

»Sieh zu, daß das Möbelstück heil bleibt – Palisander ist teuer«, ermahnte ihn Freiberg.

»Ich werde mich bemühen – schließlich bin ich Fachmann.«

Der Kollege hantierte ohne Erfolg mit verschiedenen Haken und Schlüsseln herum. »Ein bißchen Gewalt ist aber doch vonnöten«, stellte er dann fest und nahm aus seiner Werkzeugtasche eine kurze, gekröpfte Brechstange aus Chrom-Vanadium-Stahl. Es machte zweimal »krk – krk« und einige Holzsplitter flogen durch den Raum. Damit sprang die Klappe des Sicherheitsfachs aus der Halterung.

»Sie können den Schreibtisch doch nicht einfach aufbrechen«, entrüstete sich der Hausverwalter.

»Und wie wir das können«, tröstete Lupus ihn. »Aber jetzt schön still sein. Ein Zeuge darf alles registrieren, aber bei den polizeilichen Maßnahmen nicht dazwischenreden.«

Freiberg schob einige Zeitungen und Broschüren, die auf dem Schreibtisch lagen, beiseite. Dann begann er langsam und sorgfältig den Inhalt des Sicherheitsfachs auf die Schreibunterlage zu legen: achtzigtausend Mark in großen Scheinen, fünftausend Dollar, Bankauszüge, die schon beim ersten Blick umfangreiche Geldbewegungen erkennen ließen. Dann kam ein Satz Fotokopien mit der Kennzeichnung »VS-Vertraulich«.

»Lupus«, sagte Freiberg leise, »wir haben ihn. Sörensen bekommt Arbeit. – Singer«, wandte er sich an den protokollschreibenden Kollegen, »alles festhalten, und was jetzt kommt, wird dick unterstrichen: Denkschrift über den deutschen Beitrag zur Entwicklung der Optoelektronik.« Freiberg kramte weiter und legte einige Zettel in Postkartengröße auf die Unterlage. »Nun sieh mal einer an, Schuldscheine von ehrenwerten Mitbürgern, deren Namen uns vertraut sind. Alexa Reese, Monika Baltus und – oha! – sogar der Diplomat aus dem Clan hat quergeschrieben. Unser Schneemann hat sich abgesichert.«

Lupus nahm den Bericht über die Optoelektronik in die Hand.

»Und eines der Mädchen hat der Konsul offensichtlich weichgekocht. Die Kopien stammen, darauf möchte ich wetten, aus dem Forschungsministerium. Erinnert euch an die zerknüllten Blätter im Papierkorb neben dem Kopierer.«

»Aber was will die Bananenrepublik mit Informationen über Hochtechnologie anfangen? Informationen über Entwicklungshilfe wären bestimmt zweckmäßiger.«

»Kubitzka hat andere Empfänger beliefert; aber dieses Thema wollen wir jetzt nicht vertiefen«, meinte Freiberg. »Herr Jünich, was immer Sie hier hören oder sehen – Sie dürfen darüber nur vor dem Staatsanwalt oder vor Gericht aussagen.«

»Aber ja, ich sage schon gar nichts mehr«, antwortete der Hausverwalter sichtlich beeindruckt.

»Jetzt wird's bitterernst«, sagte Freiberg und holte aus der Tiefe des Fachs vier größere Plastikpackungen mit kristallinem Pulver hervor, jede etwa ein halbes Pfund schwer. »Kokain, vermute ich.«

»Donnerwetter!« staunte Singer. »Ein Konsul als Großdealer! Solche Erlebnisse hat man nicht alle Tage.«

Der Kommissar nahm mit spitzen Fingern noch ein gefaltetes Tütchen von doppelter Briefmarkengröße aus dem Fach und legte es demonstrativ auf die zuvor geleerte Bleistiftschale.

Lupus sah gespannt hin: »Fuffipack oder Hunipack!«

Freiberg nickte. »Der Unterricht bei Kommissarin Barbara zahlt sich aus. – Und weißt du, was drin ist?«

»Weißt du's?«

»Ja, – Heroin! Der Rest vom Einkauf im Dreiländereck. Spritze und Abbindriemen wird der feine Herr woanders versteckt oder in den Müll geworfen haben. Vom Stoff wollte er sich wohl nicht trennen.«

»Äitsch?« knautschte Lupus. »Das wird uns KTU bestätigen müssen.«

Freiberg hob die Packung hoch. »Möchtest du mal mit der Zunge testen – so wie im Kriminalfilm?«

Lupus schüttelte sich. »Brrr – und das auch noch mit Strychnin; willst du meine Helga zur Witwe und unsere Tochter vaterlos machen?«

Freiberg überlegte laut: »Da hätten wir ja so ziemlich alles beieinander, um den fliegenden Konsul eines netten kleinen Verbrechens zu überführen. – Doch leider kann er nicht mehr fliegen; und wir werden nie erfahren, wer seine Hintermänner sind und wo sie stecken. Bananenverkäufer sind es bestimmt nicht.«

»Und der Tod von Irmela Ellers?« fragte Lupus.

»Ist aufgeklärt – und wenn man es objektiv betrachtet – auch gesühnt«, stellte der Kommissar fest. Zögernd fügte er hinzu: »Aber mir wäre wohler, viel wohler, wenn wir die Bestätigung hätten, daß Kubitzkas Absturz durch einen technischen Defekt verursacht worden ist. – Die Sachen hier nehmen wir mit; auch das Telefonverzeichnis. Um alles andere soll sich die Spurensicherung kümmern.«

Lupus machte den Papierkorb zum Transportbehälter und legte den Inhalt des Sicherheitsfachs hinein. »Ich hätte ihn so gern vor Gericht gesehen, den sauberen ›Herrn Ehrenhalber‹. Seine Auftraggeber sitzen jetzt in Ost und West und lachen sich eins ins Fäustchen, weil er nicht mehr plaudern kann. Wer weiß, wem sein Tod nutzt – vielleicht einer Dame?«

Freiberg drehte sich zum Hausverwalter um. »Danke für Ihre Anwesenheit, Herr Jünich, und, bitte, strengste Verschwiegenheit. Wir räumen gleich das Feld und versiegeln die Tür. Niemand außer unseren Leuten hat Zutritt. Wenn irgend jemand Kubitzka besuchen will oder nach ihm fragt, dann wissen Sie von nichts, rufen aber sofort eins-eins-null an und nennen das Stichwort ›Konsul‹. Die Leitstelle weiß dann Bescheid. – Sie können jetzt gehen. Danke.«

Als Jünich das Appartement verlassen hatte, griff Freiberg zum Telefon. »Verbinden Sie mich bitte mit Monsieur Maigret«, sagte er zur Sekretärin.

Sörensen meldete sich sofort. »Maigret – so lässig Freiberg, das bedeutet zumindest keine schlechte Nachricht. Was gibt's?«

»Wir sind in Kubitzkas Appartement in der Kaiser-Bastion und sind fündig geworden.« Freiberg schilderte die Suchaktion. »Damit haben wir gleich drei Zuständigkeiten: neunzehntes K. Spionage, zweites K. Rauschgift und erstes K. Mord.«

»Das erste K. hat Vorhand.«

»Aber der Täter ist tot wie sein Opfer. Vielleicht können wir noch Motive und Hintergründe aufdecken, wenn wir uns die querschreibenden Schnuppies vornehmen.«

Sörensens Schlußfolgerung zeigte wieder einmal den gewieften Taktiker. »Ja, Schnee und Schuldscheine, das ist der Ansatz. Greif dir als erste die Monika Baltus aus dem Forschungsministerium, die hat schließlich die VS-Sachen geliefert. Ich bin sicher, die klappt in fünf Minuten zusammen; dann hast du deine Aussagen, und ich übernehme den nachrichtendienstlichen Rest.«

»Danke, so wird's gemacht«, bestätigte Freiberg, drückte den Hörer auf die Gabel und wählte die Leitstelle an. Dort ließ er sich mit dem Kommissar vom Dienst verbinden. »Hör zu, Fred, wir müssen in der Mordsache Ellers eine Monika Baltus aus dem Forschungsministerium als – na ja, als was denn? – sagen wir als Zeugin vernehmen. Schick einen UNI raus und schaff mir die Dame her. Von meinen Leuten ist im Moment keiner verfügbar. Bitte, setz ein paar clevere Burschen ein, die uns die Zeugin auf Zimmer 306 abliefern. Das ist mehr als dringend.«

»Geht klar, Walter«, bestätigte der Kommissar vom Dienst. »Wir werden sie dir auf einem silbernen Tablett servieren.«

Der nächste Anruf ging an Fräulein Kuhnert. »Was Neues von Hangelar?«

»Nein, nichts«, anwortete sie kurz angebunden. »Hier erfährt man ja nichts.«

»Doch, Kuhnertchen, der Rummel geht gleich los. CEBI schafft Monika Baltus aus dem Forschungsministerium herbei. Die hängt dick in der Rauschgiftsache drin. Barbara Fendt muß dazukommen – treib sie irgendwo auf. Wir sind in einer halben Stunde zurück. Für das Protokoll ist übrigens ein gewisses Fräulein Kuhnert zuständig.«

Singer nahm eine Schlußnotiz auf und Lupus trug den Papierkorb zum Aufzug. Der Kommissar zog von außen die Tür ins Schloß und drückte mit dem Daumen die Siegelmarke fest.

UNI 81/12 mit Freiberg am Steuer hatte die Strecke zum Präsidium in erstaunlich kurzer Zeit geschafft. Bevor die Mitfahrer Zimmer 306 betraten, hielt der Kommissar seinen Kollegen am Ärmel zurück: »Lupus, ich brauche die Schnellanalyse vom Inhalt des Hunipacks; kümmere dich persönlich drum. Singer geht mit. Unserem ›Tresorknacker‹ danken wir für sein umsichtiges Vorgehen und bestellen ihn zum Möbelpfleger in amtlicher Eigenschaft.«

Fräulein Kuhnert saß an ihrem Schreibtisch und telefonierte. Mit bedauernder Geste legte sie den Hörer zurück. »Leider ist unsere abgeordnete Kommissarin Fendt nicht zu erreichen. – Müßt ihr jetzt schon Papierkörbe von außerhalb mitbringen?« Sie bestaunte den von Lupus so umsichtig transportierten Inhalt, als es energisch an der Tür klopfte. Ein baumlanger Polizist lieferte Monika Baltus ab. Sie war ein etwas pummeliges blondes Mädchen,

Mitte Zwanzig, mit einem kunstvollen Make-up, das nicht ganz zu ihrem kindlichen Gesicht passen wollte. Das längsgestreifte Kleid wirkte bieder, ohne ihre Figur zu strecken. Für den bevorstehenden Auftritt schien sie sich auf die Rolle der beleidigten Dame festgelegt zu haben. Freibergs Aufforderung, doch bitte Platz zu nehmen, kam sie mit steifen Bewegungen nach.

»Dürfte ich erfahren, warum ich vor den Augen meiner Mitarbeiter im Ministerium verhaftet worden bin?«

»Sie sind nicht verhaftet worden, Frau Baltus, sondern sie wurden zu einer Vernehmung hergebeten.« Freiberg wandte sich an den Polizisten. »Hat es Schwierigkeiten gegeben?«

Der Riese lächelte nachsichtig: »Nein, die habe ich selten. Der Pförtner wußte, daß die Dame in die Kantine gegangen war. Ich habe sie von dort gleich mitgenommen. Sie müßten ihrem Vorgesetzten den Grund meines Besuchs nachliefern – die Kaffeerunde ist durch mein Erscheinen wohl etwas in Aufruhr geraten.«

»Groß und frech genug sind Sie ja«, entrüstete sich das Pummelchen. »Mich vor allen Leuten so zu behandeln – einfach unerhört!«

»Schon gut«, wiegelte Freiberg ab und verabschiedete den uniformierten Helfer. »Ich werde mich mit dem Ministerium in Verbindung setzen.«

»Und ich werde mich beschweren«, rief Monika Baltus mit einer Lautstärke, die im Widerspruch zu ihrer Größe stand.

Fräulein Kuhnert sah verwundert auf. Dieses aufbrausende Wesen hatte ja keine Ahnung, wie man den Kommissar nehmen mußte.

Freiberg war nicht in der Stimmung, den Freund und Helfer zu spielen. »Sie werden gleich Ihren Übermut ablegen, Frau Baltus, und ich bin sicher, auch ein Geständnis.«

»Unerhört – das ist ja unerhört«, tönte sie, »wie man von der Polizei behandelt wird. Ich bin Angehörige eines Bundesministeriums und werde mich höheren Orts über Sie beschweren.«

Freiberg sah Monika Baltus prüfend an, und seine Stimme ließ Unerbittlichkeit erahnen, als er sagte: »Frau Baltus, ich beschuldige Sie des Rauschmittelmißbrauchs. Zu Ihren Gunsten will ich annehmen, daß Sie kokainsüchtig sind und daß Ihre Folgetaten dadurch eine Erklärung finden.«

»Süchtig – ich? Und Folgetaten? – Sagen Sie mal, Sie; was soll das heißen?«

»Schluß mit dem Zirkus!« Der Kommissar schlug mit der flachen Hand auf den Schreibtisch. »Sie haben vom Konsul Kubitzka Kokain bekommen, dafür Schuldscheine unterschrieben und VS-Berichte aus Ihrem Ministerium geliefert. – Kubitzka ist heute mit seinem Flugzeug tödlich abgestürzt, und wir haben das Sie belastende Material in seiner Wohnung gefunden. – Hier, sehen Sie, das sind die Kopien, die Sie beschafft haben.«

Monika Baltus sah entsetzt auf und schüttelte immer wieder den Kopf. »Nein, nein, das nicht!« Ihre weiteren Worte gingen in einem nicht endenwollenden Schluchzen unter.

Fräulein Kuhnert stand auf und legte der Weinenden den Arm um die Schulter. »Beruhigen Sie sich, es wird schon wieder werden. Sie müssen jetzt reden – Sie brauchen doch Hilfe.«

»Ich... ich habe... ich habe ihn geliebt, den Jan.«

»Das entschuldigt viel, wenn auch nicht alles«, half Freiberg ihr in die Realität zurück. »Es tut mir leid, Ihnen das sagen zu müssen: Konsul Kubitzka hat Sie und andere Frauen in die Kokainabhängigkeit getrieben und sie für seine Zwecke schamlos ausgebeutet. Sie brauchen ihn nicht zu schonen – denken Sie an sich!«

»Ja, der Kommissar hat recht. Es wird schwer genug werden für Sie. Mein Gott, wo sind Sie da nur hineingerutscht!«

Monika Baltus hob langsam den Kopf. Tränen zogen eine Spur durch das Make-up. »Was sagen Sie? Er hat auch andere Frauen...?«

»Ja, auch einige andere aus Ihrem Clan sind von Kubitzka gefügig gemacht worden und haben Schuldscheine unterschrieben. Ein Mädchen, noch ein paar Jahre jünger als Sie, ist an Rauschgift gestorben; wir haben sie am Kaiser-Wilhelm-Stein gefunden.«

»Aber die hatte doch nichts mit uns zu tun – die gehörte nicht zum Clan.«

»Das wissen wir. Aber auch sie war Kubitzkas Geliebte – und hat dafür mit dem Leben bezahlt. Wie lange kannten Sie den Konsul?«

Monika Baltus tupfte sich mit dem Taschentuch die Tränen ab. »Ein halbes Jahr vielleicht. Es war alles so fröhlich. Ich bin dazugekommen durch... Muß ich das sagen?«

»Sie müssen gar nichts sagen, wenn Sie nicht wollen. Sie können sich auch mit einem Rechtsanwalt besprechen. Ich möchte Sie ausdrücklich darüber belehren, daß das Ihr gutes Recht ist.«

»Nein, ich will keinen Anwalt.«

»Dann erzählen Sie mir alles, ganz einfach so, wie es gewesen ist.«

»Also, ich bin durch Alexa Reese in den Clan geraten. Wir haben tolle Parties veranstaltet, alles mögliche gefeiert, getanzt und Kokain genommen. Fast jeder hat mal geschnüffelt. Erst war's kostenlos, aber bald hat Jan gesagt, wir müßten wenigstens den Einkaufspreis bezahlen. Der Preis ist dann immer höher gestiegen. Zuletzt hat eine kleine Portion zweihundert Mark gekostet. Da kamen an einem Abend schnell ein paar Hunderter zusammen. – Aber über soviel Geld verfüge ich doch nicht!«

»Also haben Sie Schuldscheine unterschrieben, und der Konsul hat Sie erpreßt?«

Monika Baltus schluchzte noch einmal auf. »Nein, so war es nicht, wirklich nicht. Ich habe ihm einen Gefallen tun wollen, weil ich ihn liebte; aber von seiner Seite war es doch wohl nichts anderes als schneller Sex.«

»Sie haben ihm also die Papiere geliefert?«

Sie seufzte. »Ja, das alles ist mir jetzt sehr unangenehm; aber was richtig Geheimes war es nicht, nur ein Bericht über die Optoelektronik. Mein Referatsleiter hat darüber oft geflucht: ›Welcher Idiot hat das schon wieder zur Verschlußsache gestempelt? In der Frankfurter Allgemeinen liest man es besser und genauer‹, hat er gesagt. Ich habe mir gedacht, daß es für die Entwicklung des kleinen Landes nützlich sein könnte, wenn ich Jan den Bericht gebe, in dem ja keine wirklichen Geheimnisse stehen.«

»Für welches Land?«

»Na, für Kubitzkas Republik. Er hat gemeint, die Russen und Amerikaner würden allen kleinen Staaten das Fell über die Ohren ziehen. Jeder vernünftige Mensch müsse auf seine Weise dazu beitragen, Entwicklungshilfe zu leisten. – Und dafür habe ich die Kopien gemacht.«

»Das war nicht sehr klug.«

»Dumm war es; blöd bin ich gewesen. Aber Gott sei Dank nur das eine Mal – und meinen Job bin ich auch wohl los.« Sie zeigte den Anflug eines Lächelns. »Aber er konnte auch lieb sein – und jetzt ist er tot. – Hat er sehr gelitten?«

»Kaum. Alles hat nur Sekunden gedauert«, beruhigte Freiberg sie. »Ich war an der Unfallstelle. Der Tod ist ganz schnell eingetreten. – Wissen Sie, ob Kubitzka Feinde hatte?«

»Jan? – Nein, der hatte nur Freunde.«

»Ist er noch von anderen Freunden aus dem Clan mit Material beliefert worden – geheime Papiere, Dokumente, Drucksachen oder so etwas?«

»Nein, davon habe ich nichts bemerkt. Aber was heißt das schon? Ich war blind und verliebt. – Muß ich dafür jetzt ins Gefängnis?«

»Ich glaube nicht«, sagte Freiberg. »Aber Sie wissen ja, hier sind Sie bei der Mordkommission. Für die nachrichtendienstliche Seite ist mein Kollege Sörensen vom neunzehnten Kommissariat zuständig. Er ist ein netter und ruhiger Mensch; aber ziehen Sie vor ihm keine Schau ab – dann wird er sauer. Erklären Sie ihm alles ganz offen. Sie brauchen Kubitzka nicht zu schonen. Er hat es nicht verdient.«

Monika Baltus steckte energisch ihr feuchtes Taschentuch in die Tasche. »Sie haben recht, Herr Kommissar; er hat es wirklich nicht verdient.«

»Wenn Sie das Protokoll unterschrieben haben, gehen Sie mit Fräulein Kuhnert zum Kollegen Sörensen. Ich melde Sie telefonisch an und werde ein gutes Wort für Sie einlegen.«

»Es hat etwas länger gedauert«, meldete Lupus sich zurück. »KTU hat den Rest vom Hunipack vereinnahmt. Die wollen ein Labor der Universität einschalten, damit die Analyse hieb- und stichfest ist. Deine Prognose war richtig: Heroin – vermutlich mit Strychnin gestreckt. Damit hätten wir also das corpus delicti. – Warum bist du allein?«

»Barbara ermittelt außerhalb, und unsere Kuhnert bringt Monika Baltus zu Sörensen; bei dem habe ich eben um Milde gebeten. Das Mädchen ist völlig am Boden zerstört. Sie war offensichtlich blind vor Liebe und hat ihrem Konsul ›Entwicklungshilfe‹ geleistet. Der scheint die Frauen ausgenommen zu haben wie die Weihnachtsgänse.«

»De mortuis nihil...« bremste Lupus seinen Zorn. »Aber ohne den Flugzeugabsturz wäre es schwerer gewesen, ihm den Tod der Ellers anzukreiden. Für die neuen Probleme sind – dem Himmel sei Dank – andere Kommissariate zuständig.«

Freiberg stand auf, um einen Blick aus dem Fenster zu werfen. Dann stellte er den bei Kubitzka erbeuteten Papierkorb auf den Schreibtisch und legte die Asservate wieder hinein. »Das Dreckzeug geht ab ins zweite Kommissariat. Rausch und Sex kann sich mit dem Neunzehnten kurzschließen, und wir machen in der Sache Ellers einen schönen Schlußbericht.«

Fräulein Kuhnert war inzwischen zurückgekommen und rief durch die Tür: »Kaffee?«

»Dringend!« antwortete Freiberg.

»Und stark«, fügte Lupus hinzu.

Während das Wasser in der Kaffeemaschine brodelte, stellte die gute Seele des 1. K. drei ziemlich angeschlagene Tassen auf den Tisch. »Ich möchte auch wohl ein Schlückchen; diese Monika tut mir richtig leid. Wie kann ein kluges Kind nur so dumm sein.«

Lupus grinste. »Liebe macht nicht nur blind; sie macht auch beschränkt – und aggressiv.«

»Wölfe sind auch nicht immun gegen Strychnin«, konterte sie. »Sei vorsichtig, wenn du Zucker in den Kaffee rührst.«

Als die Tassen gefüllt waren, schob Lupus ihr die Zuckerdose zu. »Vorkosten bitte!«

»Bei mir immer ohne!« Damit landete die Dose wieder vor Lupus.

Die stimmungsvolle Idylle wurde vom Schnarren des Telefons unterbrochen. Freiberg hob ab und hatte den verantwortlichen Kommissar von der Absturzstelle in der Leitung. »...was wollen die Leute von der Flugunfalluntersuchungsstelle? – Ach so, die Leiche soll schnellstens abtransportiert werden, damit die Spezialisten die Reste des Cockpits untersuchen können«, wiederholte er die Worte. »Einverstanden – sofort ab damit in die Rechtsmedizin. Ich fahre von hier aus zum Institut.«

Freiberg griff wieder zur Tasse und trank einen kräftigen Schluck. »Ich bin verdammt gespannt, ob FUS und Rechtsmediziner noch Überraschungen für uns haben. – Kuhnert, pardon, wir müssen wandern. Lupus, nimm UNI 81/15 und fahr raus zum Flugplatz. Hör dich um. Du kannst Ahrens jetzt offen einsetzen. Ich komme dazu, sobald ich erste Ergebnisse habe.«

19

Scharen von Journalisten hatten die beiden Lokale am Flugplatz Hangelar in Beschlag genommen. Im »Cumulus« hatten sich zwei Aufnahmeteams vom Fernsehen breitgemacht; sie hielten über Sprechfunk Verbindung mit den Kollegen, die an der Unfallstelle filmten.

Zahlreiche Gäste des »Cumulus« staunten, mit welchem Eifer sich Augenzeugen und Wichtigtuer vor die Objektive drängten. Schließlich ist es ja auch kein alltägliches Ereignis, wenn ein Konsul mit der »Rust-Maschine« auf mysteriöse Weise vom Himmel fällt. Wild wucherten die Gerüchte von geheimnisvollen Hintermännern, für die Kubitzka gearbeitet habe. Seine Geschäfte mit Industrieanlagen im Nahen Osten hätten doch nur dem Aufbau von Waffenfabriken gedient. Das habe die Geheimdienste auf den Plan gerufen, die ihm dann die Bombe unter den Hintern praktiziert hätten.

»Unsinn!« hielten die Möchtegernflieger dagegen. Die Cessna sei alt gewesen; ob denn noch niemand etwas von Materialermüdung gehört habe.

Ganz Schlaue wollten wissen, daß man von einem Zusammenstoß mit einem Hubschrauber munkele. Nicht ohne Grund seien dauernd BGS-Maschinen hin und her geflogen. »Das ist ja nun der vollkommenste Quatsch«, ereiferten sich gleich mehrere Anwesende. »Die haben versucht zu retten, was zu retten war.« Aber der Konsul sei vollkommen verbrannt; es müsse gräßlich ausgesehen haben an der Unfallstelle. Mehrere junge BGS-Leute hätten den Anblick nicht durchgestanden und seien mit dem Rettungshubschrauber gleich nach Köln ins Krankenhaus geflogen worden.

Überhaupt sei das alles politisch, flüsterten einige hinter vorgehaltener Hand ihren Nachbarn zu. Draußen arbeite schon ein Team von Spezialisten aus Braunschweig, um den geheimnisvollen Vorfall aufzuklären.

In den Räumen bei »Tant' Tinchen« war die Luft so dick, daß sie im Falle des schlagartigen Entweichens den Segelfliegern glatt einen Auftrieb von zwei bis drei Metern in der Sekunde gebracht hätte. Hier saßen sie dicht gedrängt, die wirklichen Flieger und Mitflieger, die natürlich den Unfall Meter für Meter rekonstruiert hatten. Jeder zweite hatte schon einmal einen noch dramatischeren Absturz vor Augen oder war ihm mit knapper Not entgangen. Sie hatten viel Zeit für Gespräche, denn der Platz war ja gesperrt und der Flugbetrieb eingestellt.

Presse-Mauser mit Ahrens im Gefolge wurde mit großem Hallo begrüßt. »Wer von euch fliegt die Cessna oder hat sie schon mal geflogen?« brüllte Mauser über die Köpfe hinweg. Mehr als ein Dutzend Hände fuhren hoch. – Kein Wunder, denn mit dieser Maschine wurde hier in Hangelar auf der Luftfahrerschule NRW geschult.

Immer wieder kam die Bestätigung, daß der Vogel absolut narrensicher sei. Wenn sich der Pilot nicht extrem dämlich anstelle, könne die One-seven-two gar nicht vom Himmel fallen. »In manchen Fällen würde sie ohne Pilot bestimmt besser fliegen als mit einem Aviatiker am Steuer«, stellte ein alter Hase fest und fand Zustimmung durch Gelächter. »Auf die wackere Cessna lassen wir nichts kommen. Das ist wie mit der braven Dicken zu Hause; – haben möchte man lieber eine rassige Schlanke, mit Power im Hintern.«

»Und der Konsul – konnte der fliegen?« fragte Mauser.

»Da gibt's keinen Zweifel. Red mal mit dem Mario Pavone, der ist mit ihm in den letzten Tagen durch die Gegend kutschiert, bis er seine rassige Schöne mit dem Namen ›Mooney‹ gefunden hat. Dort draußen auf der Terrasse sitzt er stumm vor seinem Bier.«

Mauser schlenderte langsam zur Tür, und ganz selbstverständlich folgte ihm Ahrens, der fleißig nach rechts und links fotografierte.

Pavone hob die Hand und winkte die beiden heran.

Hier bei »Tant' Tinchen«, dem Stammlokal der Motor- und Segelflieger aus dem Deutschen Aero-Club, hatte schon so mancher seinen Kummer ertränkt, wenn er seine Prüfung nicht bestanden hatte – oder wenn Freund oder Freundin mit schnelleren Vögeln davongeflogen waren. Hier war auch schon manche Fete gestiegen, denn Flieger finden immer einen Grund zum Feiern. Doch heute waren Katastrophengespräche angesagt.

Mauser und Ahrens fanden Platz in der Runde um Pavone, und wie von Zauberhand gebracht, stand eine Lage Kölsch auf dem Tisch.

»Wie konnte der Unfall passieren?« fragte Mauser.

Pavone schüttelte den Kopf. »Wenn die sonst alles wissende Presse keine Antwort darauf hat – was soll ich dann sagen? Ich habe einen Freund verloren. Gestern waren wir noch zusammen und haben die Mooney getestet – und heute ist er tot. So schnell kann ein Fliegerleben enden.«

»Sie kannten den Konsul gut?«

»Und ob ich den kannte!«

»Wie war er denn?« Mauser hatte sich vorgebeugt, um ja alles verstehen zu können.

»Wie er war? Ein Pfundskerl war er, wenn auch manchmal ein leichtsinniger Bursche, der viel riskierte – und er war ein gerissener Hund. Wir haben vor Jahren gemeinsam fette Geldärsche über die Pampa in Amerika geflogen. Das war eine herrliche Zeit! Die Frauen sind uns nachgelaufen – wir brauchten nur noch auszusuchen. Dann haben wir uns aus den Augen verloren, weil Kubitzka zurück nach Europa wollte. Als ich ihn hier wiedergetroffen habe, war er schon in ganz dicke Geschäfte eingestiegen und Honorarkonsul geworden.«

»Und Sie, Herr Pavone, wohin hat es Sie getrieben?«

»In den Vorderen Orient – Chemikalien- und Medikamentenhandel. Das ernährt auch seinen Mann, solange die Kanonen donnern. Als mir dann eine radikale Libanesergruppe mein Flugzeug zerschossen hat, habe ich dort meine Zelte abgebrochen und meinen Geschäftssitz nach Bonn verlegt. Von hier aus kann man gut Handel treiben. Gemeinsam mit dem Konsul hatte ich vor, in den nächsten Monaten in Mittelamerika einzusteigen. Da knallt's ja auch an allen Ecken und Enden. Medikamente braucht der kriegführende Mensch mehr als der Gesunde im Frieden.«

»Und jetzt, wo Kubitzka tot ist?«

»Ohne Jan läuft da nichts. Ich werde mich wieder im Vorderen Orient tummeln müssen; die Mooney wird's schon schaffen. – Aber erst möchte ich wissen, wieso die Cessna abgestürzt ist.«

»Hat Kubitzka Feinde gehabt?« bohrte Mauser weiter.

»Vielleicht; aber wer hat die nicht, wenn er geschäftlich etwas riskiert? – Sie meinen, ob den einer...? So wild geht es doch nicht zu in unserem friedlichen Land.«

Mauser leerte sein Glas in einem Zug und blieb beim Thema. »Hat Ihr Freund nicht auch ein paar krumme Dinger gedreht? Hier laufen Gerüchte, daß er mit Koks gehandelt hat.«

Pavone hob den Blick. »Was weiß ich? Es kann schon sein, daß er mal ein Pülverchen in der Tasche gehabt hat. Manche Mädchen sind scharf darauf oder werden scharf davon. – Mein guter Jan mochte scharfe Sachen.«

»Sie glauben also nicht, daß es jemand auf den fliegenden Konsul abgesehen haben könnte?«

Pavone schüttelte energisch den Kopf. »Nein, nein – diese Überlegungen bringen nichts. Flugzeuge sind nun mal technische Dinger, und die können verrückt spielen. Ein Knall – und aus ist es.«

Presse-Mauser hatte mit seiner Super-Schnell-Kurzschrift zwei Zettel mit Notizen gefüllt, aber noch fehlte der Story der Clou. Vielleicht konnten ihm die Leute vom Tower etwas mehr sagen; doch dorthin zu gelangen schien heute nahezu unmöglich zu sein. Aber einen Versuch wollte er noch machen. Ohne zu fragen, wer das Bier bezahlt, stand er auf und prallte mit Lupus zusammen.

»Hallo – geht jetzt die Kripo auch in die Luft?« begrüßte Mauser seinen alten Freund, mit dem er sich gern herumhakelte. »Ich habe einen prima Fotoassistenten. Der sitzt bei Pavone am Tisch und läßt sich Fliegermärchen erzählen.« Leiser fügte Mauser hinzu: »Warum bist du hier? Ist irgend etwas faul an der Sache?«

Lupus gab dem Pressemann einen Knuff: »Komm, gehen wir an die Theke ein kühles Kölsch trinken – du lädst mich ein.«

Kommissar Freiberg war kurz nach der Ankunft des Leichenwagens im Institut für Rechtsmedizin eingetroffen. Unauffällig und bedrückend zugleich empfand er das Gebäude am Stiftsplatz, in welchem er in Vertretung des Staatsanwalts schon mancher Autopsie beigewohnt hatte. Ihn beeindruckte immer wieder die kühle Nüchternheit des Saals, in dem Leichen zu Zeugen wurden und menschliche Schicksale ihre Deutung fanden.

Der Direktor des Instituts, Professor Klenze, begrüßte den Kommissar: »Na, Freiberg, wieder einmal bei uns? Heute hätten Sie Ihren Platz einem ganz jungen Staatsanwalt überlassen sollen. Verbrannte Absturzopfer sind kein schöner Anblick.«

»Sie sind es wirklich nicht«, bestätigte der Kommissar. »Ich war draußen an der Unfallstelle – da hing der Tote noch halb verdeckt vom Löschschaum im Cockpit. Die BGS-Hubschrauber waren Minuten nach dem Absturz vor Ort, aber zu retten war nichts mehr.«

Eine Helferin legte die Kittel bereit. Professor Klenze nahm einen Eukalyptus-Bonbon aus der Tüte und hielt sie auch Freiberg hin: »Nehmen Sie nur; das ist gut gegen den faden Geschmack. So ein Fall ist uns bisher noch nicht auf den Tisch gekommen. – Aber sagen Sie, wie konnte das passieren?«

Freiberg zuckte mit den Schultern. »Niemand kann sich den Unfall erklären. Zwei BGS-Hubschrauberpiloten waren Augenzeugen. Sie vermuten einen schlagartigen Ausfall von Mensch und Gerät – also eine Explosion. Und genau die ist bei der Cessna die unwahrscheinlichste aller Möglichkeiten. Vielleicht kann uns das Team von der Unfalluntersuchungsstelle bald mehr sagen – oder Sie, Herr Professor!?«

»Na, Kommissar Freiberg, dann wollen wir mal. Eine Explosion? Hm, dann sollten wir wohl röntgenologisch mit den Segmentaufnahmen beginnen. Dabei müßten sich Fremdkörper im Leichnam aufspüren lassen, Metallsplitter zum Beispiel.«

»Wie lange wird die Untersuchung dauern?«

»Wenn wirklich eine Explosion stattgefunden hat, müßten wir dafür einen Metallnachweis im Körper finden. In diesem Fall kann ich Ihnen schon in einer knappen Stunde etwas mehr sagen.«

»Danke. – Das FUS-Team geht an der Unfallstelle auch dieser

Frage nach. Vielleicht ergänzen sich die Erkenntnisse.«

Freiberg ließ kein Auge von den Vorgängen und verfolgte jeden Schritt der Untersuchung. Ein paar Meter weiter hockte eine Gruppe von Studenten höherer Semester, die an einer Vorlesung über Rechtsmedizin teilgenommen hatte und jetzt die Demonstration einer forensischen Obduktion in ihrer bedrückenden Realität miterleben konnte. Auch heute waren es wieder zwei Vertreter des männlichen Geschlechts, die mit den Eindrücken des Todes nicht fertig wurden und vorzeitig ihren Platz räumten.

Professor Klenze hatte, bevor die Röntgenaufnahmen gemacht wurden, eine Durchleuchtung angeordnet. Auf dem Monitor konnten die Zuschauer den Vorgang verfolgen. Der Professor gab erläuternde Hinweise zur Technik des Vorgehens in einem solchen Fall. Plötzlich rief er: »Kommissar Freiberg, sehen Sie! Metallteile im Körper, und zwar im Becken und in den unteren Extremitäten; im rechten Oberschenkel, ganz deutlich erkennbar, ein ringförmiger Gegenstand, knapp zwei Zentimeter Durchmesser, regelmäßig kantig, mit einem Loch von drei bis vier Millimetern in der Mitte.«

»Mit größter Wahrscheinlichkeit eine Schraubenmutter«, ergänzte der zum Team gehörende Physiker.

»Und dort im Becken eine Schraube oder so etwas Ähnliches, und dort noch ein glatter ovaler Gegenstand, etwa so groß wie ein Fünfmarkstück. Das muß röntgenologisch alles sehr sorgfältig dokumentiert werden«, stellte Professor Klenze fest.

»Könnten Sie vorab das eine oder andere Metallstück herausnehmen? Ich möchte damit sofort zu den FUS-Leuten an der Unfallstelle«, drängte Freiberg. »Die könnten uns eventuell sagen, zu welchen Flugzeugteilen die Gegenstände gehören.«

Die Studenten verfolgten aufmerksam das Gespräch. Dieses war keine Demonstration zu Lehrzwecken, sondern nüchterner Alltag der Rechtsmedizin, in der ja nicht nur erfahrene Ärzte, sondern auch hochkarätige Chemiker und Physiker arbeiten.

»Langsam, Kommissar Freiberg, Schritt für Schritt«, dämpfte der Professor den Eifer. »Erst muß die exakte Beweissicherung erfolgen, dann können Sie loslegen.«

Freiberg saß wie auf heißen Kohlen, während die Röntgenaufnahmen gemacht wurden. Nachdem die Bilder für gut und beweisfähig befunden worden waren, begann die Obduktion. Nach ein paar Minuten klapperten Metallteile in der Auffangschale.

»Aus dem Oberschenkel rechts eindeutig eine Schraubenmutter, und aus dem Beckenknochen ein rundlicher, flacher und stark deformierter Gegenstand, etwa vier Zentimeter im Durchmesser. Was könnte das sein, Herr Kollege?«

Der Physiker wendete das Metallstück mit der Pinzette. »Mit Flugzeugteilen habe ich keine Erfahrung. Das müßten uns die FUS-Sachverständigen sagen können.«

»Und welche Rückschlüsse lassen sich daraus für die Absturzursache ziehen?« fragte der Kommissar.

»Schwer zu sagen. Aber es spricht alles für eine Explosion; ob in der Luft oder beim Aufschlag ist von uns nicht festzustellen.«

»Da hört unsere Kunst auf«, fügte Professor Klenze hinzu.

»Kann ich die Gegenstände mitnehmen? Ich fahre dann sofort raus zur Unfallstelle.«

Der Direktor signalisierte Zustimmung. »Wenn es drängt – warum nicht. Aber erst wird alles in Plastik eingeschweißt. Ich möchte die Teile noch nicht reinigen und desinfizieren lassen; vielleicht können wir daran noch Sprengstoffreste feststellen. – Aber bitte, Herr Kommissar, die Gegenstände sofort nach der Begutachtung hierher zurück – und zwar in der Plastikhülle. Die darf auf keinen Fall geöffnet werden.«

»Selbstverständlich, Herr Professor«, beeilte sich Freiberg zu versichern, dem alles nicht schnell genug ging. Nach zehn Minuten übergab ihm eine Helferin zwei durchsichtige Plastiktütchen mit den darin eingeschweißten Gegenständen.

»Danke – ich bringe Ihnen die ›Funde‹ unbeschädigt zurück.«

»Gute Fahrt, Freiberg – aber rasen Sie nicht so – hier bei uns ist kein Platz für Sie. Ich wäre für eine schnelle Information dankbar, wenn die FUS-Leute bestimmte Erkenntnisse haben.«

Zwei Minuten später saß der Kommissar am Steuer von UNI 81/12. Er gab CEBI den Status ein, ließ das Blaulicht rotieren und das Martinshorn losheulen. Wie vom Teufel besessen jagte er zur Kennedybrücke. Am Konrad-Adenauer-Platz in Beuel war der Verkehr so verknotet, daß auch mit Blaulicht und Musik kein schnelleres Vorwärtskommen möglich war. Erst nach der Abzweigung an der Bundesbaudirektion auf der Ausfallstraße nach Mondorf ließen sich die PS des schnellen Wagens nutzen. An den Absperrungen der Feldwege in der Siegniederung sprangen Polizisten und die von ihnen zurückgehaltenen Neugierigen beiseite, als UNI 81/12 durch die Schlaglöcher fegte.

An der Unfallstelle richteten sich die Leute des FUS-Teams auf und reckten die Köpfe. Freiberg bremste hart, sprang aus dem Wagen und ging mit den Plastikhüllen in der Hand zum Chef der Untersuchungsgruppe. Im Nu hatte sich eine Traube von Menschen um die beiden gebildet.

»Die Rechtsmediziner haben Metallstücke im Körper des Piloten entdeckt, zwei davon habe ich mitgebracht. Es spricht vieles dafür, daß sie durch eine Explosion in den Körper getrieben worden sind.«

»Eine Explosion vermuten wir auch. Aber für ein profundes Urteil ist es noch zu früh«, sagte der Leitende. »Letzte Gewißheit werden wir erst in Braunschweig erlangen. Sämtliche Teile werden dorthin transportiert und in unserer Halle ausgelegt. Jedes dieser Stücke wird genauestens untersucht. Allerdings kann es Wochen dauern, bis wir zu einem endgültigen Urteil kommen. Hier geht Präzision vor Schnelligkeit.«

»Wochen? – Sagten Sie Wochen?«

»Manchmal geht es auch schneller. Wie schnell muß es denn für die Kripo gehen?«

»Ich denke an zehn bis fünfzehn Minuten.«

Der Leiter des FUS-Teams sah den Kommissar kopfschüttelnd an. »Vorstellungen haben Sie!«

»So abwegig können die doch nicht sein; schließlich liefert Ihnen die Kripo die ersten Anhaltspunkte mit schönen Grüßen von den Rechtsmedizinern in Plastik verschweißt. – Hier bitte, eine Schraubenmutter und eine Metallscheibe. Woher könnte das stammen?«

Noch einmal kräftiges Kopfschütteln. »Ihre Vorstellungen sind wirklich rührend. Was meinen Sie, wieviel Schrauben und Muttern es in einem Flugzeug gibt – von den Nieten mal ganz zu schweigen! Aber die Metallplatte – hm – seltsam. Stark deformiert,

– auch das spricht für eine Explosion. Bitte Kollegen, schaut euch das mal an!«

Die Plastiktüte wanderte von Hand zu Hand.

»Tja, was könnte das sein?« fragte ein Ingenieur, der die Cessna in- und auswendig kannte. »In der Mitte im Abstand von eineinhalb Zentimetern zwei kleine Lötstellen. – Hartlot, vermute ich. Vielleicht war dort eine Verbindung aufgesetzt, eine Lasche oder ein Bügel. Jedenfalls könnten die beiden Punkte in Verbindung gestanden haben. Aber aus einer Cessna stammt das nicht, mit Sicherheit nicht.«

Der neben ihm stehende Kollege ließ sich die Hülle geben und hielt sie mit spitzen Fingern hoch. »Nie gesehen; in der Cessna nicht und in einem anderen Vogel auch nicht. Das Stück muß allerhand Druck bekommen haben.«

»Vielleicht gehörte der Gegenstand zu den Sachen, die der Pilot mit in die Maschine genommen hat«, schaltete Freiberg sich ein.

Der Leiter des Teams nickte zustimmend. »Möglich, – vielleicht ist es aber auch nachträglich eingebaut worden. Manche Piloten halten ihr Flugzeug für einen Metallbaukasten.«

»Aber das Ding muß doch eine erkennbare Funktion gehabt haben, wenn es im Flugzeug war«, drängte Freiberg mit wachsender Ungeduld.

»Das werden wir mit einiger Wahrscheinlichkeit im Laufe der Untersuchung in Braunschweig herausfinden. Das Cockpit und die Umgebung der Aufschlagstelle werden wir uns besonders gründlich ansehen. Wenn es sein muß, lassen wir den Boden abtragen und nehmen ihn mit. Hier bleibt nicht das kleinste Trümmerstück zurück. Nach dem Befund der Rechtsmediziner und unseren ersten Eindrücken werden wir von einer Explosion ausgehen. Wenn sie durch den Aufschlag verursacht worden ist, läßt sich das wahrscheinlich an der Eindringtiefe der Trümmer in das Erdreich feststellen. Und wenn wir die Explosion am Boden ausschließen, dann kann sie ja nur in der Luft stattgefunden haben.«

»Davon gehe ich jetzt schon aus«, stellte Freiberg fest. »Warum wäre die Cessna sonst abgestürzt?«

»Ich glaube das auch«, sagte der Leiter des Untersuchungsteams. »Aber der Glaube allein hilft uns nicht weiter. Wir müssen

Beweise bringen, wissenschaftlich einwandfrei.«

Der Ingenieurkollege streckte die Hand aus. »Darf ich noch einmal sehen?«

Er drehte und wendete die Plastikhülle, hielt sie gegen die Sonne und ließ das Licht aus unterschiedlichen Winkeln darauf fallen.

»Vom Flugzeug-pur ist es nicht, da bin ich sicher. Ob es von einem nachträglich eingebauten Gerät stammt, können wir erst später sagen. Aber das Stück könnte vielleicht zu einer Gürtelschnalle gehört haben oder der Verschluß einer Fototasche sein.«

Freiberg riß dem Betrachter das Objekt aus der Hand. »Oder einer Fliegertasche?«

Der Ingenieur überlegte: »Warum nicht, auch das wäre möglich. Wir müssen abwarten, ob wir etwas finden, was dazupaßt. Können wir die beiden Teile behalten? Die dürften bei der Rekonstruktion in Braunschweig von besonderer Bedeutung sein.«

Kommissar Freiberg nahm seine Beute wieder fest in die Hand. »Das geht alles erst zurück in die Rechtsmedizin. Beweismittelsicherung und Spurensicherung. Ich weiß, das wollen Sie auch – bloß dauert's bei Ihnen ein paar Wochen, oder? Wir werden uns schon einig werden.«

Freiberg steckte die Plastikhüllen in die Tasche und sagte: »Ich bewundere Sie rückhaltlos!«

»Wie bitte?«

»Daß es der FUS immer wieder gelingt, aus so einem Trümmerhaufen Rückschlüsse auf die Unfallursache zu ziehen.«

»Unser Job«, sagte der Teamchef bescheiden. »Ein Scheißjob manchmal, sage ich Ihnen. Oft gibt es Dutzende von Opfern, denken Sie an den Absturz der Verkehrsmaschine zwischen Essen und Düsseldorf.«

Freiberg ließ seinen Blick noch einmal über die Trümmer gleiten. Ein paar immer noch im Einsatz befindliche BGS-Männer winkten ihm zu.

»In diesem Fall glaube ich, daß wir gemeinsam ein Opfer – darf ich sagen – ›verwalten‹ müssen. Die Kripo bedankt sich für die Amtshilfe.«

»War das schon alles?«

Freiberg verzog den Mund zu einem Lächeln. »Ich sagte doch:

Zehn bis fünfzehn Minuten. Und es hat wirklich nicht länger gedauert. – Also auf ein Wiedersehen!«

20

Als Kommissar Freiberg bei »Tant' Tinchen« ankam, machte Presse-Mauser den dritten oder vierten Versuch, seinem Freund Lupus Informationen über den Fall Irmela Ellers zu entlocken. Mauser schien Zusammenhänge zwischen Kubitzkas »Kokshandel« und dem Drogentod am Kaiser-Wilhelm-Stein zu vermuten.

»Heute weiß die Kripo tatsächlich mehr als die neugierigen Journalisten«, stichelte Lupus. »Du bekommst morgen eine schöne hektographierte Pressemitteilung, so dürftig wie für die anderen Kollegen auch.«

»Nun laß schon mal das Katzenschwänzchen raushängen; hat der Konsul mit Rauschgift gedealt? Ich habe wirklich nicht viel Zeit und kann diskret sein, wie du weißt.« Mauser versuchte einen treuherzigen Blick; doch Lupus lachte ihn aus.

»Du bezahlst das Bier, und ich halte den Mund – so einfach ist die Sache.«

Der Pressemann war sauer und wollte zum Ausgang. Er hatte schon einige Schritte gemacht, als sich sein Gesicht aufhellte. Kommissar Freiberg stand in der Tür zum Gastraum und sah sich suchend um. Mauser winkte ihm zu und schob sich wieder auf seinen Platz.

»Nanu?« wunderte sich Lupus.

»Dein Chef ist da – ich glaube, der Mauserich hat mal wieder die Hand am Puls der Zeit. Drei Mann von der Mordkommission in Hangelar! Egal, was du mir erzählst – daraus mache ich eine Bombenstory für meine Leser. Ich werde meinen lieben Lupus als den Dümmel des Präsidiums darstellen und den Kommissar als den großen Zampano.«

»Und ich werde dich gleich vom Hocker kippen.«

»Na, ihr Streithähne«, begrüßte Freiberg die Kölschtrinker. »Hat die Presse neue Erkenntnisse, großer Meinungsmacher?«

»Jetzt spielen Sie auch den Naiven! Ich weiß wirklich nicht, was ich noch guten Gewissens über die Bonner Kripo berichten kann.«

Lupus hob das Kölsch und prostete seinem Kommissar zu, der ein Mineralwasser bestellt hatte. »Da draußen am Tisch sitzt Pavone und erzählt unserem Ahrens Fliegerlatein – er hält ihn immer noch für Mausers Fotoassistenten.«

»Dafür schuldet mir die Kripo Informationen. – Seit wann wurde der Konsul observiert? – Weiß man, wie oft und wieviel Rauschgift er geschmuggelt hat? – War es nur Kokain oder auch Heroin?« Mauser schoß seine Fragen ab wie Amor die Pfeile.

»Gut, Mauser, die Richtung stimmt; später gibt's Ihnen Lupus exklusiv. Aber jetzt«, fuhr Freiberg fort, »nichts mehr davon. Wir haben ein anderes Problem am Halse.«

»Den Absturz?«

»Ja, zum Teufel – die Sache stinkt!«

Das Gedränge in der Gaststube hatte nachgelassen; draußen saß man angenehmer. Die stundenlangen Diskussionen hatten das Thema und die Flieger erschöpft, und sie begannen, das Feld zu räumen.

»Komm, Lupus, wir gehen auf die Terrasse«, sagte Freiberg. »Ich möchte mich mal mit Pavone unterhalten. Vielleicht kann der uns weiterhelfen.«

Presse-Mauser sprang auf und ging voraus. »Ich werde euch miteinander bekannt machen.«

»Du bist die Aufdringlichkeit in Person«, stellte Lupus fest. »Die Kripo wird dir ewig dankbar sein.«

Mauser ließ keinen Zweifel daran, daß er mit Pavone schon beste Kontakte geknüpft hatte, als er zielstrebig auf diesen zuging. Ahrens hatte seine Kollegen kommen sehen und rückte zur Seite, damit alle Platz hatten.

»Darf ich für die Tischrunde einen Kaffee bestellen?« fragte der Kommissar. »Ich komme direkt von der Unfallstelle; da kann man eine Aufmunterung vertragen – ja? Also fünfmal Kaffee, bitte.«

»Hier gibt's auch leckeren Kuchen«, ließ Pavone sich vernehmen. »Der ist wirklich selbstgebacken.«

»Nein, danke, für mich nicht«, schreckte der Kommissar zurück. »Essen kann ich bestimmt nichts. – Es sieht übel aus an der

Unfallstelle, und der Anblick im Rechtsmedizinischen Institut war bedrückend.«

»Das schrecklichste an unserem Job ist, daß wir dabeisein müssen, wenn die Leichen seziert werden«, ergänzte Lupus. »Kein Mensch bringt mich dahin!«

»Ich kenne das«, bestätigte Pavone. »Im Libanon habe ich scheußliche Bilder gesehen.«

»Sie waren längere Zeit dort?« fragte Freiberg.

»Ja, einige Jahre, und ich gehe wieder zurück. Nachdem es meinen Freund Kubitzka erwischt hat, kann es mit den geplanten Geschäften in Lateinamerika nichts mehr werden. – Weiß man denn nun, wie der Absturz passiert ist?«

Freiberg schüttelte verneinend den Kopf. »In ein paar Wochen vielleicht. Die FUS-Leute sammeln draußen die Trümmer ein und wollen ihre Recherchen in Braunschweig fortsetzen. Die nehmen ihren Job ernst. Mit fundierten Ergebnissen ist erst nach Wochen zu rechnen.«

Pavone nickte. »O ja, gründlich sind sie. – Aber wieso ist das ein Fall für die Kriminalpolizei?«

»Ungewöhnlicher Unfall mit Todesfolge; wir werden routinemäßig eingeschaltet«, sagte Freiberg und gab Milch und Zucker in den Kaffee. Dann sah er Pavone an. »Wie haben Sie den Unfall bemerkt – haben Sie den Absturz gesehen?«

»Gesehen nicht. Erst der Alarm vom Tower hat mich hochgeschreckt. Dann sah ich auch schon den Aufschlagbrand. Da Kubitzka nur Sekunden vorher gestartet war, wußte ich, daß es seine Maschine sein mußte.«

»Haben Sie mit dem Konsul vor dem Start gesprochen?«

»Ja, eine ganze Weile. Ich bin jetzt oft hier draußen am Platz; meine Mooney muß noch etwas aufgemöbelt werden. Ich habe sie gemeinsam mit Jan getestet und dann gekauft – fast neu, der Vogel, große Klasse.«

»Erzählen Sie mir, wie Kubitzkas Abflug verlaufen ist.«

»Viel ist da nicht zu erzählen. Ich hatte schon eine Weile meine Mooney gecheckt, als er ankam. Er sagte nur, daß er gleich seinen Flug nach Brüssel antreten wolle – für einen day-off und eine tolle Nacht.«

»War das schon länger geplant?«

»Ja, vor zwei oder drei Tagen hat er hier herumerzählt, daß er sich mit einer Dame seines Herzens am Manneken-Pis treffen wolle; das Brunnenfigürchen habe eine stimulierende Wirkung auf Damen. Darum lasse er sie dort am Brunnen immer eine Weile warten.«

»Hat es bei der Flugvorbereitung Probleme gegeben?« kam Freiberg auf den Unfall zurück.

»Nein, keine. Wie ich schon sagte: Jan hat die Cessna klargemacht – ganz routinemäßig ist er um die Maschine herumgegangen, hat alle Ruder, Fahrgestell, Luftschraube und alles, was dazugehört, geprüft. Dann haben wir miteinander gesprochen, und er ist zum Tower gegangen, um seinen Flugplan nach Brüssel einzureichen. Ein genehmigter Plan ist nämlich erforderlich, wenn man ins Ausland fliegt.«

»Haben Sie Kubitzka danach noch einmal gesprochen?«

»Nein, ich habe ihm nur aus dem Cockpit der Mooney zugewinkt, als er zum Start rollte. Und dann habe ich – aber mehr nebenbei – noch gesehen, daß die Cessna auf der Startbahn zwoneun gut rauskam. Danach habe ich im Cockpit wieder die Geräte geprüft.«

»Sie befanden sich also in Ihrem Flugzeug? Waren noch andere Flieger, Helfer oder gar Fremde in der Nähe?«

Pavone brauchte nicht lange zu überlegen. »Nein. Weiter ab in der Halle hantierten ein paar Leute an ihren Maschinen herum. Geputzt werden die Vögel ja reichlich oft.«

Presse-Mauser saß ganz still auf seinem Stuhl und sog den Inhalt des Gesprächs in sich auf. Er wagte es nicht, jetzt Notizen zu machen. Lupus rührte seinen Kaffee um, und Ahrens hörte kaum zu; er wäre lieber mit seiner Kamera auf Fotojagd gegangen.

Freiberg ließ die Unterhaltung dahinplätschern. »Hatte Konsul Kubitzka Gepäck bei sich? – Koffer, Taschen oder Beutel?«

Pavone lächelte. »Jan reiste immer mit leichtem Gepäck. Meist reichte das Bordcase. – Ach so, ja, eine Geschenktüte mit dem Werbeaufdruck einer Modeboutique hatte er noch in der Hand.«

»Könnte die schwer gewesen sein?«

»Nein, ganz bestimmt nicht. Jan hatte sie so ganz nebenbei über einen Finger gehakt.«

»Und die Fliegertasche?«

»Ob die schwer war, weiß ich nicht. Aber davon gibt's hier gleich ein Dutzend und mehr. Das war auch so eine Marotte von Jan; er hat sie seinen Freunden geschenkt.«

»Dem Clan?« fragte Lupus dazwischen.

Pavone sah verwundert auf. »Ach so, Sie haben auch schon von den verrückten Schnuppies gehört. – Ja, die haben alle eine Tasche von ihm bekommen.«

»Sie auch?«

Es schien, als ob Pavone mit der Antwort zögerte. »Direkt geschenkt nicht; ich habe ja die Taschen in Amsterdam günstig für ihn eingekauft und habe selbst noch zwei davon. Die Dinger sind sehr praktisch.«

Einige Besucher von »Tant' Tinchen« hatten gemerkt, daß die Kripo sich mit Pavone unterhielt und hatten an den Nachbartischen Platz genommen.

Lupus und Ahrens registrierten, daß ihr Kommissar schon eine ganze Weile in seiner Jackentasche herumsuchte. Jetzt schien er das Richtige gefunden zu haben. Er nahm die Plastikhülle, in der die deformierte Metallplatte eingeschweißt war, in die Hand. »Hier, Herr Pavone, dieses Metallstück war in Kubitzkas Körper eingedrungen; die Rechtsmediziner haben es herausoperiert. Woher könnte das Teil stammen?«

»Das weiß ich doch nicht«, antwortete Pavone schnell, ohne einen Blick darauf zu werfen. Sein plötzliches Desinteresse wirkte befremdlich.

»Könnte das nicht der Verschluß einer Tasche sein?« Freiberg versuchte noch einmal, Pavones Blick auf die Plastikhülle zu lenken.

Ohne hinzusehen schüttelte dieser den Kopf. »Nein, bestimmt nicht.«

»Wir könnten doch leicht feststellen, ob das Metallstück Teil eines Schlosses sein könnte. Sie haben doch Ihre Tasche dabei?«

»Nein, heute nicht, ich wollte ja nicht fliegen«, antwortete Pavone.

»Aber sicher hast du sie dabei«, warf ein Flieger ein, der am

Nachbartisch lange Ohren gemacht hatte. »Ich habe doch vorhin gesehen, wie du sie in deinen Porsche gebracht hast.«

»Nein – das ist nur die alte, die ich zum Werkzeugkoffer umfunktioniert habe. – Ich kann aber gern in meine Wohnung fahren und das richtige Stück herbeischaffen. Wäre der Kripo damit gedient?«

»Gute Idee, aber Sie brauchen sich damit nicht zu überschlagen«, sagte Freiberg. »Wir können auf der Rückfahrt bei Ihnen vorbeischauen. – Würden Sie uns eine der Fliegertaschen für ein paar Tage überlassen?«

»Aber gern.«

Freiberg nahm eine zweite Tasse Kaffee. Er ließ seinen Blick über das Gelände schweifen. In der Nähe des Zauns parkte ein Porsche – das mußte der Wagen von Pavone sein. Über dem Flugplatz lag eine lähmende Ruhe. Kein Motorengebrumm, kein Knattern der Hubschrauber des BGS.

»Bevor Sie gehen«, sagte Freiberg, »hätte ich mir gern Ihre alte Tasche angesehen; die Größe interessiert mich – und der Verschluß. Es macht Ihnen doch sicher nichts aus, die Tasche herüberzuholen. Mein Kollege Müller geht gern mit und leistet Trägerdienste.« Freiberg lächelte Lupus an: »Fühlst du dich stark genug?«

»Immer!« antwortete der Angesprochene und stand auf.

»Ja, wenn's denn sein muß – Flieger sind stets kooperativ.«

»Ahrens!« Freiberg stieß seinen Nebenmann in die Seite. »Schieß mal ein paar schöne Fotos Richtung Tower. Du brauchst doch welche für die Zeitung.«

Blitzschnell hatte auch Mauser seine Winder-Kamera in der Hand. Kurz darauf sah man Lupus und Pavone über den Kinderspielplatz, der im Schatten der mächtigen Eichen lag, zum Porsche gehen. Pavone wies mehrmals mit der Hand zum Rollfeld und demonstrierte mit den für Flieger typischen Handbewegungen, wie die Cessna gerollt war und beim Start abgehoben hatte. Dann ging er um seinen Wagen herum, schloß die Tür auf und beugte sich vor, um die Fliegertasche vom Beifahrersitz zu nehmen.

Die drei am Tisch verfolgten aufmerksam die Szene.

Mario Pavone richtete sich langsam auf – drehte sich blitzschnell zur Seite und schlug Lupus die Tasche mit aller Wucht ins Gesicht.

Während Freiberg aufsprang, betätigten Ahrens und Mauser die Auslöser ihrer Kameras.

Lupus sackte, wie von einem Boxschlag getroffen, zusammen und fiel auf die Knie, – Pavone rannte in Richtung Flugfeld. Lupus rappelte sich auf und setzte dem Fliehenden nach. Vor dem halbhohen Maschendrahtzaun schlug Pavone einen Haken und warf seinem Verfolger das Bordcase vor die Füße, so daß dieser zu Boden ging.

Kommissar Freiberg schien die Entwicklung geahnt zu haben. Er rannte zwischen den spielenden Kindern hindurch zum Parkplatz, wo er UNI 81/12 abgestellt hatte. Mit einem Blick über die Schulter sah er, daß Pavone über die eiserne Pforte kletterte und in langen Sätzen zu seinem Flugzeug lief.

Lupus hatte Mühe, sich aufzurichten. Allen war klar, daß Pavone vor ihm bei seiner Mooney sein würde. Nach ein paar humpelnden Schritten blieb Lupus am Drahtzaun stehen und riß die Pistole aus dem Holster. Sein Warnschuß war nur als harmloser trockener Knall zu vernehmen.

»Halt!« schrie Freiberg. »Nicht schießen! Den holen wir uns.« Damit schwang sich der Kommissar in seinen Wagen und gab Gas.

21

Bei »Tant' Tinchen« war inzwischen ein wildes Chaos ausgebrochen; jeder wollte das Drama hautnah miterleben. Einige Kaffeetrinker sprangen auf, Stühle fielen um, und Geschirr ging zu Bruch. Aufgeschreckte Journalisten, Flieger und nichtfliegende Gäste rannten zum Zaun des Vorfeldes, wo Lupus mit der Fliegertasche in der Hand vorsichtig über die Pforte kletterte. Er schien starke Schmerzen im linken Bein zu haben.

»Los Ahrens!« rief Mauser. »Mein Auto steht da drüben – also hinterher!« Doch es vergingen noch einige Sekunden, bis sie sich durch die hochgescheuchten Gäste gedrängt hatten.

Jetzt zahlte es sich aus, daß Freiberg das Gelände kannte. Er fuhr zunächst durch das Tor zum Platz vor der Halle, dann mit aufheulendem Motor über den asphaltierten Taxiway in Richtung Tower. Er schaffte es, das Steuer zu halten und den Gurt anzulegen. Den kürzeren Weg über die Grasnarbe des Vorfeldes konnte er nicht nehmen, weil hier wegen des Flugverbots die Maschinen dicht an dicht abgestellt waren.

Mit Vollgas erlangte UNI 81/12 schnell die Geschwindigkeit, bei der manches Sportflugzeug abhebt. Jetzt heulte auch das Martinshorn auf und das Blaulicht rotierte.

Stockmann, der nach einer kurzen Pause schon wieder auf dem Turm war, sah den Polizeiwagen und Sekunden später Pavone, der zu seiner Mooney lief. Stockmann kannte nicht den Stand der letzten Entwicklung, aber er wußte, daß sich irgend etwas Dramatisches ereignet haben mußte, wenn Freiberg mit seinem Wagen in so halsbrecherischer Fahrt zum Tower gerast kam. Offensichtlich wollte Pavone versuchen, mit seiner Maschine zu starten, obwohl der Platz gesperrt war. Das war für Stockmann Grund genug, abermals auf den roten Alarmknopf zu drücken. Wieder heulten die Sirenen auf. Die Feuerwehr erhielt über Funk den Auftrag, sofort den Rollweg zur Startbahn zwo-neun zu sperren. »Die Mooney darf nicht starten!« schrie Stockmann ins Mikrofon. Aber die Fahrzeuge hätten es schwerlich geschafft, ein anrollendes Flugzeug zu stoppen, denn der Platz war so eben, daß nicht nur auf der Piste, sondern auch in jeder Richtung über die Grasnarbe gestartet werden konnte.

Jetzt tauchte an der Halle der Porsche mit Presse-Mauser und Ahrens auf. Der Abstand zu UNI 81/12 verringerte sich zusehends.

Mario Pavone hatte sein Flugzeug erreicht; die Haube flog auf, und er kletterte auf den Pilotensitz. Schon beim ersten Druck auf den Anlasserknopf drehte die Luftschraube durch, und der Motor sprang an, – Ergebnis der ständigen Wartung. Ohne Rücksicht auf die abgestellten Maschinen jagte er den Motor hoch und rumpelte mit zunehmender Fahrt auf das Rollfeld zu. Er sah rechts und links das Blaulicht aufleuchten. Jetzt konnte ihn nur noch ein Start quer über den Platz retten. Er schob den Stachel rein, der Motor vibrierte, daß es die Maschine fast zerriß. Sie wurde schneller.

Die Menschen auf der Terrasse bei »Tant' Tinchen« saßen und standen wie auf der Empore einer Arena und verfolgten gebannt die nur wenige hundert Meter entfernt stattfindende Hatz zwischen Auto und Flugzeug. Lupus wußte, daß er nicht mehr eingreifen konnte und humpelte mit Pavones Fliegertasche in der Hand zum Tower.

Freiberg war sich im klaren, daß er jetzt alles riskieren mußte, um das Flugzeug zu stoppen. Er zog das Steuer nach links und fuhr mit einem grob geschätzten Vorhaltwinkel auf die Mooney los.

Auch Mauser und Ahrens hatten erkannt, daß der Kommissar alles auf eine Karte setzte; – sie setzten mit. Mauser flitzte mit seinem zwar alten, aber doch recht spritzigen Porsche über das Rollfeld, um der Mooney den Weg abzuschneiden.

Noch waren die Autos schneller als das Flugzeug. Pavone trat wiederholt das Seitenruder und ließ die Querruder spielen, um seinen Rollweg zu ändern. Er dachte nicht daran, vor dem Blaulicht zu kapitulieren.

In den Fahrzeugen der Flugplatzfeuerwehr sah man, was passieren mußte. – Die Löschfahrzeuge setzten sich in Bewegung.

Der Kommissar bedauerte, daß in seinem Fahrzeug kein Außenlautsprecher eingebaut war, wie es bei den schnellen Streifenwagen üblich ist. Er machte den hilflosen Versuch, Pavone mit einem Handzeichen zu stoppen. Vergeblich! Die Entscheidung war gefallen. Freiberg versuchte, dem Gefahrenkreis des Propellers zu entgehen und steuerte UNI 81/12 in den Winkel zwischen Rumpf und Tragfläche.

Von jetzt an galt kein Polizeirecht. Jetzt galten nur noch die Gesetze der Physik: das »Ramming« war unvermeidlich geworden. – Und schon krachte es vorn rechts, als würde ein Sack mit leeren Blechdosen aus dem Fenster geworfen. Freiberg flog in die Gurte, und die Mooney schleuderte herum. Noch einmal heulte ihr Motor auf; dann hatte Pavone, dem Fliegerinstinkt folgend, die Zündung ausgeschaltet. Er hatte nicht vor, wie ein Held im Flugzeug zu verbrennen.

Freiberg riß den Gurt los, drückte die Fahrertür auf und sprang aus dem Wagen. Schon hatte er die Pistole in der Hand. Des Rufes »Hände hoch und rauskommen!« hätte es nicht bedurft. Pavone warf die Haube auf und kam wie der Blitz über die Tragfläche auf den Boden. »Weg hier!« schrie er. »Das Ding kann explodieren!«

Doch es explodierte nicht.

Jetzt, wo die Aktion gelaufen war, sah alles ganz harmlos aus. Ein Auto und ein Flugzeug waren zusammengestoßen und hatten leichte Schäden davongetragen. – Pavone kam mit erhobenen Händen auf den Kommissar zu.

Mauser und Ahrens, die einen weiteren Vorhaltwinkel gewählt hatten, schlugen einen Haken und waren Sekunden später zur Stelle. Mauser sprang aus dem Porsche und umkreiste wie ein Jagdhund die Beute. Er schoß seine Aufnahmen mit sichtlichem Vergnügen; – mit diesen Bildern würde er den anderen Kollegen, die jetzt über das Vorfeld gelaufen kamen, wieder eine Nasenlänge voraus sein.

Freiberg steckte die Pistole in das Schulterholster zurück, als die Fahrzeuge der Feuerwehr eintrafen, und trat auf Pavone zu: »Mario Pavone! Ich beschuldige Sie des Mordes an Konsul Kubitzka. Sie sind vorläufig festgenommen. – Wenn Sie zu fliehen versuchen, mache ich von der Schußwaffe Gebrauch.«

Ahrens, der seine Rolle als Pressehelfer glaubwürdig gespielt hatte, fühlte sich wieder im »regulären« Dienst. Er zog die Handschellen aus der Tasche und legte die kalten Eisen unter den Blitzlichtern der Journalisten dem Festgenommenen um die Handgelenke.

Die Fragen der Presseleute hagelten nur so auf den Kommissar herab: Ob Pavone etwas mit dem Absturz zu tun habe, und warum diese Jagd über das Rollfeld; ob sich denn die Polizei alles erlauben könne. Hier seien ja wohl die Kompetenzen ganz klar überschritten und die angewendeten Mittel nicht mehr angemessen.

Freiberg ließ die Vorwürfe unbeantwortet. »Ahrens, bring Pavone zum Tower und warte dort auf mich.«

Der Festgenommene schüttelte den Kopf. »Das ist also auch einer von Ihnen! Ich muß schon allein wegen Dummheit aus dem Verkehr gezogen werden.«

»Komm, Ahrens, wir nehmen meinen Wagen«, schlug Presse-Mauser vor.

»Nichts da!« entschied Freiberg. »Die beiden gehen zu Fuß!«

»Was liegt denn eigentlich gegen Pavone vor?« fragte ein Journalist. »Ihre Wahnsinnsaktion mit dem Dienstwagen muß doch einen triftigen Grund gehabt haben.«

Freiberg wußte, daß er der neugierigen Meute nicht entkommen konnte. Dafür war die Aktion zu spektakulär verlaufen; sicherlich ein einmaliges Ereignis in der Geschichte dieses an Geschichten so reichen Flugplatzes.

»Ich hoffe, Ihre Vorwürfe entkräften zu können«, versuchte er die Emotionen zu dämpfen. »Mario Pavone ist vorläufig festgenommen. Er ist verdächtig, das Flugzeug Jan Kubitzkas zum Absturz gebracht und damit dessen Tod verursacht zu haben. Die Motive und die Art und Weise der Tatausführung liegen noch im dunkeln. Pavone hat im letzten Augenblick versucht, mit seinem Flugzeug zu fliehen. Nur noch durch ein gezieltes Ramming ließ sich der Start verhindern. Ich hoffe, daß wir Ihnen morgen bei der Pressekonferenz im Präsidium genaueres mitteilen können.«

»Und wie sieht es für uns aus – kommen wir heute noch wieder in die Luft?« fragte ein Flieger aus der Menge.

»Der Zusammenstoß zwischen Flugzeug und Auto wird pflichtgemäß untersucht – dann sehen wir weiter. Die Feuerwehr wird bis zum Eintreffen meiner uniformierten Kollegen die Absperrung übernehmen. Weitere Entscheidungen werden von der Luftaufsicht getroffen. Flugzeug und Auto dürfen nicht berührt werden. Im übrigen bitte ich um Verständnis dafür, daß ich jetzt keine weiteren Erklärungen abgeben kann. – Bis demnächst.«

Kommissar Freiberg war einige Minuten später im Tower, wo Ahrens mit dem Festgenommenen wartete. Eine Gruppe von Angestellten musterte Pavone mit verächtlichen Blicken.

»Hier gibt es sicher einen freien Raum, wo wir unseren ›Gast‹ warten lassen können«, sagte Freiberg und sah sich um. »Ich gehe rauf zu Stockmann.«

»Geht klar!« rief jemand aus der Gruppe. »Ich räume mein Zimmer.«

Lupus humpelte als letzter herein – Pavones Fliegertasche unter dem Arm.

»Geht's noch?« fragte Freiberg.

Lupus brummte Zustimmung.

»Also, komm mit nach oben – wir müssen eine Menge Telefongespräche führen.«

Stockmann empfing Freiberg mit einer Flut von Vorwürfen. Sogar das Wort Disziplinarverfahren kam darin vor.

»Nun schwell schon ab, Stocki; ich lasse keinen Mörder starten, wenn ich ihn noch erwischen kann. – Du hattest doch Startverbot erteilt, oder?«

»Ja, aber...«

»Siehst du, und ich habe dein Verbot mit polizeilichen Mitteln durchgesetzt. So, und jetzt laß mich mal mit dem Präsidium telefonieren.«

Freiberg informierte zuerst Fräulein Kuhnert. »Wir sind in einer Stunde dort zur Vernehmung des Täters.«

Die Gespräche mit dem Gruppenleiter und Dr. Wenders dauerten nicht lange; der Staatsanwalt war nicht so gelassen, sagte aber zu, sich in die Ermittlungen einzuschalten.

Dann ließ Freiberg sich von CEBI mit dem Streifenwagen des Kommissars am Unfallort der Cessna verbinden. Er bat darum, daß der Leiter des FUS-Teams sich möglichst sofort um das »Ramming« kümmern möge.

Stockmann hatte von aufgeregter Entrüstung schon wieder auf Kooperation umgeschaltet und sich mit dem BGS-Tower kurzgeschlossen. »Die holen die FUS-Leute mit dem Hubschrauber herüber«, erklärte er.

Lupus hockte in der Ecke an einem Abstelltisch. Er hatte den schmerzenden Fuß auf einen Hocker gelegt und packte die Fliegertasche aus: Unterwäsche, ein sorgfältig zusammengelegtes blaues Oberhemd, einen Kulturbeutel und einen Schlafanzug, auf dessen Brusttasche die Initialen »J. K.« eingestickt waren.

Lupus pfiff durch die Zähne. »Wißt ihr, was ich hier habe? – Die Tasche des Konsuls!« verkündete er triumphierend.

Alle drehten sich zu ihm um. »Was sagst du da?« Freiberg war einen Schritt auf ihn zugetreten und wiederholte: »Was sagst du da?«

»Ich habe Kubitzkas Tasche, zumindest Wäsche, die mit seinen Buchstaben ›J. K.‹ gezeichnet ist.«

Freiberg lachte befreit auf. »Wenn Werkzeuge drin gewesen wären, sähe dein Gesicht nicht mehr so ebenmäßig aus.« Er zog die Plastikhülle mit den eingeschweißten Metallstücken aus der Tasche und hielt sie zum Vergleich an das Schloß. »Alles klar. Die Dinger sind identisch. – Pavone hat die Taschen vertauscht und dem Konsul eine Bombe in sein Flugzeug praktiziert. – Ein wirklich tolles Stück!«

Lupus dachte gleich praktisch. »Aber wie hat er das Ding gezündet?«

»Das wird man wahrscheinlich bei der Untersuchung der Cessna-Trümmer feststellen«, erklärte Stockmann. »Die wissen ja jetzt, wo sie ansetzen müssen.«

Der auf dem Abstelltisch liegende Tascheninhalt ließ keinen anderen Schluß zu, als daß Kubitzka zu einem Wochenendausflug starten wollte. Lupus hob noch einmal die abgestellte Tasche hoch und steckte seinen Arm mit der zur Faust geballten Hand hinein; dann wiederholte er die Bewegung außen an der Tasche.

»Ha! – Ei der Daus!« rief er. »Die ist innen kürzer als außen.«

Auf den ersten Blick waren nur die Nähte einer sorgfältigen Handarbeit zu erkennen. Nachdem Lupus den Rundumverschluß der vorn aufgesetzten Kartentasche aufgezogen hatte, war mit einem »Rrrrrtsch« des dahinterliegenden Reißverschlusses das geheime Bodenfach freigelegt. – Vorsichtig griff er hinein.

»Zahltag!« schrie er plötzlich und holte einen Geldschein nach dem anderen heraus, alles Fünfhunderter und Tausender. – Erst stummes Staunen der Runde und dann aufgeregte Fragen.

»Was habt ihr denn da gefunden?« ließ sich Stockmann vernehmen.

Lupus zählte in aller Ruhe die Scheine auf den Tisch: »... siebenundneunzigtausend, achtundneunzig, hunderttausend Deutsche Mark. – Herz, was willst du mehr?«

Freiberg schlug Lupus vor Begeisterung auf die Schulter. »Das ist die Bezahlung für den Stoff. – Kubitzka hatte bestimmt vor, während seines kleinen Ausflugs große Geschäfte zu machen. Wirklich schade, wenn das alles in der Cessna verbrannt wäre. Pavone weiß noch gar nicht, was für ein Zubrot ihm entgangen ist. – So, alles wieder einpacken und sicherstellen. Ich glaube, jetzt haben wir genug im Körbchen.«

Der Kommissar sah durch das Panoramafenster einen BGS-Hubschrauber, von der Siegniederung kommend, neben der Mooney landen. »Den Pavone lassen wir noch eine Weile schmoren; ich will erst mit den FUS-Leuten reden.«

»Hier«, sagte Stockmann und warf ihm ein Schlüsselbund zu, »nimm meinen Wagen, blauer Ford Sierra; steht gleich vorn am Zaun. Das geht schneller.«

Inzwischen wurde am Ort des »Ramming« nicht nur diskutiert, sondern auch – amtlich – fotografiert. Der Leiter des FUS-Teams war schon von den herumstehenden Neugierigen über den Verlauf des »Flugunfalls« informiert worden.

»Sie sind ja ein Wahnsinnsknabe!« empfing er den Kommissar. »So einen Irrsinn habe ich in meiner langjährigen Praxis noch nie untersucht. – An der Sieg geht eine Cessna ungespitzt in den Boden, und die Polizei rammt eine Mooney beim Start. 's scheint alles etwas verrückt zu sein in Bonn.«

»Kennen Sie die Absturzursache?« fragte Freiberg.

»Noch nicht mit Sicherheit.«

»Aber ich! – Absturz durch Explosion einer Sprengladung, die der Konsul im Cockpit hatte.«

»Wie bitte? Eine Bombe im Sportflugzeug?! Das hat es in Deutschland noch nicht gegeben.«

»Nun, dann haben Sie jetzt die makabre Eröffnung der Statistik für Sportflieger.«

»Und wie soll die Zündung erfolgt sein?« kam die sofortige Frage des Technikers.

»Das kann ich Ihnen nun nicht sagen«, bedauerte Freiberg. »Das müssen Sie herausfinden; Uhrwerkszünder, chemischer Zünder oder Fernzündung – vielleicht gibt's noch andere Möglichkeiten.«

»Und wer soll dahinterstecken?«

»Mario Pavone! Er hat während des Absturzes in seiner Mooney gesessen, – so hat er uns vorhin auf der Terrasse bei ›Tant' Tinchen‹ erzählt.«

»Da will ich mir den Vogel mal von innen ansehen«, sagte der Leiter des Teams und kletterte in das Flugzeug. Er beugte sich nach vorn und hantierte am Armaturenbrett herum. Sein Ächzen und Stöhnen bei den mühsamen Bewegungen wurde durch Rufe des Staunens und Fluchens unterbrochen. »Das ist doch nicht die Möglichkeit! Dieser verdammte Kerl! Hat man so etwas schon gesehen!«

»Was gibt's denn?« fragte Freiberg.

»Hier ist ein Gerät eingebaut, wie man es bei der Fernsteuerung von Flugmodellen verwendet. Die elektrischen Impulse kommen aus einem kleinen Senderkasten. Aber die Ausgangsenergie dürfte wohl kaum ausreichen, den Funkbefehl bis zur Cessna hinaufzutragen. – Das muß alles ganz genau untersucht werden. Vorerst darf kein Mensch ran an das Ding. – Aber schauen Sie mal kurz her.«

Freiberg kletterte hoch und zwängte seinen Kopf in das Cockpit; sein Blick folgte dem ausgestreckten Zeigefinger des FUS-Technikers. Dieses kleine Gerät hätte Freiberg bestimmt nur als eines von vielen notwendigen eines Flugzeuges gewertet. Es war kaum so groß wie eine Zigarrenkiste und klemmte in einer Halterung. – Pavone mußte sich sehr sicher gefühlt haben, daß er es nicht gleich nach dem Absturz entfernt hatte. Aber vielleicht wollte er kein Aufsehen erregen und es nicht auf eine Zufallsentdeckung ankommen lassen. Hier in der Maschine war es vorerst am besten aufgehoben.

»Mensch, Kommissar Freiberg! Der Kerl war noch schlauer, als es die Polizei erlaubt!« brüllte sein Nachbar plötzlich los, fast etwas wie Bewunderung in der Stimme. »Der hat doch tatsächlich einen Verstärker zwischengeschaltet und die Ausgangsbuchsen mit der Funkantenne seines Flugzeugs verbunden. Ich muß schon sagen: genial, ein toller Einfall! Damit hatte er Power genug, mit einem Druck auf den Knopf den Zünder auszulösen und die Cessna vom Himmel zu holen. – Phantastisch! Ich bin Ihnen richtig dankbar, daß Sie dem Schweinehund in die Flanke gefahren sind.«

»Auch geniale Verbrecher sind Dummköpfe«, stellte Freiberg fest und sprang auf den Boden zurück. »Die Maschine wird sichergestellt. Ich denke, daß unser Erkennungsdienst mit Ihren Leuten so eine Art Arbeitsgemeinschaft bilden muß. Allein kommen wir damit wohl nicht zurecht. Aber das habe ich nicht zu entscheiden.«

Inzwischen war eine halbe Hundertschaft der Bereitschaftspolizei eingetroffen, so daß die Absperrung gewährleistet war.

»Von uns aus kann hier abgeräumt werden«, sagte der Leiter des FUS-Teams. »Den Schaden am Auto wird die Polizei wohl selbst tragen müssen – das ist bestimmt kein Fall für die Flugzeugversicherung.«

»Macht nichts«, lachte Freiberg. »Das Geld dafür haben wir schon in der vertauschten Fliegertasche gefunden; und nun werden wir dem Pavone auf den Zahn fühlen. Doch das machen wir im Präsidium. Mein UNI 81/12 kann mit der Mooney in der Halle abgestellt werden; den muß sich erst mal ein Kfz-Sachverständiger ansehen.«

Freiberg verabschiedete sich und fuhr mit Stockmanns Ford zum Tower zurück. Oben wurde er mit neugierigen und gespannten Blicken empfangen. Seine Erklärung war kurz und knapp: »Pavone hat die Bombe mit einer elektrischen Fernzündung zur Explosion gebracht. Dafür hat er die Impulse einer Fernsteuerung für Flugmodelle durch einen Verstärker geleitet und über die Flugzeugantenne abgestrahlt.«

»Was für ein Saukerl!« entrüstete sich Stockmann. »Und das hier bei uns auf dem Platz!«

»Recht hast du«, pflichtete Freiberg bei, »aber Entrüstung ist nicht der Job der Polizei. – Wir räumen hier jetzt das Feld. Lupus, geh du schon mal vor und übernimm den Pavone – aber friedlich bleiben! Ahrens soll deinen Wagen holen; wir fahren damit zum Präsidium.«

»Kann heute noch geflogen werden?« fragte Stockmann.

»Von mir aus ja. Die Piste ist frei. Aber es wäre wohl besser, erst den Wagen und das Flugzeug vom Platz zu schaffen, damit die sportlichen Flieger nicht abgelenkt werden.«

»Okay; ich werde mich mit den Braunschweigern kurzschalten.«

Freiberg gab Stockmann die Hand. »Mach's gut! Dir und der Towerbesatzung mille gracie. Übermittle auch den BGS-Leuten meinen Dank.«

Als Freiberg unten im Flur ankam, stand Lupus neben Pavone und hielt ihm die Fliegertasche vor die Nase. »Hier ist nicht nur Kubitzkas Wäsche drin, sondern auch viel Geld. – Das hättest du der Polizei nicht vor die Füße werfen sollen. Und nun ab zum Präsidium, du Bombenscheißer. Noch ein Fluchtversuch wie vorhin, und du kriegst eine Neunmillimeter zwischen die Rippen. In meiner Umgebung weiß man: Ich bin fies zu Mördern; aber das wirst du auch noch erfahren. Wir zwei unterhalten uns nachher, und ich schwöre dir: Du wirst singen!«

22

Kommissar Freiberg hatte auf dem Weg ins Präsidium die Nachricht erhalten, daß er umgehend bei Hauptkommissar Sörensen vorsprechen möge. Mitteilungen über das CEBI-Netz seien in dieser Sache nicht zulässig.

Ahrens saß am Steuer von UNI 81/15 und zeigte, was er in den Schleuderkursen gelernt hatte. Er fuhr in Beuel-Ost auf die Autobahn, zog am Hang des Ennert entlang und ließ seine Insassen am Ramersdorfer Kreuz in die Gurte fliegen. Nach Überquerung des Rheins ging es wie immer auf der Friedrich-Ebert-Allee zwischen CDU-Hochhaus und SPD-Baracke nur langsam voran. Auf dem letzten Stück der Karl-Marx-Straße mußte mit besonderer Vorsicht gefahren werden. – »Politischer« und komplizierter hätte man die Zufahrt zum Polizeipräsidium kaum gestalten können.

»Der Festgenommene kommt in die Zelle«, ordnete Freiberg an. »Ich springe zu Sörensen hinauf – und danach treffen wir uns bei mir.«

Für Lupus war es die reine Freude, als sich die schweren Gitter im Hof des Polizeigewahrsams hinter dem Wagen schlossen und Pavone von den uniformierten Beamten übernommen wurde.

»Die Handschellen bleiben dran – Mordverdacht! Wir werden ihn später vernehmen.«

Auf Sörensens Etage ging es zu wie im Kontakthof eines Palais d'Amour zur Zeit, als Aids noch kein Faktor war. Allerdings herrschte hier Heulen, Schnattern und Zähneklappern. Das 19. K. und das 2. K. hatten ihre Interessen zusammengeworfen und in Windeseile alle Mitglieder des Schnuppie-Clans, derer man habhaft werden konnte, vorführen lassen. Die hochnäsigen Bezieher größerer Einkommen und die leichteren Mädchen saßen und standen ziemlich bedrückt und verunsichert zwischen den uniformierten Beamten, die den Gang und die Türen abriegelten. Die Proteste hielten sich in Grenzen; man hatte diesen Fall des Konflikts mit der Staatsmacht noch nicht »durchgestylt«.

Kommissarin Barbara Fendt hatte offensichtlich Freibergs Worte beherzigt und sich die Schnuppies ohne besondere Rücksichtnahme vorgenommen. Für den Staatsschutz war dieser Auftrieb ein regelrechtes Fest aus Rausch und Sex.

Als Freiberg eintrat, schickte Sörensen den etwas angeschlagen wirkenden Sohn des Rennstallbesitzers, den er gerade vernahm, nach draußen, um Freiberg zu informieren. Er lehnte sich erleichtert zurück; und auch Barbara Fendt und ihr Chef vom 2. Kommissariat atmeten befreit auf.

»Ich hätte nicht übel Lust, die ganze Clique in U-Haft zu nehmen«, sagte er. »Aber wir werden es nicht so machen wie die Hanseaten mit ihrem ›Hamburger Kessel‹, wo Demonstranten stundenlang umzingelt und festgehalten wurden. – Nein, das hier läuft anders ab; wir quetschen dieses Grüppchen aus, und dann dürfen alle ihren Tee trinken gehen. Die meisten sind harmlose Wichtigtuer und fühlen sich schon als King, wenn sie Papas Geld vorzeigen können.«

»Aber wir sind einem dreisten Unternehmen auf die Spur gekommen«, schaltete sich Sörensen ein. »Alexa Reese hat gestanden, den fliegenden Konsul mit Material aus ihrem Ministerium beliefert zu haben, – dieselbe Masche wie mit der blonden Monika aus dem Forschungsministerium. Liebe, Kokain und Entwicklungshilfe für eine Bananenrepublik; ein richtiges Rührstück, was uns da vorgespielt wird. So hat Kubitzka zumindest zwei Ministerien auf seine spezielle Art angezapft. – Dabei müssen wir davon ausgehen, daß er seine Freunde im Haus der völkerverbindenden Kultur beliefert hat. Die ›Entwicklungshilfe‹ ist also jenseits der östlichen Grenzen unserer Republik gelandet.«

Kommissar Freiberg lächelte zufrieden. »Was ist mit der Monika geworden?«

»Das Dummchen hat brav geplaudert, dann habe ich es nach Hause geschickt. Aber Alexa Reese ist kein so harmloses Kaliber. Ich habe sie festgenommen und sie unten beim PGD in eine Einzelzelle gesteckt. Dort hockt sie jetzt und läßt ihre Tränen fließen.«

»Hat auch der Vortragende Legationsrat Material geliefert?«

»Wir haben keine Beweise. Die Unterschriften auf dem Schuldschein leugnet er nicht, aber er sagt, Kubitzka habe ihm Antiquitäten beschafft und dafür seien noch Zahlungen fällig. – Clever ist der Bursche! Unsere Diplomaten sind durch eine harte Schule gegangen; die lassen sich nicht so leicht aushebeln. – Nun, wir werden ihn im Auge behalten und noch etwas tiefer graben.«

Freiberg hatte sich inzwischen auf den Stuhl fallen lassen, auf dem noch vor wenigen Minuten ein weinendes Schnuppiekind hin und her gerutscht war. »Wie sieht's mit der Rauschgiftseite aus?« fragte er.

»Die haben alle gekokst«, antwortete Barbara Fendt. »Und Kubitzka war ihr Lieferant.«

»Ihn hat Mario Pavone mit einer ferngezündeten Sprengladung vor kurzer Zeit vom Himmel geholt«, erklärte Freiberg, ohne die Stimme zu heben.

Verständnisloses Kopfschütteln von allen Seiten.

»Warum?« fragte Sörensen.

»Ich sehe auch kein Motiv«, stellte Barbara Fendt fest. »Pavone war doch in den Clan integriert und hat sich voll in den ›Dienst der guten Sache‹ gestellt.«

Kommissar Freiberg zögerte mit der Antwort. Er strich einige Male mit den drei Fingern der linken Hand über die Stirn und meinte: »Nachrichtendienstlich gibt es meines Erachtens keine Zusammenhänge. Ich vermute eher private Rache oder eine spektakuläre Aktion im Wirtschaftskrieg der Rauschgiftbosse. – Wir werden versuchen, das herauszufinden. Lupus wird mir helfen, Pavone zu überzeugen, daß ein Geständnis seine Lage nur verbessern kann.«

Fräulein Kuhnert hatte Lupus mit reichlichen Worten des Trostes auf den Stuhl in der Ecke hinter dem Besuchertisch plaziert und ihm ihren in der Höhe verstellbaren Schreibtischstuhl unter das schmerzende Bein geschoben. Ahrens und Singer saßen erwartungsvoll an der Fensterseite des Tisches.

Stenogrammblock und Vordrucke für die Beschuldigten-Vernehmung lagen bereit, und an das Tonbandgerät war mit einem langen Kabel das Mikrofon angeschlossen.

Kommissar Freiberg kam herein und sah Lupus fragend an: »Starke Schmerzen? – Du solltest lieber gleich zum Polizeiarzt gehen. Mit dem Fuß kannst du doch ohnehin nicht mehr zutreten – und das Schmerzensgeld hast du auch nur zählen dürfen.«

Lupus schien von dem ermunternden Plauderton und den kleinen Scherzchen nicht viel zu halten. Ohne eine Bewegungsmöglichkeit in die Ecke verbannt zu sein entsprach nicht seiner Stimmung und Mentalität. Er raunzte: »Ich bleibe hier sitzen, bis Pavone gestanden hat; und wenn er nicht spurt, stehe ich doch noch auf – dann könnt ihr für ein paar Minuten frische Luft schnappen gehen!«

Freiberg ließ Pavone vom PGD vorführen. »Nehmt dem Herrn die Handschellen ab. – Danke. – Herr Pavone, setzen Sie sich.«

Pavone rieb sich demonstrativ die Handgelenke, als seine Hände frei waren.

»Sind Sie mit der Verwendung eines Tonbandgeräts einverstanden?« fragte Freiberg ihn.

»Ich bitte sogar darum.«

Der Kommissar hielt ihm nochmals die Anschuldigung vor und ließ auch die Belehrung nicht fehlen, daß es ihm freistehe, sich zur Beschuldigung zu äußern oder nicht zur Sache auszusagen; er könne auch einen Verteidiger hinzuziehen.

»Fragen Sie!« sagte Pavone kühl.

Die Aussagen des Beschuldigten zur Person brachten nichts Neues; überraschend war nur die Angabe: verwitwet.

Dann kam Freibergs erste Frage zur Sache: »Haben Sie das Flugzeug des Konsuls Kubitzka durch eine Sprengladung mit Hilfe einer Fernzündung aus Ihrer Mooney zum Absturz gebracht, und hatten Sie dabei die Absicht, den Konsul zu töten?«

»Ja!« antwortete Pavone klar und deutlich.

Lupus sah auf und nickte anerkennend.

»Beschreiben Sie den Hergang der Tat, und äußern Sie sich zu Ihren Motiven«, sagte Freiberg.

Pavone reckte sich und sah mit einem gewissen Stolz in die Runde. »Ich möchte eine Erklärung abgeben und verweigere im übrigen jede weitere Aussage.«

Freiberg machte eine vage Handbewegung, in der sich Enttäuschung und Aufforderung zugleich ausdrückten. »Bitte.«

Pavone strich einmal kurz über sein dunkles Haar und den Schnurrbart, bevor er seine Erklärung formulierte: »Ich handele im Auftrag der Organisation ›Hades‹, die es sich weltweit zur Aufgabe gemacht hat, den Rauschgifthändlern mit allen Mitteln das Handwerk zu legen und sie für immer aus der menschlichen Gesellschaft auszuschalten. Die Organisation ist eine Gründung verantwortungsbewußter Menschen, die nicht mitansehen können und wollen, daß Rauschgiftdealer wie ertappte Kavaliere bestraft werden, um nach kurzer Zeit ihr verderbliches Tun wiederaufzunehmen. – ›Hades‹ wird gesponsort von freien Menschen der freien Welt und erhält seine Informationen von Verantwortlichen an höchsten Stellen, so auch von Vertrauensleuten bei Interpol, in der Drug Enforcement Administration – DEA – und in der CIA. – ›Hades‹ wird immer wieder zuschlagen, bis die Dealer merken, daß sie den Tod wählen, wenn sie Geschäfte mit Rauschgift machen.«

Pavone schwieg.

»Ist das Ihre Erklärung?« fragte der Kommissar.

»Ja, und ich bitte Sie, diese Erklärung der Presse bekanntzugeben.«

Es klopfte kräftig an der Tür zum Vorzimmer und ein uniformierter Beamter stürzte, ohne auf Antwort zu warten, an Fräulein Kuhnert vorbei auf Freiberg zu. »Hier! Soeben über den Ticker gekommen; der Kommissar vom Dienst hat mir befohlen, mich nicht abwimmeln zu lassen.« Damit streckte er Freiberg den Text entgegen.

»Ist in Ordnung«, sagte dieser. »Sollen Sie auf Antwort warten?«

»Nein, nur schnellstens abliefern.«

»Was hiermit geschehen ist. Meinen Dank der Mannschaft von CEBI und dem Kommissar vom Dienst.«

Freiberg setzte sich an seinen Schreibtisch und überflog die Meldung; dann las er sie langsam ein zweites Mal. Seine Mitarbeiter sahen aufmerksam zu ihm hinüber, ohne eine Frage zu stellen. Als er sich aufrichtete, kreuzte sich sein Blick mit dem Pavones. In Sekunden schien sich ein elektrisches Feld im Raum aufzubauen, mit einer unsichtbaren, knisternden Spannung.

»Herr Pavone«, sagte Freiberg. »Dieses Fernschreiben ist vor wenigen Minuten in übereinstimmendem Wortlaut von der Deutschen Presseagentur und dem Deutschen Depeschendienst an Presse, Funk und Fernsehen durchgegeben worden. Ein Bekennerbrief, könnte man sagen. Dieses Schreiben macht Ihre hohen und hehren Motive, aus denen die gehandelt haben wollen, zunichte. Sie haben hier nur eine Schutzbehauptung vorgebracht.«

Mario Pavone sah fassungslos von einem zum anderen.

Freiberg setzte mit leiser, aber zunehmend härter werdender Stimme an: »Sie, Herr Pavone, sind ein teuflischer Verbrecher. Sie haben aus Habgier und niedrigen Beweggründen und dazu noch heimtückisch und grausam einen Mord begangen, der in der deutschen Kriminalgeschichte einmalig ist. Sie haben für Geld und im Auftrag der Heroin-Mafia den Konsul Kubitzka umgebracht, weil er für die andere Seite gearbeitet und mit Kokain gedealt hat. Für diese Tat werden Sie lebenslänglich zu büßen haben!«

Wie zur Salzsäule erstarrt saß Pavone am Tisch. Dann schrie er auf, daß es durch die Türen hallte: »Nein – das ist nicht wahr! Ich habe aus Überzeugung und Berufung einen Verbrecher ausgeschaltet.«

»Hören Sie auf!« fuhr Freiberg ihn an. »Hier ist der Text des Bekennerbriefes, der in diesen Minuten von allen deutschen Medien verbreitet wird, und er hört sich anders an als Ihre verlogene Erklärung, die Sie uns soeben serviert haben. Hier steht wörtlich:

›Dem Kokainhandel wurde heute in der Bundesrepublik Deutschland ein tödlicher Schlag versetzt. Ein Mitarbeiter unserer Organisation hat über dem Flugplatz Bonn-Hangelar den Kokaindealer Jan Kubitzka, bekannt durch die Regenbogenpresse als

„fliegender Konsul", öffentlich hingerichtet. Seine Cessna wurde durch die Zündung einer Sprengladung zum Absturz gebracht. Kubitzka starb in den Trümmern seiner Maschine. Der Vollstrekker ist mit dem Flugzeug entkommen und bereit für einen neuen Einsatz. Dieses ist eine Warnung: Wer mit Kokain handelt, der stirbt! Organisation „H".‹«

»Hades!« rief Pavone erleichtert. »Ich habe es doch gesagt.«

»Äitsch!« fluchte Lupus in seiner Ecke. »Dieses verdammte Äitsch!«

»Herr Pavone«, erklärte Freiberg bestimmt. »Das große ›H‹ ist der international bekannte Buchstabe für Heroin. Und genau dafür steht er auch hier!«

Pavone riß die Hände vor sein Gesicht. »Diese Hunde! Diese verfluchten Schweine!« brach es aus ihm hervor. Dann ging ein Krampf durch seinen Körper, und er biß die Zähne zusammen, ohne verhindern zu können, daß sie aufeinanderschlugen. »Diese Teufel haben mich getäuscht und mißbraucht. – Meine Frau ist an Rauschgift gestorben, und ich habe mir damals geschworen, Rache zu nehmen und die Dealer auszuschalten – einen nach dem anderen. In der Arbeit für ›Hades‹ sah ich endlich die Gelegenheit, mit den entsprechenden Mitteln und gestützt durch eine einflußreiche Organisation, mein Ziel zu erreichen.«

Kommissar Freiberg sah auf den gebrochenen Mann vor sich und sagte leise: »Durch Ihre Verblendung sind Sie zum Werkzeug des Teufels geworden. Sie wollten selbst Richter und Vollstrecker sein. – Jetzt brauchen Sie einen Richter, der Ihnen glaubt.«